Un verano italiano

Un verano italiano

REBECCA SERLE

TITANIA

Argentina • Chile • Colombia • España
Estados Unidos • México • Perú • Uruguay

Título original: *One Italian Summer*
Editor original: Atria Books, an Imprint of Simon & Schuster, Inc.
Traducción: Nieves Calvino Gutiérrez

1.ª edición Junio 2022

Copyright © 2022 *by* Rebecca Serle
All Rights Reserved
© de la traducción 2022 *by* Nieves Calvino Gutiérrez
© 2022 *by* Ediciones Urano, S.A.U.
Plaza de los Reyes Magos, 8, piso 1.º C y D – 28007 Madrid
www.titania.org
atencion@titania.org

ISBN: 978-84-17421-66-3
E-ISBN: 978-84-19029-92-8
Depósito legal: B-10.125-2022

Fotocomposición: Ediciones Urano, S.A.U.

Impreso por: Romanyà-Valls – Verdaguer, 1 – 08786 Capellades (Barcelona)

Impreso en España – *Printed in Spain*

Para mi madre,
la reina de mi corazón.
Que reine mucho tiempo.

Siento que necesito más tiempo... Estoy muy desconcertada, ¿sabes? Es decir, creí que tenía mucho más... tiempo. Pensé que tenía todo el verano para impartir mi sabiduría sobre el trabajo y la vida y tu futuro, y siento que tenía algo que decirte. ¡Oh! En el autobús asegúrate de elegir un buen asiento, ya sabes, porque la gente es un animal de costumbres y el asiento que elijas al principio podría ser tu asiento para el resto del año, ¿sabes?

Consigue un asiento de ventana porque hay mucho que ver, cariño.

LORELAI GILMORE

1

Nunca he fumado, pero es el último día del shiva de mi madre, así que aquí estamos. Estoy en el patio trasero, con un cigarro entre los dientes, mirando lo que hasta hace apenas dos meses era un impoluto sofá blanco, ahora desgastado por el tiempo. Mi madre lo mantenía todo limpio. Lo mantenía todo.

Las reglas de Carol para regir tu vida:

- No tirar jamás un buen par de pantalones vaqueros.
- Tener siempre limones a mano.
- El pan se conserva una semana en la nevera y dos meses en el congelador.
- OxiClean elimina cualquier mancha.
- Cuidado con la lejía.
- El lino es mejor que el algodón en verano.
- Planta hierbas aromáticas, no flores.
- Que no te dé miedo la pintura. Un color atrevido puede transformar una habitación.
- Llega siempre puntual a un restaurante y cinco minutos tarde a una casa.
- Jamás fumes.

He de decir que en realidad no lo he encendido.

* * *

Carol Almea Silver era un pilar de la comunidad, querida por todos aquellos con los que se cruzaba. Durante la última semana hemos abierto nuestras puertas a vendedores y manicuristas, a las mujeres de su sinagoga, a camareros de Craig's, a enfermeras del Cedars-Sinai. A dos cajeros de la sucursal del City National en Roxbury. «Solía traernos bollos —decían—. Siempre tenía a mano un número de teléfono.» Hay parejas del Club de Campo Brentwood. Irene Newton, que comía con mi padre en Il Pastaio todos los martes. Incluso el camarero del Hotel Bel-Air, donde Carol acostumbraba a ir a tomarse un martini helado. Todos tienen una historia.

Mi madre era la primera persona a la que llamabas para pedirle una receta (una taza de cebolla, ajo, sin olvidar una pizca de azúcar) y la última a la que llamabas por la noche cuando no podías dormir (un vaso de agua caliente con limón, aceite de lavanda, pastillas de magnesio). Sabía la proporción exacta de aceite de oliva y ajo en cualquier receta y podía preparar la cena con tres productos de la despensa sin problemas. Tenía todas las respuestas. En cambio yo no tengo ninguna y ahora ya no la tengo a ella.

—Hola. —Oigo decir a Eric desde dentro—. ¿Dónde está todo el mundo?

Eric es mi marido y es nuestra última visita aquí de hoy. No debería serlo. Debería haber estado con nosotros todo el tiempo, en las duras y bajas sillas, atrapado entre las cazuelas de fideos, el teléfono que no para de sonar, los innumerables besos de las vecinas y las mujeres que se llaman a sí mismas «tías», con los labios pintados de carmín, pero en vez de eso está aquí, en la entrada de lo que ahora es la casa de mi padre, esperando a que lo reciban.

Cierro los ojos. Tal vez si no lo veo, deje de buscarme. A lo mejor me incorporo a este espectacular día de mayo en el que el sol brilla, como una mujer que habla a voces por un teléfono móvil durante la comida. ¿Quién te ha invitado aquí?

Me guardo el cigarrillo en el bolsillo de los vaqueros.

Aún no puedo concebir un mundo sin ella, cómo será, quién seré yo en su ausencia. No me entra en la cabeza que no venga a recogerme para ir a comer los martes, que aparque sin permiso en la acera de mi casa y que entre corriendo con una bolsa llena de algo, comestibles, productos para el cuidado de la piel, un jersey nuevo que ha comprado en Off 5th. No alcanzo a comprender que si la llamo al móvil, el teléfono sonará sin parar, que ya no hay nadie al otro lado que diga: «Katy, cielo. Espera un segundo. Me pillas con las manos mojadas». No creo que pueda aceptar la pérdida de su cuerpo, de su cálido y acogedor cuerpo. El lugar que siempre sentí que era mi hogar. Como veis, mi madre es el gran amor de mi vida. Es el gran amor de mi vida y la he perdido.

—Eric, entra. ¿Estabas esperando ahí fuera?

Oigo la voz de mi padre desde dentro, dando la bienvenida a Eric. Eric entra. Eric, mi marido, que vive en nuestra casa que está a doce minutos y medio en Culver City. Que se ha tomado una baja en Disney, donde trabaja como productor ejecutivo, para estar conmigo durante estos duros momentos. Que saca la basura, sabe cocer la pasta y nunca se deja la tapa del retrete levantada. Cuya serie favorita es *Modern Family* y que llora en cada episodio de *Parenthood*. Al que justo anoche le dije en nuestra cocina, la cocina que mi madre me ayudó a diseñar, que no sabía si podía seguir casada con él.

Si tu madre es el amor de tu vida, ¿dónde deja eso a tu marido?

—Hola —dice Eric cuando me ve. Sale y entrecierra los ojos.

Me medio saluda con la mano. Yo me doy la vuelta. En la mesa de cristal del patio hay un festín de queso, que va cortándose muy despacio en forma de flor. Aunque hace calor fuera, llevo unos vaqueros oscuros y un jersey de lana porque dentro de la casa hace mucho frío. A mi madre le gustaba que la casa estuviera fresca. Mi padre no conoce otra cosa.

—Hola —digo.

Él me sujeta la puerta abierta y yo entro.

A pesar de la temperatura, la casa sigue siendo tan acogedora como siempre. Mi madre era una diseñadora de interiores muy respetada por su estética hogareña. Nuestra casa era su obra maestra.

Muebles de gran tamaño, motivos florales y texturas con profusos estampados. Ralph Lauren combinado con Laura Ashley y con un buen par de mocasines Tod's y una impecable camisa blanca. Le encantaban los tejidos; la madera, el lino, el tacto de las buenas costuras.

Siempre había comida en la nevera, vino en la puerta lateral y flores frescas en la mesa.

Eric y yo llevamos los tres últimos años intentando sembrar un jardín de hierbas aromáticas.

Sonrío a Eric. Intento que mi boca adopte una expresión que debería recordar, pero que ahora parece del todo imposible. Ya no sé quién soy. No tengo ni idea de cómo hacer nada de esto sin ella.

—Katy, estás de luto —me dijo anoche—. Estás en crisis; no puedes decidir esto ahora. La gente no se divorcia en medio de una guerra. Vamos a darle un poco de tiempo.

Lo que él no sabía es que yo ya se lo había dado. Le había dado meses. Desde que mi madre enfermó había estado dándole vueltas a la realidad de estar casada con Eric. Mi decisión de dejarlo no tenía tanto que ver con la muerte de mi madre como con el recuerdo de la muerte en general. Es decir, empecé a preguntarme si este era el matrimonio que quería hasta el día de mi muerte, si era el matrimonio que quería que me ayudara a superar esto, la enfermedad de mi madre, y lo que, por imposible que parezca, quedara después.

Todavía no teníamos hijos; nosotros seguíamos siendo unos críos, ¿no?

Eric y yo nos conocimos cuando ambos teníamos veintidós años, en el último curso de la Universidad de Santa Bárbara. Él era un liberal de la Costa Este, que tenía intención de dedicarse a la política o al periodismo. Yo era oriunda de Los Ángeles, muy apegada a mis padres y a las palmeras, y sentía que dos horas de distancia era lo más lejos que podía alejarme de casa.

Coincidimos en una clase, Cine 101, un requisito previo que ambos cursamos con retraso. Se sentó a mi lado el primer día del semestre de primavera; un chico alto y torpe. Sonrió, empezamos a hablar y al final de la clase había introducido un bolígrafo en uno de mis rizos. Por entonces tenía el pelo largo y rizado; todavía no había empezado a alisármelo.

Sacó el bolígrafo y el rizo se estiró.

«¡Qué elásticos!», dijo. Se sonrojó. No lo hizo porque tuviera confianza, sino porque no sabía qué otra cosa hacer. Y lo incómodo y lo ridículo de que un completo desconocido me metiera un bolígrafo en el pelo me hizo reír.

Me invitó a tomar un café. Fuimos hasta la zona común y nos sentamos juntos durante dos horas. Me habló de su familia en Boston, de su hermana pequeña, de su madre, que era profesora universitaria en Tufts. Me gustó su forma de ver a las mujeres de su familia. Me gustó que hablara de ellas como si fueran importantes.

No me besó hasta una semana después, pero una vez que empezamos a salir, eso fue todo. No hubo rupturas, ni peleas tórridas, ni largas distancias. Ninguna de las características habituales del amor juvenil. Después de la graduación, consiguió un trabajo en el *Chronicle de Nueva York*, y me fui a vivir con él. Nos instalamos en un pequeño apartamento de una habitación en Greenpoint, Brooklyn. Trabajé como redactora autónoma para cualquiera que me aceptara, sobre todo blogs de moda a cuyos administradores les venía bien la ayuda con el idioma. Era 2015 y la ciudad se había recuperado de la ruina financiera e Instagram acababa de hacerse omnipresente.

Pasamos dos años en Nueva York antes de volver a Los Ángeles. Conseguimos un apartamento en Brentwood, al final de la calle donde se encontraba la casa de mis padres. Nos casamos y compramos nuestra primera casa más lejos, en Culver City. Construimos una vida que quizás éramos demasiado jóvenes para vivir.

«Ya tenía treinta años cuando conocí a tu padre —me dijo mi madre cuando volvimos—. Tienes mucho tiempo. A veces me gustaría que te lo tomaras.» Pero yo quería a Eric; todos le queríamos.

Y siempre me había sentido más cómoda en presencia de adultos que de jóvenes; desde que tenía diez años había sentido que era uno de ellos. Y quería todo aquello que indicara a todo el mundo que además lo era. Empezar joven parecía lo correcto. Y no pude evitar la línea temporal. No pude evitarla hasta anoche, cuando de repente pude hacerlo.

—He traído el correo —dice Eric.

Mi madre está muerta. ¿Qué puede poner en un papel que valga la pena leer?

—¿Tienes hambre?

Tardo un momento en darme cuenta de que mi padre se lo ha preguntado a Eric, otro segundo en comprender que la respuesta es sí, y de hecho Eric está asintiendo con la cabeza, y un tercero más en percatarme de que ninguno de los dos sabe preparar nada. Mi madre cocinaba para mi padre, para todos nosotros; lo hacía muy bien. Preparaba desayunos muy elaborados; tortilla con queso de cabra y panecillos rellenos. Ensalada de frutas y capuchinos. Cuando mi padre se jubiló hace cinco años, empezaron a comer fuera y se pasaban horas en el porche. A mi madre le encantaba leer el *The New York Times* los domingos y un café helado por la tarde. A mi padre le encantaba lo que ella hacía.

Chuck, mi padre, adoraba a Carol. Pensaba que era total y absolutamente maravillosa. Pero el mayor secreto, aunque no podía serlo para él, es que yo era su gran amor. Ella amaba a mi padre, eso desde luego. Creo que no le habría cambiado por ningún hombre sobre la faz de la tierra, pero no había ninguna relación por encima de la nuestra. Yo era suya, igual que ella era mía.

Creo que el amor que profesaba a mi madre era más verdadero y puro que el que ella tenía con mi padre. Si le hubieran preguntado: «¿A quién perteneces?», la respuesta habría sido: «A Katy».

«Lo eres todo para mí —me decía—. Eres todo mi mundo.»

—Hay algunas sobras en la nevera —me oigo decir.

Pienso en repartir la lechuga en platos, calentar el pollo y freír el arroz hasta que quede crujiente, como sé que le gusta a mi padre.

Mi padre se ha ido ya en busca de los preparados para ensalada de La Scala, que sin duda están pasados en sus envases. No recuerdo quién los trajo, ni cuándo, solo que están ahí.

Eric sigue en la puerta.

—Pensé que podríamos hablar —me dice.

Me marché anoche y vine aquí. Entré con mi propia llave, como había hecho miles de veces. Subí las escaleras de puntillas. Era casi medianoche y me asomé al dormitorio de mis padres, esperando ver a mi padre profundamente dormido, pero no estaba allí. Miré en la habitación de invitados y tampoco lo encontré allí. Bajé las escaleras y me dirigí a la sala de estar. Allí estaba, dormido en el sofá, con la foto de su boda enmarcada en el suelo.

Le arropé. No se movió. Y luego subí y me acosté en la cama de mis padres, en el lado que era el de ella.

Por la mañana bajé y encontré a mi padre preparando café. No mencioné el sofá y él tampoco me preguntó por qué estaba arriba ni tampoco dónde había dormido. Nos perdonamos estas rarezas, aquello que estamos haciendo para sobrevivir.

—Katy —dice Eric al ver que no respondo—, tienes que hablar conmigo.

Pero no confío en que pueda hablar. Todo parece tan frágil que temo que si pronuncio aunque solo sea su nombre, lo único que salga de mis labios sea un grito.

—¿Quieres comer? —pregunto.

—¿Vas a venir a casa? —Hay cierto tonillo en su voz y, no por primera vez en los últimos meses, me doy cuenta de lo poco acostumbrados que estamos ambos a la incomodidad. No sabemos cómo vivir una vida cuyos cimientos se han desmoronado. Estas no eran las promesas de nuestras familias, de nuestra educación, de nuestro matrimonio. Hicimos promesas en un mundo lleno de luz. No sabemos cómo cumplirlas en la oscuridad—. Si te comunicas conmigo, puedo ayudarte —dice Eric—. Pero tienes que hablar conmigo.

—Tengo que hacerlo —repito.

—Sí —dice Eric.

—¿Por qué? —Me doy cuenta de lo petulante que suena esto, pero me siento infantil.

—Porque soy tu marido —dice—. Oye, soy yo. Para eso estoy aquí. De eso se trata. Puedo ayudar.

Me invade un repentino y familiar enfado y las vibrantes y atrevidas palabras «Por desgracia, no puedes».

Durante treinta años he estado unida a la mejor persona del mundo, la mejor madre, la mejor amiga, la mejor esposa; la mejor. La mejor era la mía y ahora se ha ido. El vínculo que nos unía se ha cortado y me agobia lo poco que me queda, hasta qué punto ya todo me parece conformarse con la segunda mejor opción.

Asiento con la cabeza, porque no se me ocurre qué otra cosa hacer. Eric me entrega un montón de sobres.

—Deberías mirar el de arriba —dice.

Bajo la mirada. Está marcado como United Airlines. Siento que se me encogen los dedos.

—Gracias.

—¿Quieres que me vaya? —pregunta Eric—. Puedo ir a por unos sándwiches o a por alguna otra cosa.

Le miro ahí de pie, con su camisa Oxford y sus pantalones cortos caqui. Cambia el peso del cuerpo de un pie a otro. Su pelo castaño demasiado largo por detrás y las patillas también. Necesita un corte. Lleva puestas las gafas. Es «guapo al estilo cerebrito», dijo mi madre cuando le conoció.

—No —digo—. Está bien.

Llama a mis padres por sus nombres de pila. Se descalza en la puerta y pone los pies, cubiertos por los calcetines, sobre la mesa de centro. Se sirve de la nevera y pone más jabón en el dispensador cuando está vacío. Esta también es su casa.

—Voy a acostarme —digo. Me doy la vuelta para irme, pero Eric extiende el brazo y me agarra la mano libre. Siento las frías yemas de sus dedos presionando mi palma. Parecen estar escribiendo en morse dos únicas palabras: «Por favor». Y añado—: Más tarde, ¿vale?

Me suelta.

Subo las escaleras. Recorro el pasillo revestido de paneles de madera, paso por delante de mi antigua habitación, que mi madre y yo redecoramos durante mi segundo año de universidad y de nuevo cuando tenía veintisiete años. Tiene papel pintado a rayas, ropa de cama blanca y un armario lleno de sudaderas y vestidos de verano. Todos mis productos de cuidado de la piel están caducados en el armario del baño.

«Aquí tienes todo lo necesario», decía mi madre. Le encantaba que pudiera quedarme a dormir si se hacía tarde, y ni siquiera tenía que traerme el cepillo de dientes.

Me detengo en la entrada de su habitación.

¿Cuánto tiempo tarda en desvanecerse el olor de una persona? Cuando estaba aquí, al final, cuando las enfermeras del hospital de cuidados paliativos iban y venían igual que fantasmas, la habitación olía a enfermedad, a hospital, a plástico y a caldo de verduras y lácteos agrios. Pero ahora que ha desaparecido todo rastro de enfermedad, su olor ha vuelto, como una flor de primavera. Perdura en las mantas, en la alfombra y en las cortinas. Cuando abro las puertas de su armario, es casi como si estuviera agachada dentro.

Enciendo el interruptor de la luz y me siento entre sus vestidos y americanas, entre sus vaqueros planchados, doblados y colgados. Respiro su aroma. Y entonces vuelvo a centrar mi atención en los sobres que tengo en la mano. Dejo que caigan al suelo hasta que solo sostengo el de arriba. Deslizo el dedo meñique a lo largo de la solapa y lo abro con un movimiento. Se abre con facilidad.

Tal y como espero, dentro hay dos billetes de avión. Carol Almea Silver no era una mujer que entregara su teléfono al agente de la puerta de embarque para que lo pasara por el escáner. Era una mujer que exigía el billete adecuado para un viaje adecuado.

Positano. 5 de junio. Dentro de seis días. El viaje de madre e hija del que habíamos hablado durante años, hecho realidad.

Italia siempre había sido especial para mi madre. Visitó la costa de Amalfi el verano antes de conocer a mi padre. Le encantaba describir Positano, una pequeña ciudad costera, como el «verdadero paraíso». El país de Dios. Le encantaba la ropa, la comida y la luz. «Y el helado es una comida en sí», decía.

Eric y yo pensamos en ir allí de luna de miel, tomar el tren desde Roma y visitar Capri, pero éramos jóvenes, estábamos ahorrando para comprar una casa y todo nos parecía demasiado extravagante. Al final encontramos un vuelo barato a Hawai y pasamos tres noches en el Grand Wailea Maui.

Miro los billetes.

Mi madre siempre había hablado de volver a Positano. Primero con mi padre, pero más tarde, con el paso del tiempo, empezó a sugerir que fuéramos las dos juntas. Estaba decidida; quería enseñarme ese lugar que siempre había perdurado en su memoria. Esta meca especial en la que jugó justo antes de convertirse en mujer, en esposa y luego en madre.

«Es el lugar más espectacular del mundo —me decía—. Cuando estaba allí, dormíamos hasta el mediodía y luego salíamos en el barco. Había un magnífico restaurante pequeño llamado Chez Black en el puerto deportivo. Comíamos pasta y almejas en la playa. Lo recuerdo como si fuera ayer.»

Así que decidimos ir. Primero como una fantasía, luego como un plan futuro y más tarde, cuando ella enfermó, como una luz al final del túnel. «Cuando esté mejor» se convirtió en «cuando vayamos a Positano».

Reservamos los billetes. Pidió jerséis de verano en tonos beige y blanco. Sombreros de ala grande y ancha para el sol. Hicimos planes y fingimos hasta el final. Hasta la semana anterior a su muerte seguíamos hablando del sol italiano. Y ahora el viaje ha llegado y ella no está aquí.

Apoyo la espalda contra el lateral de su armario. Un abrigo me roza el hombro. Pienso en mi marido y en mi padre, que están abajo. Mi madre siempre fue mejor con ellos. Animó a Eric a que aceptara el trabajo en Disney, a que pidiera un aumento, a que comprara el coche que de verdad quería, a que invirtiera en un buen traje. «El dinero llegará —decía siempre—. Nunca te arrepentirás de la experiencia.»

Mi madre apoyó a mi padre en la apertura de su primera tienda de ropa. Creía que él podía crear su propia marca y que podían fabricar el producto ellos mismos. Ella era el control de calidad. Sabía si un carrete de hilo era bueno con solo mirarlo y se aseguraba de que todas las prendas de mi padre estuvieran a la altura de sus exigencias. También trabajaba como recepcionista, atendiendo los teléfonos y tomando los pedidos. Contrataba y formaba a todos los que trabajaban en su negocio y les enseñaba lo que era la puntada invisible, la diferencia entre el plisado y el fruncido. Organizaba las fiestas de cumpleaños y los bautizos de sus empleados y de sus hijos. Siempre cocinaba los viernes.

Carol sabía superarse.

Y ahora estoy aquí, escondida dentro de su armario en su ausencia. ¿Cómo es que no he heredado ninguna de sus virtudes? La única persona que sabría la forma de sobrellevar su muerte se ha ido.

Siento que el papel se arruga entre mis dedos. Lo tengo agarrado con fuerza.

No podría. Es imposible. Tengo un trabajo. Y un padre afligido. Y un marido.

Oigo ruido de sartenes en el piso de abajo. Los fuertes sonidos de la falta de familiaridad con los electrodomésticos, con los armarios, con la coreografía de la cocina.

Nos falta nuestro corazón.

Lo que sé es que ella no está en esta casa en la que murió. No está abajo, en la cocina que tanto le gustaba. No está en la sala de estar, doblando las mantas y volviendo a colgar las fotos de la boda. No está en el jardín, con los guantes puestos, podando las tomateras. No está en este armario que todavía huele a ella.

Ella no está aquí y, por lo tanto, yo tampoco puedo estar aquí.

Vuelo 363.

Quiero ver lo que ella vio, lo que amó antes de amarme a mí. Quiero ver el lugar al que siempre quiso volver, ese lugar mágico que de manera tan vívida aparecía en sus recuerdos.

Doblo las rodillas contra el pecho y hundo la cabeza en ellas. Noto algo en mi bolsillo trasero. Lo saco y el cigarrillo, ahora caliente y destrozado, se desintegra en mis manos.

—Por favor, por favor —digo en voz alta, esperando que ella, que este armario lleno de su ropa, me diga qué hacer a continuación.

2

—¿Seguro que no quieres que te lleve? —pregunta Eric.

Estoy de pie en la entrada de nuestra casa, a la que no sé si volveré, con las maletas en la puerta como una niña servicial.

Eric lleva un polo de color salmón y unos vaqueros, y sigue teniendo el pelo demasiado largo en los lados. No he dicho nada al respecto y él tampoco. Me pregunto si él también se da cuenta, si es consciente de que necesita un corte. He concertado todas esas citas por él. De repente, su incapacidad para cortarse el pelo me resulta hostil, un ataque intencionado.

—Seguro. Viene un Uber de camino. —Sostengo en alto mi teléfono móvil—. ¿Lo ves? En tres minutos.

Eric sonríe, pero lo hace de forma débil y triste.

—Está bien.

Cuando le dije a Eric que quería ir a Italia, hacer yo sola el viaje madre-hija, me dijo que era una gran idea. Pensaba que necesitaba un descanso, ya que había estado cuidando de mi madre las veinticuatro horas del día. Meses antes había pedido una excedencia en mi trabajo como redactora en una agencia de publicidad de Santa Mónica. Me fui cuando ella llegó a casa para recibir tratamiento y no sabía cuándo volvería. Tampoco es que nadie me lo haya pedido. A estas alturas ni siquiera estoy segura de que el trabajo me siga esperando.

—Esto te va a venir bien —dijo Eric—. Volverás sintiéndote mucho mejor.

Estábamos sentados en la encimera de la cocina, con una caja de *pizza* entre los dos. No me había molestado en sacar platos ni cubiertos. Lo único que había junto a la caja era un montón de servilletas. Habíamos dejado de preocuparnos.

—No son unas vacaciones —dije.

Me molestaba pensar que lo que me impedía tener una perspectiva nueva de la vida eran unas semanas bañadas por el sol en la costa italiana.

—Eso no es lo que he dicho.

Podía ver su frustración y también su deseo de controlarla. Sentí una pizca de compasión por él.

—Lo sé.

—Todavía no hemos hablado de nosotros.

—Lo sé —repetí.

Había vuelto a casa unos días antes. Dormíamos en la misma cama, preparábamos café por la mañana, hacíamos la colada y guardábamos los platos. Eric volvió al trabajo y yo elaboraba listas de personas con las que había que contactar; las notas de agradecimiento que había que escribir, las llamadas telefónicas que había que devolver, la tintorería de mi padre.

Aquello solo se parecía a nuestra antigua rutina. Nos evitábamos igual que dos extraños en un restaurante, que se detenían para saludarse si nos encontrábamos.

—Has venido a casa. ¿Significa eso que te vas a quedar?

Cuando estábamos en la universidad, Eric me traía un sándwich de una charcutería llamada Three Pickles antes de un examen importante. Llevaba queso suizo, rúcula y mermelada de frambuesa y estaba delicioso. En una de nuestras primeras citas me llevó allí e insistió en pedirlo para mí. Nos llevamos los sándwiches afuera, buscamos un bordillo y los desenvolvimos. El mío parecía cera derretida y coloreada, pero el potente sabor del queso suizo con la verdura de hoja picante y la ácida frambuesa era sublime.

«Puedes fiarte de mí», me dijo Eric entonces. Sabía que tenía razón.

Confié en él cuando nos mudamos a Nueva York, cuando compramos nuestra primera casa. Incluso confié en él durante el tratamiento de mi madre. Los planes que hicimos los cuatro, dónde la atenderían mejor, la medicación, los ensayos clínicos.

Pero ahora... ¿Cómo podía confiar en alguien ahora? Todos la habíamos traicionado.

—No estoy segura —dije—. Si te soy sincera, no sé si puedo seguir casada contigo.

Eric exhaló como si le hubiera dado un puñetazo en el estómago. Lo había hecho. Fue algo cruel y duro, y no debería haberlo dicho de ese modo. Pero me estaba haciendo una pregunta imposible. Me estaba preguntando por un futuro que yo ya no podía imaginar.

—Eso es cruel —dijo.

Eric depositó un trozo de *pizza* en una servilleta. Era algo ridículo. Comer. Empezar a *comer*.

—Lo sé. Lo siento.

Mi disculpa hizo que se girara.

—Podemos superar esto juntos —repuso—. Sabes que podemos. Hemos pasado por todo esto juntos, Katy.

Tomé una porción. Parecía un objeto extraño. No sabía si comérmela o llevármela afuera y plantarla.

El problema, claro está, es que en realidad no habíamos pasado por nada juntos porque nunca nos había pasado nada. No hasta ahora. Nuestra vida había transcurrido con la placidez de una carretera despejada. Sin bifurcaciones, sin baches, solo un largo tramo hacia la puesta de sol. En muchos aspectos éramos las mismas personas que se habían conocido cuando tenían veintidós años. Había cambiado dónde vivíamos, pero no cómo. ¿Qué habíamos aprendido en los últimos ocho años? ¿Qué habilidades habíamos adquirido para superar esto?

—Esto es demasiado grande —dije.

—Solo pido formar parte de ello. —Me miró con sus grandes ojos castaños.

Antes de que nos prometiéramos, Eric les pidió permiso a mis padres. Yo no estaba allí, por supuesto, pero Eric cuenta que fue a su casa una noche después del trabajo. Mis padres estaban en la cocina, preparando la cena. No había nada inusual en esto. Eric y yo íbamos a menudo a casa de mis padres, tanto juntos como por separado. Esa noche en particular preguntó si podía hablar con ellos en el salón.

Acabábamos de mudarnos a la casa de Culver City. Yo tenía veinticinco años y llevábamos tres juntos, dos de ellos en Nueva York, lejos de mis padres. Ahora estábamos en casa y listos para forjar una vida juntos, cerca de ellos.

—Quiero a vuestra hija —dijo Eric una vez que se acomodaron—. Creo que puedo hacerla feliz. Y también os quiero a los dos. Me encanta formar parte de vuestra familia. Quiero pedirle a Katy que se case conmigo.

Mi padre estaba encantado. Adoraba a Eric. Eric encajaba en nuestra familia de un modo que permitía que mi padre siguiera siendo el jefe. Si le preguntabas a cualquiera de ellos, no era necesario cambiar la dinámica.

Era mi madre la que se quedó callada.

—Carol —le dijo mi padre—, ¿a ti qué te parece?

Mi madre miró a Eric.

—¿Estáis preparados para esto?

Además de su amabilidad y hospitalidad, mi madre mostraba una franqueza que hacía que fuera respetada y un poco temida. Sabía cómo eran las cosas y lo hacía.

—Sé que la quiero —respondió Eric.

—El amor es bonito —le dijo mi madre—. Y sé que eso es muy cierto. Pero los dos sois muy jóvenes. ¿No queréis vivir un poco más antes de sentar cabeza? Hay tanto que hacer y mucho tiempo para casarse.

—Quiero vivir mi vida con ella —declaró Eric—. Sé que tenemos muchas cosas por vivir y quiero que lo hagamos juntos.

Mi madre esbozó una sonrisa.

—Bueno —dijo—, entonces hay que daros la enhorabuena.

Mientras miraba a Eric al otro lado de la mesa, con la *pizza* entre nosotros, pensé que quizás sus dudas iniciales habían sido acertadas. Que deberíamos haber vivido más. Que en realidad no comprendíamos los votos que habíamos hecho. «En lo bueno y en lo malo.» Porque ahora estamos aquí, experimentando todo lo que la vida nos depara, y nos ha destrozado. A mí me ha destrozado.

—Voy a ir a Italia —le dije—. Voy a hacer ese viaje. Y creo que mientras estoy fuera deberíamos darnos un poco de espacio.

—Bueno, estarás en Italia —replicó—. Así que el espacio parece inevitable. —Intentó sonreír.

—No, me refiero a un descanso —dije.

En ese momento supe que los dos estábamos pensando en el episodio de *Friends*, en la descabellada y ridícula idea de que una ruptura fuera de alguna manera un paréntesis, y no un coche que abandona a toda velocidad la ciudad. Casi me hizo reír. ¿Qué haría falta para que lo tomara de la mano, encendiera la televisión y nos acurrucáramos juntos? ¿Para que fingiera que no estaba pasando lo que estaba pasando?

—¿Estás pensando en la separación?

Sentí frío. Me caló los huesos.

—Tal vez —reconocí—. No sé cómo llamarlo, Eric.

Se mostró impasible. Era una expresión que nunca había visto en él.

—Si eso es lo que quieres —dijo.

—No sé lo que quiero ahora mismo, excepto no estar aquí. Por supuesto, tú también eres libre de tomar tus propias decisiones.

—¿Qué significa eso?

—Significa lo que quieras que signifique. Significa que no puedo ser responsable de ti en este momento.

—No eres responsable de mí; estás casada conmigo.

Le miré fijamente y él me devolvió la mirada. Me levanté, metí los platos en el lavavajillas y me fui arriba. Eric llegó a la cama una hora más tarde. No estaba dormida, pero las luces estaban apagadas y yo estaba fingiendo, acompasando mi respiración para simular un ligero ronquido. Entró de forma sigilosa y sentí su cuerpo junto al mío. No se acercó a mí; no esperaba que lo hiciera. Sentí el peso del espacio que nos separaba, lo inmensos y tensos que podían ser veinte centímetros.

Y ahora el Uber ya está aquí.

En mi teléfono parpadea un número que no conozco. Es el conductor. Contesto.

—Ahora mismo salgo —le digo. Eric toma aire y lo expulsa—. Te llamaré desde el aeropuerto —añado.

—Vamos, deja que te ayude.

El conductor no se baja. Eric lleva mis maletas al coche. Las mete en el maletero abierto.

Están llenas de vestidos, zapatos y sombreros que mi madre y yo elegimos juntas. Cada vez que hacía la maleta para un viaje, aunque solo fuera para un fin de semana, ella venía. Era capaz de meter diez prendas en un equipaje de mano («El truco está en enrollar, Katy») y hacer que un par de vaqueros durara toda la semana. Era la reina de los accesorios; un cinturón de seda como pañuelo para la cabeza, un collar voluminoso para ponerte una camisa blanca de día por la noche.

Una vez que Eric ha terminado, nos quedamos frente a frente. Es un día de junio inusualmente fresco en Los Ángeles. Llevo unos pantalones vaqueros, una camiseta, y una sudadera con capucha. Tengo una voluminosa bufanda de cachemira en el bolso, porque mi madre me enseñó a llevar siempre una cuando viajo. «Puedes acurrucarte contra cualquier alféizar», me decía.

—Bueno, que tengas un buen viaje —me dice.

A Eric nunca se le ha dado bien fingir. A mí se me da mejor. La intensidad de nuestra conversación pende entre los dos. Hace que la inmediatez de lo que tenemos ante nosotros (¿una ruptura, un divorcio?) contradiga totalmente lo obvio: que ya podríamos ser unos extraños. Que ahora estamos en lados opuestos. Por supuesto que la gente se divorcia en las guerras, pienso de manera fugaz. Cuando todo se ha destruido, ¿cómo sigues haciendo la colada?

Veo el dolor en la cara de Eric y sé que quiere que le tranquilice. Desea que le diga que le quiero, que lo solucionaremos. Que soy suya. Quiere que le diga que recuperará a su esposa. Que recuperará su vida.

Pero no puedo hacerlo. Porque no sé adónde ha ido ella ni sé adónde ha ido su vida.

—Sí, gracias.

Se dispone a abrazarme y yo me aparto sin pensar. La gente debe de haberme abrazado estas semanas. Todas esas visitas deben de haberme rodeado con sus brazos. Deben de haber hundido el rostro contra mi cuello. Pero no lo recuerdo. Es como si no me hubieran tocado en meses.

—¡Por Dios, Katy! ¿Estás de coña? —Eric se lleva las manos a la cara. Se frota la piel de las sienes—. Ya sabes que yo también la quería, joder.

Hunde la cabeza entre las manos. Ha llorado esta semana. Lloró en su funeral y el primer día de su shiva. Lloró cuando llegaron su madre y su hermana para darnos el pésame a la familia y lo mismo cuando se fueron. Lloró cuando abrazó a mi padre y a los mejores amigos de mis padres, Hank y Sarah. No sé cómo sentirme ante su dolor. Sé que es real, basado en su propia conexión con ella, y sin embargo parece indulgente. Parece que esté dejando salir a pasear algo que debería estar encerrado. Ojalá parara.

Le tiembla el labio inferior mientras trata de contenerlo, pero no puede. Esta emoción le supera y se rompe.

Le pongo la mano en el hombro, pero por dentro no siento lo que debería sentir. No siento que deba protegerle ni siento pena por él. No siento compasión ni tampoco aviva mi propia pena. Tengo demasiado miedo. Si me permito ver su dolor, ¿qué dirá eso del mío? Desde que murió, no he llorado. No puedo enfrentarme a ello, no cuando tengo que subirme a un avión.

—Tengo que irme —digo—. Lo siento, Eric.

Eric dice que nunca le llamo por su nombre a no ser que esté enfadada con él. Nunca le decía: «Eric, ven a abrazarme», sino «Eric, hay que sacar la basura». O «Eric, el lavavajillas está lleno». Pero no estoy segura de que eso sea cierto. Tenía un millón de apodos para él. «Cielo», «bombón» y «guapetón». Pero «Eric» era mi apelativo cariñoso favorito. Me encantaba decir su nombre. Me encantaba lo específico de su nombre. El único. Eric.

No soy romántica y tampoco creo que sea una persona especialmente sentimental; soy la hija de Carol, una mujer que entendía la importancia de una gama de colores neutros y del carácter. Pero Eric sí lo es. Conserva montones de recibos, entradas de cine, los resguardos de los conciertos. Están guardados en cajas de zapatos en el garaje. Es un hombre que llora cuando ve *Descubriendo a Forrester* y leyendo la columna *Modern Love* del *The New York Times*.

Retiro la mano. Se frota la cara con la palma. Exhala. A continuación inspira hondo, toma aire y lo exhala.

—Tengo que irme —repito una última vez.

Él asiente con la cabeza. No dice nada.

Y, sin más, me subo al coche. Siento una sensación cercana al alivio, pero más pesada, más densa.

—Al aeropuerto —indico, aunque el conductor ya lo sabe, por supuesto. Tiene una aplicación y ya está trazando el rumbo.

—Veintitrés minutos —me dice—. Hace un día precioso ¡y sin tráfico!

Me sonríe por el espejo retrovisor.

«No lo sabe», pienso mientras nos alejamos. No sabe que aquí, en el asiento trasero, ya no hay días hermosos.

3

No es fácil llegar a Positano. Primero hay que volar a Roma y luego ir del aeropuerto a la estación de ferrocarril, donde se toma un tren a Nápoles. Desde Nápoles hay que buscar un transporte que te lleve por la costa hasta Positano. Trece horas después de salir de Los Ángeles aterrizo en Roma fresca como una lechuga, por sorprendente que parezca. No me gusta volar, nunca me ha gustado. Y este es el viaje más largo que he hecho, por no mencionar que es el único que he realizado sola. Pero, aunque resulte extraño, me he sentido tranquila durante el vuelo. Incluso he dormido.

La estación de tren queda a poca distancia en taxi y el viaje a Nápoles es un trayecto de hora y media a través de la hermosa campiña italiana. Siempre me ha gustado el tren. Cuando Eric y yo vivíamos en Nueva York, a veces íbamos en tren a Boston a ver a su familia. Me encantaba su teatralidad, que puedas mirar por la ventanilla y ver qué estación del año es con tus propios ojos. Las hojas rojizas y de vivos tonos anaranjados en otoño; la nieve alfombrando el suelo en diciembre y anunciando las fiestas igual que la marca roja en un calendario.

La campiña italiana es tal y como uno se la imagina: verdes colinas, pequeñas casas, las tonalidades marrones de las granjas que se mezclan con el vívido azul aguamarina del cielo.

Ya tengo una sonrisa en los labios cuando llego a la estación de tren de Nápoles y veo a un hombre del Hotel Poseidón con un cartel en el que pone: «Katy Silver».

No estoy en Erewhon, haciendo la compra de la semana, deseando llamarla para decirle que hay un dos por uno en el aceite de oliva y preguntarle si ella quiere. No estoy en el fondo del cañón Fryman, mirando el sendero mientras espero a que se una a mí en nuestra caminata de fin de semana. No estoy en Pressed Juicery, esperando a que baje por San Vicente con su sombrero de ala ancha y compre batidos Greens 3 para las dos. Tampoco estoy en mi casa ni estoy en la suya. Estoy en un lugar nuevo, donde tengo que ser astuta, estar alerta, estar presente. Me obliga a vivir el presente de una manera que no he hecho desde hace un año, puede incluso que nunca. Cuando mi madre estaba enferma, todo giraba en torno al futuro; la preocupación por lo que iba a pasar, por lo que podría ocurrir. Aquí no hay espacio para pensar, solo para actuar.

Elegimos el Hotel Poseidón porque estaba muy cerca de donde mi madre se había alojado hace años y porque además era un hotel que recordaba con cariño. «El personal era amabilísimo —decía—. Muy buena gente.» Era un hotel antiguo; mi madre solía decir que en Italia todo es antiguo. Pero era encantador, hermoso y cálido. Según mi madre, rebosaba carácter y vida. Y la terraza era una maravilla, bañada en todo momento por la luz del sol.

Entrego mi maleta al chófer llamado Renaldo (el hotel ha tenido la amabilidad de enviar a alguien a recogerme a la estación de tren) y me monto en el asiento de atrás del coche. El coche es un Mercedes, como muchos de los taxis corrientes en Europa, pero sigue pareciendo un lujo. Un Honda Civic me dejó en el aeropuerto de Los Ángeles.

—*Buongiorno*, Katy —dice Renaldo. Es un hombre corpulento de no más de cincuenta años, con una sonrisa contenida y lo que imagino es un carácter paciente—. Bienvenida a Nápoles.

La salida de Nápoles es pintoresca (edificios de apartamentos con mujeres tendiendo ropa en cuerdas, pequeñas casas de terracota, frondosa vegetación), pero el verdadero deleite comienza cuando llegamos a la costa. La costa de Amalfi no se despliega ante nosotros, sino que más bien nos atrae. Atisbos de mar azul claro, casas construidas en la ladera.

—Es una auténtica belleza —comento.

—Espere —me dice Renaldo—. Espere y verá.

Cuando por fin llegamos a Positano, entiendo lo que quiere decir. Desde lo alto de la sinuosa carretera puede verse toda la ciudad. Hoteles y casas de vivos colores cincelados en las rocas como si estuvieran allí pintados. El pueblo entero está construido alrededor de la cala del mar. Parece un anfiteatro, que disfruta del espectáculo del océano. Agua azul, resplandeciente y espectacular.

—*Bellissima, no?* —dice Renaldo—. Bueno para fotos.

Me agarro al lateral del coche y bajo la ventanilla.

El aire es caliente y sofocante, y a medida que descendemos y nos aproximamos cada vez más a la localidad, empiezo a oír el sonido de las cigarras. Cantan las delicias del verano en pleno apogeo.

Elegimos el mes de junio para el viaje porque todavía faltaba algo de tiempo para el inicio de la temporada turística. Mi madre decía que, una vez que llegaba julio, era una casa de locos. Lo mejor era ir en junio, cuando aún no era temporada alta y no estaba tan abarrotado. Quería poder pasear por las calles sin que la empujara ningún *influencer*.

Mis amigos me enviaron listas de restaurantes en los que reservar y lugares que visitar. Sitios donde alquilar un barco para realizar excursiones de un día a Capri, clubes de playa a lo largo del océano que requerían servicio de taxi acuático. Restaurantes en lo alto de las colinas sin carta y con interminables platos elaborados con productos frescos. Se las envié a mi madre y ella se encargó de planificarlo todo. Tengo en las manos nuestro itinerario, anotado de forma minuciosa. Me lo guardo en el bolso.

Según descendemos me encuentro con el ajetreo de la vida estival de un pequeño pueblo. Las mujeres de avanzada edad charlan en los umbrales. Se ven hombres y mujeres en Vespas, se oye el sonido de la actividad de la tarde. Hay un puñado de turistas a lo largo de la pequeña acera haciendo fotos con sus teléfonos móviles. Es verano en Italia, y aunque son casi las cinco de la tarde, el día sigue siendo luminoso y soleado. El sol reina en el cielo y el mar Tirreno resplandece. Las blancas embarcaciones forman hileras en el agua, igual que macizos de flores. Es una estampa de inconmensurable belleza; el sol parece acariciarlo todo a la vez. Exhalo una y otra vez.

—¡Ah! Hemos llegado —dice Renaldo.

Nos detenemos en el Hotel Poseidón, que está enclavado en la ladera, al igual que el resto de la ciudad. La entrada es toda blanca, con una escalera enmoquetada en verde. Junto a la entrada hay macetas con flores de vivos colores.

Abro la puerta del coche y de inmediato me recibe el calor, pero resulta agradable. Un abrazo cálido, nada opresivo.

Renaldo saca mi equipaje del maletero y sube los escalones. Saco el dinero que cambié en el aeropuerto (una de las normas de Carol era no cambiar nunca dinero en el aeropuerto, pues decía que el tipo de cambio era pésimo, pero yo estaba desesperada) y le doy unos billetes nuevecitos.

—*Grazie* —digo.

—Disfrute de nuestro Positano —me dice—. Es un lugar muy especial.

Subo los escalones de la entrada y me recibe una ráfaga de aire fresco procedente del vestíbulo abierto. A la izquierda hay una escalera en espiral que conduce a una segunda planta. El mostrador de recepción está a la derecha. Y tras él hay una mujer que parece tener unos cincuenta años. Su largo cabello oscuro le cae por la espalda. Junto a ella hay un joven que habla en un perfecto italiano, pronunciado de forma impecable.

—*Ovviamente abbiamo un ristorante! È il migliore!*

Saludo a la mujer y ella me devuelve una sonrisa cálida y amable.

—*Buonasera, signora.* ¿En qué puedo ayudarla?

Es una mujer guapa.

—Hola. Registrarme. A nombre de Silver.

Siento que algo frío y fuerte me golpea en el esternón.

—Sí. —La compasión suaviza el rostro de la mujer. Sus ojos traslucen ternura—. Esta semana está solo usted con nosotros, ¿verdad?

Asiento con la cabeza.

—Solo yo.

—Bienvenida —dice, llevándose la mano al corazón. Una sonrisa ilumina su rostro—. Positano es un lugar maravilloso para estar solo y el Hotel Poseidón es un lugar maravilloso para hacer amigos.

Me entrega las llaves de la habitación 33. Subo las escaleras hasta el rellano y luego tomo el pequeño ascensor hasta la tercera planta. Tengo que cerrar las puertas para que la maquinaria se ponga en marcha. Tardo casi cinco minutos en subir los dos pisos, y me comprometo a subir por las escaleras durante toda mi estancia aquí. Esa era otra de las reglas de Carol Silver; nunca subas en ascensor si puedes hacerlo por las escaleras y así no tendrás que hacer ejercicio ni un solo día de tu vida. Sin duda eso era así cuando vivía en Nueva York, pero no funciona tan bien en Los Ángeles.

Mi habitación está al final del pasillo. Justo fuera hay una pequeña estantería repleta de libros en préstamo. Utilizo la llave y giro el pomo de la puerta.

Es una habitación sobria bañada en luz. Hay dos camas individuales, con sábanas blancas y pequeñas colchas, situadas frente a sendas cómodas a juego. Un armario ocupa un lado de la habitación y el otro lo hace un conjunto de puertas francesas abiertas de par en par para recibir el sol de la tarde. Me dirijo a ellas y salgo a la terraza.

Si bien la habitación es pequeña, la terraza es bastante amplia. Desde ella puede verse toda la ciudad. Las vistas panorámicas abarcan desde la ladera de la colina hasta el mar, pasando por los hoteles, las casas y las tiendas. La piscina está justo debajo de mí, a la izquierda. Hay una pareja en el agua, flotando junto a un lateral, con copas de vino en el borde. Oigo el chapoteo, el tintineo del cristal y las risas.

«Estoy aquí», pienso. Italia está de verdad ahí abajo. No estoy viendo una película en casa de mis padres ni en el sofá de Culver. Esto no es una banda sonora ni una fotografía. Es la vida real. Nunca he puesto un pie en la mayoría de los lugares del mundo, nunca los he visitado. Pero ahora estoy aquí. Ya es algo. Es un comienzo.

Respiro el aire fresco, este lugar que parece empapado de verano. Hay tanta belleza aquí... Ella tenía razón.

Vuelvo a entrar. Me doy una ducha. Como buena hija de mi madre, deshago el equipaje enseguida y salgo de nuevo a la terraza. Me siento en una tumbona y encojo los pies debajo de mí. Italia se despliega a mi alrededor en todo su esplendor. Siento el aire impregnado de calor, de comida y de recuerdos.

«Lo he hecho», digo, pero nadie más puede oírme.

4

Las campanas de la ciudad dan las siete. Es última hora de la tarde en Positano. Recuerdo a mi madre hablando de la iglesia de Santa María Assunta y del tañido de las campanas que avisan a la ciudad de la hora. Suenan con suavidad a lo lejos, en la distancia, muy diferente del tono de alarma Beacon de mi iPhone.

Voy al armario y encuentro los vestidos que he traído. Elijo un vestido blanco corto con volantes y me pongo unas chanclas doradas. Tengo el pelo seco después de la ducha y desciende por mi espalda en rizos ensortijados. En mi vida cotidiana, me lo seco con el secador y empiezo el largo proceso de alisármelo, pero en las últimas semanas lo único que he hecho ha sido lavármelo dos veces por semana. Mi cabello ha estado a su aire mucho tiempo, sin saber qué hacer. Pero ahora el rizo está empezando a volver, recuperando su forma original.

Me aplico un poco de crema hidratante con color en la piel y me doy colorete en las mejillas. Me pongo brillo de labios, agarro la llave de mi habitación y me dirijo abajo.

Llego al primer piso, como me indicó la mujer de la recepción, y me encuentro con la piscina y un restaurante con terraza. Mi madre me habló de la terraza. De que se cierne sobre el pueblo entero, como si estuviera suspendida.

Hay parejas sentadas en sillas blancas tapizadas en rojo disfrutando de la vista y los camareros ataviados con camisa de cuello blanco llevan bandejas con coloridos cócteles *Aperol Spritz* y pequeños platos de cerámica con aperitivos; aceitunas verdes rellenas, patatas fritas caseras y anacardos salados.

Un joven se acerca a mí. Viste pantalones negros y camisa blanca con el nombre de Il Tridente, el restaurante del hotel, bordado en rojo.

—*Buonasera, signora* —dice—. ¿En qué puedo ayudarla?

Me doy cuenta de que me he dejado el itinerario arriba. No tengo ni idea de si teníamos reserva aquí para esta noche, o si ni siquiera la teníamos aunque fuera en otro lugar, pero no he comido nada desde el panino que me tomé en la estación de tren, hace unas siete horas.

—¿Es posible cenar aquí? —pregunto.

El joven esboza una sonrisa.

—Por supuesto —responde—. Todo es posible. Estamos a su servicio.

—*Grazie* —digo. Suena estridente y muy estadounidense—. Gracias.

Me hace un gesto para que le siga a la terraza.

—Por aquí.

La mitad de la terraza la ocupa la piscina y las tumbonas, con una hilera de mesitas para bebidas y comida, pero a la derecha hay una zona cubierta, repleta de enredaderas y flores, con faroles colgados en lo alto a modo de luces. Hay mesas metálicas blancas cubiertas con manteles de cuadros blancos y rojos, y los camareros con estrechas corbatas entran y salen por las puertas de cristal.

—Para usted —dice—. La mejor mesa que podemos ofrecer.

Me lleva a una mesa para dos al fondo de la terraza, justo al lado de la valla de hierro forjado. La vista es impresionante. Un asiento de primera fila para contemplar un sol que parece que jamás vaya a ponerse. Una luz dorada, líquida y potente lo envuelve todo, como si estuviera empezando a beberse su segunda copa de vino.

—Esto es precioso —digo—. Jamás he visto un lugar igual. —Cada rincón pide a gritos que lo fotografíen. Pienso en la cámara que tengo guardada arriba. Mañana.

El joven sonríe.

—Me alegra mucho que le guste, señora Silver. Estamos a su disposición.

Se va y aparece otro joven camarero con la carta, una botella de agua sin gas y una cesta de pan.

Desdoblo la servilleta blanca y me hago con una rebanada, aún caliente del horno. Vierto un poco de aceite de oliva en un plato ovalado, pintado a mano con peces azules, y mojo en él. El pan está delicioso; el aceite de oliva, fuerte. Me como dos rebanadas más de inmediato.

—¿Desea algo de comer y de beber?

El camarero regresa con las manos a los lados.

—¿Qué me recomienda? —pregunto. Ni siquiera he abierto la carta.

En casa no cocinamos; casi siempre pedimos comida a domicilio o vamos a casa de mis padres. A Eric le gusta la comida italiana, pero se conforma con algunas sobras. Pedimos *pizza* a Pecorino o a veces incluso a Fresh Brothers. Comida china para llevar de Wokshop, ensaladas de CPK. Una vez a la semana compro un pollo asado en el mercado —Bristol Farms o Whole Foods— y algunas bolsas de brócoli y zanahorias. Siempre me he sentido un poco mal por Eric, por no haber heredado la mano de mi madre en la cocina, pero él siempre dice que se contenta con un sándwich lo mismo que con un filete.

Me doy cuenta de que no sé si alguna vez he salido a comer yo sola. No recuerdo que me haya sentado en una mesa, haya desdoblado una servilleta, me hayan servido una copa de vino y haya cogido un tenedor sin que haya algo de conversación.

El camarero sonríe.

—La ensalada de tomate y los raviolis caseros. Sencillo. Perfecto. También desea tomar vino, ¿no?

—Sí. —Desde luego que sí.

—Excelente, *signora*. Le encantará.

Se va, llevándose la carta, y yo me recuesto en la silla. Me imagino a mi madre aquí, hace años. Contemplando estas mismas vistas. Joven y sin preocupaciones, sin saber qué le deparaba el futuro ni cómo le irían las cosas. De repente desearía empezar de cero. No haberme comprometido hasta el fondo en un matrimonio, con una casa y una vida inamovible, al menos que siembre la destrucción.

—Señora Silver.

Oigo una voz detrás de mí. Es la mujer de la recepción. Está ahí de pie, sujetándose las manos al frente. Viste camisa blanca y pantalón vaquero.

—Hola, buenas noches —digo.

—Sí, buenas noches. Tiene buen aspecto. Positano ya le sienta bien.

Miro mi vestido.

—¡Oh! Gracias.

—¿Se está adaptando bien?

Asiento con la cabeza.

—Sí, esto es precioso. Gracias.

Ella sonríe.

—Bien. Me llamo Monica. Soy consciente de que no nos presentamos como es debido abajo. Este es mi hotel. Pídanos cualquier cosa que necesite, ¿de acuerdo? Aquí somos su familia.

—De acuerdo —digo—. Se lo agradezco mucho.

—Tiene un paseo en barco para mañana. Al club de playa Da Adolfo. Y una reserva para comer. Estamos a comienzos de temporada, así que no habrá ningún problema si prefiere cambiar la hora. Quizá quiera descansar aquí y explorar un poco la ciudad mañana.

Ella esboza esa sonrisa cálida y sincera. Miro hacia los rezagados que aún quedan en la piscina.

—Sería genial —afirmo—. Gracias. Eso suena mejor.

—*Perfetto* —dice ella—. Tony me ha dicho que esta noche va a tomar los raviolis de ricotta. Magnífica elección. Yo siempre le pongo un poco de limón para darles un toque. Espero que los disfrute.

Me río. Me sorprende, pues ha pasado mucho tiempo.

—Él ha elegido por mí.

—Siempre hay que dejar que los camareros elijan la comida y los constructores la madera —dice—. Es algo que decía mi padre.

Empieza a retroceder y yo la detengo.

—Monica —le digo—. Gracias.

Ella me brinda una sonrisa.

—No hay de qué. —Contempla la terraza—. Hace una noche preciosa. —Vuelve a centrar su atención en mí—. Mañana me voy a Roma por negocios durante unos días, pero mi personal se encargará de cualquier cosa que necesite. Esperamos que disfrute de su estancia, señora Silver. Nos alegra mucho que haya venido aquí, con nosotros.

Se va.

«Que haya venido aquí, con nosotros.»

Siempre que mi madre contaba la historia de cuando nací, decía que fue una gélida noche de invierno. Por aquel entonces vivían en un apartamento en Silver Lake, no muy lejos de Sunset Boulevard. Según mi madre, el apartamento era más bien una casa en un árbol. Tenía una escalera empinada y un roble que atravesaba el salón.

Aquella era su casa, a la que mi padre se había mudado justo después de casarse. No podía imaginarme a mi madre al otro lado de la 405, mucho menos en Silver Lake, una comunidad artística y bohemia, incluso hoy en día. Era una habitante de la zona oeste de la cabeza a los pies; era clásica. Pero me llevaron del hospital a ese lugar, envuelta en una manta de lana blanca. Mi madre decía que había sido la única vez que había visto nevar en Los Ángeles.

Había estado veintiséis horas de parto en el hospital Cedars-Sinai antes de que yo llegara.

—Eras toda pelo —me decía.

—Parecías un bebé mono —añadía mi padre.

—Así supimos que eras nuestra —sentenciaba mi madre.

«Que haya venido aquí, con nosotros.»

Ya no pertenezco a mi madre. No le pertenezco a mi padre, que ya no se pertenece a sí mismo, dando vueltas por la casa de ambos, organizando el horario... ¿Qué días viene Susanna a limpiar? No pertenezco a mi marido, al que le he dicho que quizá ya no quiera que sea mi marido. Ya no sé dónde está mi hogar. No sé cómo conectar con mi corazón, porque eso es lo que era. Yo era la hija de Carol Silver. Ahora no soy más que una desconocida.

Me traen la ensalada de tomate. Tony la deposita con orgullo.

—*Buon appetito* —dice—. Que disfrute.

Cojo el tenedor, ensarto un tomate y pruebo la cosa más celestial, madura y salada que jamás he saboreado. Riquísimos y de color rojo geranio; me los trago junto con mi pena.

Devoro el plato, junto con otra cesta de pan. Luego llegan los raviolis; cremosas y ligeras nubes de ricota. Deliciosos. Le añado limón, como me han indicado.

Parece que no haya comido en meses; tal vez sea así. Los platos precocinados intactos, tirados a la basura aún en sus envases de plástico. Las bolsas de patatas fritas rancias, las manzanas harinosas. Quizá eso fuera comida, pero no sustento. La fuerza vital que hay en esta comida, en cada bocado, parece un ingrediente más. Puedo sentir que me nutre.

Las campanas suenan de nuevo, indicando que ha pasado otra hora. Como si fuera una señal, los tonos amarillos y naranjas del cielo empiezan a dar paso a los lavanda, rosados y azul claro. La luz, embriagadora, estimulante y dorada, se torna delicada y efímera. Los barcos se mecen en la orilla, como un coro al sol poniente. Es magnífico. Ojalá ella pudiera verlo. Debería haberlo visto.

Unas mesas más allá, una pareja le pide a Tony que les haga una foto. Ambos se inclinan sobre la mesa, enmarcados por las enredaderas. Pienso en Eric, a miles de kilómetros de distancia.

Si estuviera aquí, se acercaría a su mesa. Se ofrecería a hacerles unas cuantas fotos más, si así lo quisieran. Luego les preguntaría de dónde eran. Al cabo de diez minutos les pediría que se unieran a nosotros y entonces pasaríamos el resto de las vacaciones en una cita doble. Eric habla con todo el mundo; con la cajera de Ralphs, con la señora que tiene delante en la cola del cine, con los vendedores del mercado agrícola. Conoce el árbol genealógico detallado de nuestro cartero, George, y de la mayoría de las personas que se acercan a un radio de tres metros de él un martes cualquiera. Me saca de quicio porque significa que nunca estamos solos. Además, odio las conversaciones triviales. No se me dan bien. Eric es un profesional. En mi vida cotidiana me gusta desaparecer, ser anónima. Eric se pondría una camiseta en la que se pudiera leer: «LIBRE PARA ESCUCHAR TU CITA CON EL OTORRINO DURANTE LAS PRÓXIMAS CUATRO HORAS Y MEDIA» en mayúsculas.

Le dije a Eric que nunca iría a un crucero con él porque al segundo día no habría dónde esconderse. A menudo me he preguntado por qué no puede meterse en sus asuntos. Por qué siempre insiste en entrometerse en la vida de todo el mundo, en hacerse notar, en llenar el espacio con conversaciones fatuas.

La pareja le da las gracias a Tony y se ponen a comer de nuevo. De repente me doy cuenta de que si permanezco más tiempo aquí abajo corro el riesgo de quedarme dormida en la mesa.

Subo, llena de energía gracias a la comida, al vino y al aire nocturno. Me llevo el móvil al balcón y llamo a Eric. El teléfono suena tres veces y luego salta su conocido buzón de voz: «Hola, soy Eric. Deja un mensaje o mándame un mensaje de texto y te llamaré enseguida. Gracias y adiós».

—He llegado —le digo—. Estoy aquí.

Mi voz vacila mientras me pregunto si hay algo más que decir, si debería intentar describir este lugar, si debería orientarle de alguna forma, darle instrucciones, pedirle que plantara alguna cosa en mi ausencia. Pero no se me ocurre nada. Cuelgo antes de soltar el aire.

Dejo mi teléfono junto con mis joyas en la caja fuerte.

Cuando duermo, sueño con ella, aquí conmigo, vibrante y viva.

5

Las campanas comienzan a tocar temprano y, a pesar del *jet lag*, es esto lo que me saca de la cama y me lleva a la terraza para comenzar el día.

La mañana en Positano evoca el atardecer, solo que es aún más hermosa. Una pálida luz azul envuelve el puerto deportivo; el día aún no ha despuntado del todo. Aún persiste cierto frescor en el aire, a la espera de que el primer resquicio de sol se lo lleve.

Estoy en la terraza con mi pijama de popelín a rayas con las iniciales KS bordadas. Todos tenemos el conjunto con nuestras iniciales; mi madre, mi padre, Eric y yo. Fueron para una felicitación navideña que hicimos hace dos años. Recuerdo que mi madre nos los dio en casa. Las de Eric están bordadas en azul; las mías en amarillo, y las de mi padre y las de ella en rojo. Una familia de colores primarios.

—Carol, no nos van a valer —dijo Eric, sujetándolo en alto. Parecían un poco cortos y Eric no es un hombre bajo.

—Quedarán perfectos —dijo—. Es solo una foto. —Le sonrió, lo que significaba: «Pruébatelo».

—¿Ahora? —preguntó.

—¿Por qué no? —Eric medio puso los ojos en blanco, medio soltó una carcajada y se metió en el baño—. ¡Oh, por el amor de Dios, Eric! No tienes nada que no haya visto ya. —Recuerdo que mi madre le dijo con aire travieso. Era cierto, lo había visto en distintas fases de desnudez; cuando le extirparon el apéndice, todas las vacaciones en bañador, los sábados en su piscina—. Haremos las fotos el sábado —me dijo mientras él se cambiaba—. Este año quiero hacerlas pronto.

Era octubre. Un soleado día de verano, que no terminaba de irse.

Debería haber sabido entonces que algo iba mal. Tendría que haberlo imaginado cuando a la semana siguiente, después de las fotos, llamó para preguntarnos si Eric y yo podíamos ir a cenar. Debería haberlo sabido cuando dijo, mientras tomábamos sopa de calabaza: «Tengo noticias».

Por cierto, el pijama le quedaba bien. Ella tenía razón.

Me pongo un sencillo vestido de algodón rosa, unas sandalias y un sombrero de ala ancha. Meto la crema solar y la cartera en mi pequeño bolso de bandolera de Clare V. y salgo de la habitación. Cuando abro la puerta, hay un hombre de pie a un metro de mí.

Grito y retrocedo de un brinco. Él también grita.

—¡Ay!

—Lo siento —dice—. Lo siento.

Tiene las manos en alto en señal de rendición y en una de ellas sujeta *París era una fiesta*. Me doy cuenta de que ha estado ojeando la pequeña biblioteca que hay junto a mi puerta. Una estantería con libros empotrada en la pared lateral. Suelo llevarme dos o tres libros cuando voy de viaje, y aunque no los lea, los dejo dondequiera que haya ido. También tengo libros de bolsillo que he recogido por el camino. *The girl in the flammable skirt* de un Airbnb en Joshua Tree, *Amor a cuadros* del Fontainebleau en Miami. Este es el primer viaje que recuerdo en el que no he metido ni una sola novela en la maleta. Irónico, ya que no tengo a nadie que me haga compañía.

—Solo estoy haciendo un intercambio —afirma—. Crichton por Hemingway. No es un cambio justo, pero tampoco pretende causar daño físico.

Agarra un ejemplar de *Parque Jurásico* de la estantería y me lo enseña.

—No, gracias —digo—. Ya he visto la película.

Ladea la cabeza y sonríe.

—No la conozco.

—¡Qué raro!

Es estadounidense, desprende seguridad y viste una camisa de lino azul cielo que ha combinado con unos pantalones cortos de color chillón. El conjunto prácticamente grita pícnic playero en Cape Cod.

—¿Quiere echar un vistazo? —Señala la estantería.

—¡Oh, no! Gracias. Solo voy a... —Señalo el pasillo que lleva a las escaleras.

—Ya, claro. —Se coloca a Hemingway debajo del brazo—. Hasta luego.

Le dejo con los libros y me dirijo abajo.

El desayuno se sirve en la misma terraza que la cena y el sol brilla con fuerza sobre la ciudad. Han cambiado las sillas, y las que anoche eran rojas, ahora, por la mañana, lucen un estampado floral de vivos colores. El agua brilla como si estuviera hecha de auténticos cristales.

—*Buongiorno!*

No está Tony, pero sí un hombre corpulento con una amplia sonrisa. Se acerca a mí y me saluda agarrándome los antebrazos.

—Señora Silver —dice—. ¡Bienvenida! —Sonríe y señala la misma mesa en la que cené—. Está usted en su casa —afirma.

—¿Se ha ido Monica? —pregunto.

Mira a su alrededor.

—Seguro que anda por ahí. Se lo diré. Soy Marco. Me alegro de que se hayan conocido.

Me siento y me traen una jarra de plata llena de café. Está humeante y fuerte, casi negro, así que le añado un poco de nata y lo veo transformarse.

El desayuno es un bufé dispuesto en el interior. Hay bandejas con fruta fresca colocada en forma de arco iris; melón, kiwi y piña de un amarillo vivo. Hay un surtido de panes, magdalenas, rollitos de canela y cruasanes junto a cuencos con mantequilla espolvoreada con sal marina. Hay huevos, salchichas y quesos; parmesano y azul, Halloumi y un suave queso de cabra.

Me sirvo un bollito de mantequilla, un puñado de jugosas uvas y un poco de pera en un plato y me lo llevo afuera. Cuando vuelvo a salir a la terraza, el hombre de arriba está sentado en una mesa a medio metro de la mía.

Me saluda con la mano.

—Hola —dice—. Otra vez tú. ¿Qué tal el festín? —Inclino mi plato hacia él a modo de respuesta—. Llevo una semana aquí —añade—. Creo que he engordado cuatro kilos y medio de tanto comer *zeppole*.

Está en muy buena forma, así que me tomo su autocrítica como una exageración.

Miro hacia el asiento de enfrente. Está vacío. ¿Pero quién viene solo a Positano? ¿Quién aparte de mí?

—Está muy bien —digo—. Me refiero al bufete.

Él se ríe.

—Tu plato parece un precalentamiento.

Miro hacia abajo. La pera en rodajas ya se está oxidando. Me acuerdo de los raviolis de anoche.

—Creo que tienes razón.

Se levanta y deja la servilleta en la silla.

—Sígueme —dice.

Dejo mi plato y vuelvo a entrar. Me da uno limpio de una pila. Están calientes. Presiono las palmas de las manos contra la parte inferior.

—Vale, tienes fruta, eso está bien —dice—. Pero te has saltado la sandía. Es lo mejor que tienen. —Me pone en el plato unas jugosas rodajas de color rosa intenso—. Ahora el queso. Pasa de los blandos, pero un pequeño trozo de Parmesano por la mañana es una delicia. Confía en mí. —Utiliza unas pinzas plateadas y sirve un granulado trozo en mi plato. Luego pone otro—. Por si acaso

—alega—. A continuación, nos saltamos los huevos y vamos a asegurarnos un *cornetto*. Si venimos a las ocho y media, se habrán acabado. —Junto a la ventana hay una bandeja de cruasanes italianos. Me pone dos en el plato—. Confía en mí —dice cuando empiezo a objetar—. Les ponen un toque de limón. Querrás otro.

—Empiezo a entender a qué te referías al decir que has engordado cuatro kilos y medio —digo.

—Esto es Italia —replica—. El placer es la base principal.

Hace un gesto con el brazo para indicarme que pase yo primero y le guío hacia el balcón.

Cuando volvemos, nos detenemos cada uno delante a nuestra respectiva mesa, pero ninguno de los dos se sienta.

—Esto parece una tontería —dice—. ¿Quieres acompañarme?

—¿Va a bajar alguien más? —Miro hacia la escalera de forma ceremoniosa.

—No —responde. Se sienta y gira su plato frente a él—. Estoy solo. He venido por trabajo.

—No es un mal trabajo.

Me mira y me doy cuenta de lo simétrico que es su rostro. Ni siquiera tiene una ceja más alta que la otra. Todo es igual y guarda un perfecto orden.

Me siento.

—¿Y tú? —pregunta. Me sirve café de la cafetera—. ¿Qué te trae a Positano?

Fue hace casi tres años cuando decidimos que queríamos ir de verdad, nueve meses antes de que ella enfermara. Mi madre no era de las que aplazaban las cosas, pero a pesar de que hablaba a menudo de Italia, de que quería volver, la idea no se manifestó hasta entonces.

Siempre había una razón para no hacerlo. Es cierto que estaba lejos. No quería dejar a mi padre solo tanto tiempo. El coste era prohibitivo para hacerlo tal y como ella quería. Pero siempre supe lo que sentía por este lugar. La reverencia con la que hablaba de él.

Fue Eric quien me dijo que debía comprar los billetes de avión y sorprenderla por su sesenta cumpleaños.

—Hazlo —dijo—. Le encantará y no dirá que no.

Imprimí el resguardo y lo dejé sobre la mesa el viernes siguiente por la noche en casa de mis padres.

—¿Qué es esto? —preguntó mi madre al tiempo que lo tomaba.

—Léelo —le dijo Eric. Una amplia sonrisa se dibujaba en sus labios. Me agarró la mano por debajo de la mesa.

Levantó la mirada del papel y la posó en mí.

—Katy. No lo entiendo.

—Nos vamos —le dije—. Tú y yo. Por tu sesenta cumpleaños. Nos vamos a Italia.

Abrió los ojos como platos y entonces hizo algo que rara vez le vi hacer a mi madre. Puedo contar con los dedos de una mano el número de veces que recuerdo haber visto llorar a mi madre en los treinta años que pasé con ella. Pero aquella noche, en la mesa de la cocina, miró el papel y lloró.

Eric pareció alarmarse, pero a mí también se me llenaron los ojos de lágrimas. Sabía que ir allí y enseñarme quién era antes de que yo naciera significaba mucho para ella, y sentí un amor feroz por ella, por todas las mujeres que había sido antes de que yo llegara a este mundo, por todas las mujeres que nunca llegué a conocer.

—¿Estás contenta? —pregunté, aunque sabía la respuesta.

—Cariño —dijo. Levantó la vista. Tenía los ojos húmedos y muy abiertos. Me acarició la cara con las yemas de los dedos—. No podría haber soñado nada mejor.

El hombre del otro lado de la mesa me mira fijamente. Su pregunta pende entre nosotros: «¿Qué te trae a Positano?».

—Unas pequeñas vacaciones —respondo—. Se suponía que iba a venir con una amiga, pero no ha podido ser.

Al decirlo me percato de que no llevo puesta la alianza de casada ni el anillo de compromiso. Me los quité ayer cuando llegué con los dedos hinchados por el viaje y por la humedad. Están en la caja fuerte con el resto de mis joyas y mi teléfono móvil. No la he abierto desde entonces.

—Ella se lo pierde —afirma—. Yo salgo ganando.

No es una coquetería, al menos no del todo. Es más bien la constatación de un hecho. Utiliza un cuchillo para cortar en diagonal una raja de sandía y luego la ensarta con un tenedor. Un poco de jugo pegajoso se desliza por el lateral de su plato y se acumula en el centro.

—¡Qué rica! —comenta con la boca llena—. Tienes que probar esto.

Yo hago lo mismo. Tiene razón; está en su punto. Fría, crujiente y dulce.

—¿Qué trabajo exige que desayunes en un balcón de Positano? —pregunto—. ¿Escritor de viajes?

—Trabajo para una cadena de hoteles —replica.

—¡Ah! —digo—. ¿Para cuál? —No responde de inmediato—. ¿Quieres que lo adivine? —pregunto.

Él entrecierra los ojos.

—En realidad, me encantaría. Pero nunca lo conseguirás.

—Hyatt. —Él niega con la cabeza—. St. Regis.

—No.

—Hilton.

—Bueno, ahora sí que me siento ofendido.

—Me rindo —digo.

—Dorchester —dice—. Formo parte del equipo encargado de las nuevas adquisiciones.

Me inclino hacia delante de golpe, sorprendiéndonos a ambos.

—Bel-Air, ¿verdad? Es uno de mis lugares favoritos de Los Ángeles. —Sonrío, un poco avergonzada—. Ahí es donde vivo.

—Beverly Hills —dice—. Pero sí.

—¿Tú también vives en Los Ángeles? —pregunto—. ¡Qué coincidencia!

Sacude la cabeza.

—De forma oficial en Chicago. Pero voy allí a menudo por trabajo. El clima es insuperable.

—¿Insuperable? —Hago un gesto hacia el exterior, hacia el día que despunta.

—Entiendo lo que dices, pero solo durante la temporada alta.

—¿Llevas una semana aquí?

Asiente con la cabeza.

—Más o menos, explorando algunos lugares. Este lugar es especial, es especial para mí. Positano tuvo un *boom* hace unos años, pero esta ciudad no cambia demasiado. Ha sido popular desde hace mucho y me parece que llevo viniendo aquí hace casi tanto tiempo. Imagino que eso va a continuar, así que ahora mi empresa quiere invertir. Poseer un trocito de paraíso, por así decirlo.

—Tu empresa, el Grupo Dorchester.

—En efecto. —Agita la mano delante de su cara como si estuviera espantando un bicho—. Bueno, viajera solitaria, ¿cómo te llamas? Ni siquiera lo sé.

—Katy —respondo.

—Katy, ¿qué más?

—Katy Silver.

—Adam Westbrooke —se presenta y me tiende la mano. Se la estrecho—. Es un placer conocerte.

—Lo mismo digo.

Comemos en silencio durante unos instantes, interrumpido por la actividad de la mañana. Las parejas bajan a comer; en la calle se comienza la actividad, con los coches y las bicicletas. Suenan las campanas; son las nueve.

Adam se estira.

—Esa es mi señal —dice—. Será mejor que me vaya.

—¿Un día ajetreado?

—Tengo algunas reuniones —explica—. Pero si estás libre más tarde, ¿te gustaría quedar para tomar algo?

Me acuerdo de mi anillo de casada guardado arriba. ¿Es esto una cita? ¿O solo dos compañeros de viaje disfrutando de la compañía mutua? Nos acabamos de conocer. Estamos en un país extranjero. Estoy sola.

—Sí.

—Genial —dice—. Nos vemos aquí abajo a las ocho.

—Me parece bien.

—Que tengas un buen día, Katy —se despide. Empuja su silla hacia atrás y se pone de pie. Su pelo es rubio, luego rojo. Cambia de color con el sol.

Se inclina hacia mí y me da un beso en cada mejilla. Capto su olor a colonia, a sudor, a mar. No siento ni siquiera el rastro de la barba.

—Hasta luego.

Cuando se ha ido, pienso en lo que quiero hacer hoy. Tengo el itinerario guardado arriba, pero sigo queriendo visitar los lugares favoritos de mi madre. Ahora que no tengo un horario, puedo explorar, como dijo Monica ayer. Había un restaurante en la ciudad del que siempre hablaba. Chez Black, justo a la orilla del mar. Teníamos que ir mañana por la noche. Pero hoy quiero explorar como lo hizo ella cuando estuvo aquí.

Marco aparece en ese preciso momento, justo al lado de mi silla.

—Se ha dejado esto —dice, tendiéndome la llave de mi habitación y señalando la otra mesa.

—¡Oh, sí! Lo siento. Gracias.

—Y veo que ha conocido a Adam.

—Arriba —digo mientras me guardo la llave en el bolso—. Estaba tomando un libro de la pequeña estantería y se presentó.

Marco sacude la cabeza.

—Pediría prestado todo este lugar si pudiera.

—¿Qué quiere decir?

Marco pone los ojos en blanco.

—Este joven de aquí. —Señala el asiento vacío de Adam—. Está tratando de comprar mi hotel.

6

—Adam viene aquí todos los años. Este año ha venido y ha traído un montón de papeles. —Marco hace un gesto con las manos, como si sujetara un acordeón—. Y me dice: una propuesta. Quiere comprar el Poseidón.

Me asaltan dos emociones. La primera es el enfado con Adam por intentar americanizar esta joya italiana. La segunda es el desconcierto por el hecho de que Marco comparta esta información conmigo con tanta facilidad. Hace solo una hora que nos conocemos.

—Doy por hecho que no está interesado, ¿verdad? —me aventuro a decir.

Marco se ríe.

—¡Este hotel pertenece a nuestra familia desde hace muchos años! Jamás. El Poseidón es como mi hijo.

—Entonces debería decirle que le deje tranquilo —le sugiero. Pienso en la sonrisa de Adam en el desayuno. Su desenvoltura natural. Su encanto. Ahora me resultan irritantes.

Marco se encoge de hombros.

—Lo sabe y le da igual. Pero no importa. Las cosas importantes siempre se hacen a tiempo.

Asiento con la cabeza, aunque es una mentira descarada. Si hubiéramos detectado antes el cáncer de mi madre, si hubiéramos hecho algo al respecto, ella no estaría muerta. Ahora mismo estaría aquí, conmigo, escuchando a Marco con compasión. También tendría magníficos consejos para él.

Empujo hacia atrás mi silla.

—¿No la habré molestado, señora Silver?

—No, claro que no —digo.

Y entonces, en un momento, en un instante, en una milésima de segundo, me sorprendo llorando. Hasta que mi madre falleció lloraba a diario, incluso cada hora. Todo me hacía estallar. Tocar la cafetera antes de que saliera el sol, esa máquina tan complicada que yo deseaba, pero no quería comprarme, por lo que nos la regaló para nuestra boda. El jabón de la ducha con olor a gardenia que compramos en un viaje a Santa Bárbara hace años y del que ahora siempre tengo suministros. El cajón lleno de tenedores de plástico de la comida a domicilio y para llevar, porque no soportaba tirar el plástico. Todo era un recordatorio de lo que estaba perdiendo, de lo que se me iba. Pero después de su muerte fue como si algo en mí se apagara. Me volví insensible. Estaba paralizada. No podía llorar. Ni cuando la enfermera de cuidados paliativos declaró su muerte, ni en su funeral, ni cuando oí a mi padre, un hombre estoico, llorar en la cocina debajo de nosotros. No sabía qué me pasaba. Quizá me preocupaba que se hubiera llevado mi corazón con ella.

Marco no parece sorprendido ni incómodo. En cambio, posa en mi hombro su mano grande y cálida.

—Es duro —dice.

Me enjugo las lágrimas.

—¿El qué?

—Ha perdido a la persona con la que debía venir, ¿no?

Me imagino a mi madre, radiante y llena de vida, vestida con unos pantalones blancos y una camisa de lino holgada y abierta, una visera y un bolso de rafia al hombro, riendo. Hacía mucho que no la recordaba de esta manera, tan vibrante. La imagen casi me sobresalta.

Asiento con la cabeza.

Marco esboza una pequeña sonrisa y ladea la cabeza.

—Positano es un buen lugar para dejar que la vida vuelva a uno.

Trago saliva.

—No sé —digo.

A Marco se le ilumina la cara.

—Con el tiempo —afirma—. Lo descubrirá con el tiempo. Y, mientras tanto, disfrute.

Me suelta y echa un vistazo desde la terraza. El sol ya ha salido del todo. Hace un día claro y luminoso.

—Que tenga un buen día, señora Silver. Le sugiero un paseo por la ciudad. Disfrutar de la playa y comer en Chez Black. —Me sorprende su sugerencia. Es el único lugar cuyo nombre conozco desde hace años—. La ensalada *caprese* es excelente y puede ver pasar a toda la gente —continúa.

—¿Necesito reserva?

—¿Para comer? No. Solo tiene que entrar y decir que es huésped del Hotel Poseidón. La atenderán.

—Gracias, Marco.

—Un placer. Si necesita cualquier otra cosa, no dude en hacérnoslo saber.

Se va y yo me dirijo abajo. Veo a una joven en la recepción. Es impresionante; pelo oscuro, piel aceitunada, de unos veintipocos años. Lleva al cuello un cordón de cuero con un precioso colgante de turquesa.

Está ayudando a una pareja de sesenta años a planificar una excursión de un día.

—¿Qué es mejor para el mareo? ¿Un barco pequeño o un ferry? —pregunta el hombre.

La mujer del mostrador me saluda y yo le devuelvo el saludo.

Salgo a la calle y me reciben animados sonidos. Enfrente hay una tienda en la que venden productos al aire libre. Los limones están junto a los tomates de gran tamaño. Salen en tromba dos jóvenes, hablando en italiano de forma rápida y airada. Van bebiendo de sendos vasos de limonada, húmedos a causa de la condensación.

Me pongo el sombrero y enfilo la acera cuesta abajo. Pasan diminutos coches italianos y Vespas, pero no es una calle demasiado transitada. Después de avanzar un poco, veo un grupo de tiendas de ropa. Vestidos pintados a mano en tonos naranjas. Chales blancos de lino y de encaje. Toqueteo un vestido azul marino de tirantes finos con falda capeada.

Sigo caminando. Viale Pasitea es la calle principal y la única que baja al mar, a menos que uno tome las escaleras. Dentro y alrededor de las tiendas y de los hostales, los hoteles y los mercados, hay escaleras que suben y se adentran en las colinas de Positano y bajan al mar. Cientos y cientos de escaleras.

La cúpula del centro de la ciudad pertenece a la iglesia, en la que repican las campanas. Ahora mismo están en silencio, pero al pasar por la plaza donde se encuentra la iglesia de Santa María Assunta veo el mar. Hay que bajar un corto tramo de escaleras y luego recorrer un camino repleto de tiendas. Cuando llego abajo, veo un puesto de ropa y luego el restaurante, ubicado justo delante de la arena.

Me encamino hacia él con rapidez mientras se me acelera el pulso. Es temprano, pero ya hay algunos clientes sentados y fumando. Las sillas de color turquesa están recogidas debajo de las mesas con manteles blancos. Hay un cartel con forma de concha marina que reza: Chez Black.

—*Buongiorno, signora* —dice un camarero. No puede tener más de diecisiete años, con unos vivos ojos verdes y la piel picada—. ¿En qué puedo ayudarla?

—Solo estoy mirando —respondo. Puedo sentir el corazón contra los pulmones, la oleada de ansiedad y de emoción, las posibilidades, la esperanza.

—*Perfetto.* —Hace un gesto con el brazo, señalando hacia el interior del restaurante.

Miro las mesas. No sé qué espero encontrar; ¿alguna reliquia que se dejara hace treinta años, su nombre garabateado en la pared o un mensaje que me diga qué hacer a continuación?

Pero el restaurante está casi vacío, los clientes siguen a lo suyo. Como es natural, ella no está aquí. ¿Por qué iba a estar? Está muerta.

Oigo la familiar sirena del miedo. El rugido de un motor antes de un tsunami. Las últimas cuarenta y ocho horas han sido un respiro de esta pena, de su acusada ausencia. Pero ahora siento que vuelve a crecer, que está a punto de alcanzar el punto culminante y arrastrarme.

—Discúlpeme —digo.

—¿Comer, señorita?

Niego con la cabeza.

—No, lo siento. Lo siento mucho.

Me voy, agarro las sandalias en la mano y bajo a paso ligero hasta el mar. En la pequeña playa hay ya algunas familias en toallas, jugando en la arena. Los barcos de alquiler se acercan al embarcadero donde la gente se apiña a la espera del próximo barco a Capri, a Ravello, al club de playa para pasar el día. En el embarcadero, una mujer tropieza y un hombre la agarra. Se abrazan y sus labios se encuentran. El rugido en mi pecho es cada vez más fuerte.

Me acomodo en la orilla del agua. No tengo toalla, así que me siento en la húmeda arena. Quiero llamar a Eric. Echo de menos a mi madre. De repente me siento muy tonta por haber venido aquí. ¿Qué esperaba que pasara? ¿Creía que iba a encontrarla sentada en una mesa de Chez Black, a punto de pedir la comida?

Me doy cuenta de lo lejos que estoy de casa, de la cantidad de aviones, trenes y coches que necesitaré para volver. Ni siquiera me he ausentado nunca un fin de semana yo sola y ahora estoy sola al otro lado del mundo.

La añoro, la añoro, la añoro.

Echo de menos su calor, sus consejos y el sonido de su voz. Echo de menos que me diga que todo va a salir bien y creer que va a ser así, porque ella está al volante. Echo de menos sus abrazos, su risa y su barra de labios, en el tono *Black Honey* de Clinique. Echo de menos que pudiera planear una fiesta en menos de una hora. Echo de menos tener las respuestas, porque la tenía a ella.

Miro el horizonte, el sol en lo alto. El vasto mar. Parece imposible que no esté en ninguna parte. Parece imposible, pero es cierto.

Inspiro de forma entrecortada y me pongo en pie. No puedo estar aquí dos semanas. Ni siquiera puedo estar aquí dos días. No había tenido en cuenta que nunca he estado sola en mi vida, no en realidad. No se me ocurrió que pasé de la casa de mis padres a una residencia universitaria y después a un apartamento con Eric. No sé cómo hacer esto.

Me iré a casa. Le diré a Eric que he cometido un error, que esto es duro y que lo siento. Haré las paces y la vida continuará.

Subo las escaleras de vuelta a la iglesia. Tomo el camino de regreso al hotel, pasando por las tiendas. Una mujer me llama: «*Buongiorno, signora!*». No me giro. Ya he pasado de largo.

Fuera del hotel, un joven llega para empezar su turno. Aparca su Vespa en la puerta mientras charla con una mujer en la calle de enfrente, que debe de ser la dueña de la pequeña tienda de comestibles. Hablan rápido y no les entiendo.

Subo los cuatro escalones hasta el vestíbulo y, cuando entro, ahí está ella. Está hablando con un hombre detrás del mostrador de recepción. Luce un vestido de una de las tiendas de la ciudad, verde con limones amarillos, que deja ver sus esbeltos y bronceados hombros. Lleva unas gafas de sol a modo de diadema, que sujetan su larga melena castaña. Agita los brazos. En el mostrador de recepción hay un pequeño paquete delante de ella.

—No, no, el hotel siempre se ocupa de mis envíos. Ya lo he hecho antes. Muchas veces. Lo prometo.

—¿Enviar?

—Sí, enviar. —Parece aliviada. No he soltado el aire—. ¡Sí, enviar! Y esto para el pago. —Desliza un billete por el mostrador.

—*Perfetto, grazie* —dice el hombre de recepción.

Estoy intentando verla bien para confirmar lo que ya sé en el momento en que se gira. Y, cuando lo hace, me quedo sin respiración. Porque la reconocería en cualquier parte. La conocería en Brentwood y la conocería en Positano. La conocería a los sesenta, a los dieciséis y a los treinta, tal como la tengo hoy frente a mí.

Por imposible que parezca, la mujer del mostrador es mi madre.

—Mamá —susurro, y entonces todo se vuelve negro.

7

Cuando vuelvo en mí, estoy tumbada sobre el frío suelo de mármol del vestíbulo y mi madre, o su versión treintañera, me tiene abrazada.

Abro los ojos y los vuelvo a cerrar con rapidez porque tengo razón; ella está aquí, y es tan maravilloso estar en sus brazos que no quiero perder ni un solo segundo. Huele como ella, habla como ella, y quiero vivir aquí, en este momento, para siempre.

Pero no puedo, porque enseguida me sacude con delicadeza y me obliga a abrir los ojos de nuevo.

—Oye, ¿estás bien? Te acabas de desmayar —dice. Me mira de cerca. Me asalta un recuerdo de ella con diez años más, inclinada sobre mí con un termómetro durante un ataque de gripe de especial gravedad.

El hombre de recepción también está agachado junto a nosotras.

—Hace calor, hace calor —dice. Se abanica, como para expresarse, y luego me abanica a mí.

—Agua —ordena mi madre, y él se va—. Te van a traer algo de beber, solo un segundo.

Ella me estudia y yo hago lo mismo con ella. Tiene la piel suave, joven y bronceada, sometida a un sol que aún no ha causado daños. Tiene el mismo aspecto que en las fotos antiguas, repartidas por las estanterías de la sala de estar de mis padres. Lleva el pelo suelto, largo y liso, nada que ver con mi melena rizada. Sus ojos son de un verde líquido.

—Estás aquí —digo.

Ella frunce el ceño.

—Te vas a poner bien —asegura—. Creo que Joseph tiene razón; solo has tenido un golpe de calor. —Ella mira por encima de su hombro, hacia el lugar por el que se ha ido él—. ¿Sabes cómo te llamas? ¿Dónde estás?

Me río porque es absurdo. Mi madre me pregunta cómo me llamo. «Soy yo —quiero decir—. Soy yo, tu hija.» Pero por la forma en que me mira me doy cuenta de que no me ha visto nunca en su vida. Claro que no.

—Katy —digo.

Ella esboza una sonrisa casi compasiva.

—Es un nombre muy bonito. Yo soy Carol. —Me pongo en pie y ella también se levanta—. Vamos, tranquila —dice mientras Joseph aparece con el agua—. Gracias. —Le quita la botella y la destapa antes de dármela a mí. Me mira de manera alentadora—. Adelante —me indica—. Es probable que estés deshidratada. —Hago lo que dice. Bebo cuatro grandes tragos y vuelvo a poner el tapón. Ella parece satisfecha—. Muy bien. ¿Te sientes mejor ahora?

¿Cómo puedo responder a eso? Tengo a mi difunta madre delante de mí en un hotel de la costa italiana. ¿Me siento mejor? Siento que he perdido la cabeza. Me siento extasiada. Siento que algo muy malo me pasa.

—¿Qué haces aquí? —pregunto.

Se ríe.

—Supongo que estaba en el lugar indicado en el momento oportuno —afirma—. Joseph me estaba ayudando con un paquete. Me alojo en una pequeña pensión no muy lejos de la carretera. En realidad, es solo una habitación.

Siento que una sonrisa se dibuja también en mi cara, semejante a la suya.

Es tan simple, maravilloso y obvio. Una habitación propia. «Me alojaba en una pequeña pensión en la misma calle del Hotel

Poseidón. Dormíamos hasta el mediodía y bebíamos rosado en la playa.»

He encontrado a mi madre en su verano de libertad. La he encontrado en la época antes de que yo naciera o de que conociera a mi padre. La he encontrado en el verano de Chez Black, en los días de playa y en las largas noches de conversación bajo las estrellas. Está aquí. Está aquí de verdad. Joven, sin compromisos y muy viva.

«La he recuperado. —Pienso—. Ha venido a mí.»

—¿Seguro que estás bien?

—Sí —respondo. Y entonces, sintiéndome fuera al tenerla aquí, frente a mí, prosigo—: Lo siento, tienes razón, debe de ser el calor. Acabo de llegar y no estoy acostumbrada. Lo más seguro es que también esté deshidratada por el viaje de ayer.

—¡Acabas de llegar! —exclama—. ¡Qué maravilla! ¿De dónde? Ahora no hay muchos estadounidenses, ya que aún estamos a principio de temporada. Llevo aquí unas semanas y me siento como si ya viviera en este lugar. Es un pueblo pequeño.

Habla con las manos, como siempre. Animada y rebosante de energía.

—Es perfecto —digo, observándola.

De repente me doy cuenta de lo hermosa que es. No es que no haya sabido siempre que mi madre era guapa; lo sabía. Tenía un estilo impecable, nunca tenía un pelo fuera de su sitio y poseía unas facciones marcadas y llamativas. Pero aquí, ahora, resplandece. Su rostro está radiante, sin una pizca de maquillaje, y su piel irradia luz, como si el sol la hubiera besado. Sus piernas son fuertes y esbeltas, con uno ligero bronceado.

—De California —digo—. De Los Ángeles.

Abre los ojos como platos.

—¡Yo también! —Levanta las manos y luego las posa despacio sobre su cabeza—. ¿Qué probabilidades había?

Cero. Un cien por cien.

—Yo llevo ya unos cinco años en Los Ángeles y me encanta. Vengo de Boston, ¿te lo puedes creer? Allí hace mucho frío. ¿Con quién has venido? —Mira hacia las escaleras y entrecierra los ojos, como si pudiera intuir la respuesta.

—Estoy sola —digo.

Ella esboza una amplia sonrisa.

—Yo también.

Joseph pasea la mirada entre nosotras.

—¿Está bien, señorita?

—Creo que sí —digo—. Muchas gracias.

—Debería marcharme —dice mi madre. Le da la vuelta a su reloj.

La agarro. No puede irse. No puedo dejar que se vaya.

—¡No! —exclamo—. No puedes irte. —Me mira con curiosidad y recobro la compostura—. Quiero decir que deberíamos almorzar.

Su rostro se relaja.

—Hoy voy a ir a Da Adolfo. Puedes acompañarme si quieres. El barco sale a la una o a la una y media.

—Perdón, ¿a la una o a la una y media?

Carol se ríe.

—Esto es Italia —afirma—. A veces es la una, a veces es la una y media, y a veces ni a una hora ni a la otra. —Estira sus manos como una balanza romana—. ¡Solo tienes que aparecer y esperar lo mejor! —Le hace una pequeña reverencia a Joseph—. Gracias, de verdad. —Y a continuación se dirige a mí—: Entonces, nos vemos en el muelle a la una, ¿de acuerdo?

Asiento con la cabeza.

—Sí. Allí estaré.

Y acto seguido se inclina hacia mí. Respiro su olor embriagador. Mi madre. Me da un beso en cada mejilla.

—*Ciao*, Katy.

Cuando se aparta, me doy cuenta de que sigo agarrada a su brazo.

Pone su mano sobre la mía.

—Estarás bien —me dice—. Solo agua y tal vez un poco de *prosecco*. Tómate un café y échate. ¡Bebe mucho! —Otra regla de Carol; nunca se bebe suficiente agua.

Se da la vuelta, se despide con la mano, atraviesa las puertas y desaparece por las escaleras que llevan a la calle.

Cuando se va, también lo hace Joseph, y Marco entra con paso tranquilo. Me apresuro a acercarme a él.

—Marco —digo—. ¿Acaba de ver a una mujer salir de aquí? Llevaba un vestido con estampado de limones. Pelo castaño, largo y liso. Muy guapa. Por favor, dígame que acaba de verla.

Marco levanta las manos.

—La mitad de las mujeres de Positano llevan vestidos con estampados de limones —replica—. Y todas son muy guapas. —Me guiña un ojo.

—¿A qué hora sale el barco para Da Adolfo? —pregunto.

En ese momento aparece la joven detrás del mostrador.

—Esta es Nika —dice Marco—. Es de la familia. Trabaja aquí conmigo. Nika, te presento a la señora Silver.

—Nos conocimos antes —digo—. Brevemente, en la recepción.

—Por supuesto —replica Marco—. Así es. Nika está en todas partes.

—Hola —saludo.

Nika se sonroja.

—Hola —dice—. *Buongiorno.*

—A la señora Silver le gustaría ir a Da Adolfo hoy.

—¡Oh! —digo—. No, no necesito reserva. Solo preguntaba a qué hora sale el barco.

—A la una —responde Nika.

—O a la una y media. —Marco levanta las manos y mueve con suavidad la cabeza de un lado a otro, como si dijera: «Esto es Italia».

8

Llego al muelle a la una menos cuarto. No quiero correr ningún riesgo. No pienso arriesgarme a perderla por nada del mundo. Llevo un caftán con flecos encima del traje de baño. Mi madre y yo lo compramos en un viaje al centro comercial Westfield Century City. Se suponía que iba a ser para un viaje de fin de semana que Eric y yo íbamos a hacer a Palm Springs con objeto de la boda de su compañero de trabajo. Acabamos pillando la gripe y saltándonos el viaje, así que no llegué a estrenarlo. Hoy lo he combinado con unas sandalias de agua y mi fiel sombrero de ala ancha para el sol.

Mientras me preparaba se me ocurrió que a lo mejor me había golpeado la cabeza más fuerte de lo que pensaba. Que tal vez me encontraba en una especie de sueño febril; ¿de verdad era posible que mi madre estuviera aquí? Pero la había visto antes de desmayarme y el recuerdo reciente es demasiado real para ser fruto de mi imaginación. No tengo otra explicación más allá de lo imposible.

El reloj marca la una y miro a mi alrededor con impaciencia. Una familia con dos niños pequeños se acerca al muelle, pero han reservado un taxi acuático privado. Mientras suben, uno de los niños, de unos cuatro años, empieza a gritar: *«Il fait chaud! J'ai faim!»*.

La una da paso a la una y cuarto y me siento en la plataforma del muelle. El sol está alto y pega con fuerza. Saco la crema solar de mi bolsa y me aplico de nuevo en los brazos, en los hombros y en la nuca.

La una y media. Me pongo de pie. El cosquilleo en mi estómago fruto de la impaciencia se convierte en un nudo. Ni rastro del barco ni de mi madre. Sacudo la cabeza. ¡Qué estupidez, qué tontería haber pensado que vendría! Tal vez incluso que pensara que estaba aquí. ¿Cómo he podido perderla de vista?

Y entonces veo un barco a lo lejos que avanza por el horizonte. En la parte de arriba hay un pez de madera rojo en el que pone *Da Adolfo*.

—¡Da Adolfo!

En una fracción de segundo, ocurren dos cosas. La primera es que alguien me agarra del brazo con fuerza. La segunda es que se me engancha la sandalia en los tablones de madera del muelle. Me tambaleo y hago aspavientos con los brazos para no perder el equilibrio, pero es inútil. Estoy justo en el saliente y antes de darme cuenta me caigo de espaldas al agua. No me doy cuenta de que la persona que me ha agarrado del brazo ha caído conmigo hasta que golpeo la superficie.

Emerjo, chapoteando y jadeando, y veo a mi madre flotando a mi lado hacia la superficie.

—¡Katy! —dice. Se aparta el pelo de la cara—. ¡Tenemos que dejar de vernos así!

Me sonríe y me echo a reír. Avanzo por el agua, invadida por un alivio tan fuerte que resulta cómico. No recuerdo la última vez que me reí y me dejo llevar. Salgo a flote y me tiendo de espaldas, riéndome aún a carcajadas.

—¡Fuera del agua! —grita el conductor.

La lancha aún no ha llegado hasta nosotras, pero empieza a reducir la velocidad. Veo que es pequeña, una lancha diminuta, y puedo distinguir al conductor ahora que está lo bastante cerca. Parece joven, de unos veintipocos años.

—¡Vaya, Carol!

Un hombre en el muelle nos saluda, pasa las piernas por encima del borde y alarga la mano. Carol le indica que me ayude primero a mí. Me acerco nadando, estiro mi mano hacia la suya y él me agarra. Siento como si me sacaran el brazo de su sitio, pero una vez que he tomado un poco de altura, apoyo la mano libre en el muelle y, con toda la fuerza de mi metro y medio, me subo a él. Me tumbo allí, respirando con dificultad.

El rescate de mi madre resulta mucho más sencillo. Apoya el pie en un lado del muelle para impulsarse y sube. Sin duda ayuda el hecho de que sea más alta.

Volvemos a pisar tierra firme y nos miramos, con los ecos de la risa todavía burbujeando por nuestros cuerpos.

Nuestro héroe al rescate da un paso adelante y mi madre nos presenta.

—Katy, este es Remo. Remo, esta es Katy —dice, todavía sin aliento.

—Hola, Remo —saludo—. Encantada de conocerte.

Remo rodea a mi madre con el brazo. Se me encoge el estómago.

—*Ciao, Katy.*

Mi madre no era de las que hablaban de los detalles de su pasado en lo que al plano romántico se refiere. Era una mujer con límites bien definidos en su vida. Vivía en color en muchas vertientes (su sentido de la belleza, el diseño, su amor por la comunidad), pero su pasado romántico siempre pareció estar vetado. Me decía cosas como: «Eso fue en otra vida, Katy. ¿Quién se acuerda?».

Cuando conocí a Eric la llamé y se lo conté, y también más tarde, cuando me di cuenta de que lo amaba, pero no hablábamos de sexo como hacen algunas madres e hijas. No le preguntaba sobre su propia experiencia ni compartía los detalles de la mía. En realidad nada quedaba fuera en nuestra relación, pero el sexo parecía que estuviera justo en el perímetro. Y simplemente no cruzamos la línea.

Cuando me hablaba de este verano en Positano, decía que había sido mágico, transformador y lleno de buena comida y buen vino, pero nunca hablaba de otra persona.

Sin embargo, aquí está Remo.

El conductor nos llama a todos.

—¡Da Adolfo!

—Antonio, *aspetti,* ya vamos —dice mi madre.

Se acerca a la barca y el capitán —Antonio, es de suponer— le tiende la mano. Ella sube, luego yo y después Remo. Estoy empapada, el algodón de mi caftán se adhiere a mí como una segunda piel.

Ella aún lleva puesto su vestido con estampado de limones y, en cuanto nos sentamos, se lo sube y se lo saca por la cabeza, dejando al descubierto un bañador negro de lunares debajo. Inclina la cabeza hacia atrás y cierra los ojos para empaparse del sol. Me estremece pensar en Carol Silver, sin sombrero, dejando que los rayos penetren en su piel como si fueran bienvenidos.

—Me gusta tu traje de baño —digo. Me parece estúpido hacerle un cumplido así, pero quiero que abra los ojos, que interactúe conmigo.

—Quítate el vestido y te secarás más rápido —me dice, con los ojos todavía cerrados—. Esa cosa parece una manta húmeda.

A ella tampoco le gustó cuando lo compramos. «Pareces una abuela, pero sé que es lo que se estila ahora.»

El barco comienza a alejarse. Remo y Antonio hablan en el timón, con voz fuerte y entrecortada por el creciente sonido del agua.

Exhalo un suspiro. A continuación me subo el caftán y me lo quitó del tirón. El sombrero para el sol sale disparado hacia la parte posterior de mi cabeza, pero el cordón que me rodea el cuello lo mantiene en su sitio. Llevo un bikini rosa y amarillo, atado a un lado. El viento se levanta cuando nos ponemos en marcha y ella grita, retirándose el pelo hacia atrás.

—¡Antonio! —grita—. ¡Tómatelo con calma! Katy no ha vivido antes un paseo de la muerte.

—¡Se trata de un lugar para comer!, ¿verdad? —grito.

—¡Te va a encantar! —asegura—. Es un restaurante que está en una pequeña cala. ¡Tienen un marisco alucinante!

«¿Cómo sabes todo esto? —quiero preguntar—. ¿Quién es Remo? ¿Cuánto tiempo te vas a quedar?» Pero el barco va muy rápido y el viento se lleva todas mis palabras y las arroja al mar antes de que puedan ser escuchadas.

Saco mi cámara, una vieja Leica que Eric me regaló después de nuestra luna de miel. Me dijo que las fotos de mi iPhone salían borrosas. En aquel momento, tenía razón. Hace siglos que no hago una foto; es algo que solía gustarme, otra cosa que se perdió en el pasado.

Quito la tapa del objetivo y la enfoco con la cámara. El barco me zarandea de un lado a otro, el agua se encrespa y nos salpica mientras nos movemos. Ella estira las piernas en el asiento y echa la cabeza hacia atrás, con los labios entreabiertos. Hago la foto. Siento que algo se encoge en lo más profundo de mi ser, tan oculto en mi interior que me pregunto si me pertenece a mí.

Esta es mi madre. Mi magnífica y deslumbrante madre. Aquí, ahora, en todo su esplendor. Libre de responsabilidades de nada que le depare el futuro, pienso.

9

Mis padres tuvieron un buen matrimonio. ¿Fue estupendo? Creo que tal vez, incluso es probable, pero no estoy segura de poder ser el juez. Solo sé que, en lo referente a mi familia, a menudo tenía la sensación de que mi padre era un extraño, que observaba el ritmo natural de mi madre y de mí. Sabía que se querían. Podía verlo por todo el tiempo pasaban juntos porque así lo decidían, por los regalos que mi padre le llevaba a casa a mi madre; flores, ropa, un collar para una ocasión especial que ella había visto y le había encantado, pero que nunca se habría comprado. Me daba cuenta porque mi madre le preparaba su plato favorito todos los viernes por la noche, le hacía todas las compras y porque le había cortado el pelo durante los treinta años que había durado su matrimonio. Podía verlo en la forma en que la miraba.

De lo que no estaba segura, lo que no sabía, era si mis padres eran almas gemelas, si tan siquiera creían en ello. No sabía si mi padre iluminaba a mi madre por dentro. Desconocía si tenían el tipo de matrimonio que te hacía decir: «Lo sabía».

Chuck y Carol se conocieron por medio de amigos comunes. Ella era una joven galerista de la Costa Este y mi padre un prometedor diseñador de ropa nacido y criado en Los Ángeles.

Su amor mutuo por *Casablanca*, por el guacamole y por Patti Smith los unió.

«Me ponía discos hasta las tres de la madrugada», decía mi madre.

¿Le reconoció al verle? ¿Fue amor a primera vista? ¿O fue el reconocimiento sereno de la posibilidad de una buena vida?

El barco reduce la velocidad y Antonio se baja y vadea el agua para llevarnos a lo que apenas puede describirse como un embarcadero. En realidad se trata de un tablón de madera que conduce a la orilla de lo que sin duda es la playa más pequeña del mundo, si es que puede llamarse así. Hay mujeres en bikini y hombres en bañador descansando encima de las rocas y en sillas de lona a rayas verdes y blancas incrustadas en la playa de arena y rocas. Detrás de ellos hay dos restaurantes; un edificio totalmente blanco y el azul de Da Adolfo.

Remo salta al embarcadero y ofrece su mano a mi madre, que me señala con la cabeza.

—Katy primero.

El barco se tambalea de forma violenta, pero todavía estoy mojada por nuestro lance previo, así que ¿qué es lo peor que podría pasar?

Agarro la mano de Remo y consigo bajar al embarcadero. Ella me sigue. Y, a continuación, los tres nos dirigimos a la orilla.

—¡Vuelve cuando quieras! —le dice mi madre a Antonio. Se sujeta el pelo atrás con la mano, como si fuera una pinza.

Desprende una serenidad, una desenvoltura que nunca he visto. O, si lo he visto, no lo recuerdo. «¿Vuelve cuando quieras?» ¿Quién es esta mujer?

Remo nos consigue una mesa cerca del mar y nos sentamos. Una cesta de pan y un poco de aceite de oliva ya nos están esperando. El aceite viene en un pequeño plato de cerámica azul y rojo, con peces blancos dibujados en el borde. Las moscas negras se posan cada cierto tiempo en la mesa, pero, en general, el viento las mantiene alejadas. El mar rompe contra las rocas a nuestro lado y hay dos parejas sentadas en sillas de playa junto a la orilla. Por lo demás, está vacío.

—Tienes suerte de estar aquí ahora —dice Remo—. Otras tres semanas y Positano estará infestado.

—Turistas —aclara Carol—. No bichos.

—Es lo mismo, es lo mismo —replica Remo, sonriendo.

Están sentados en un extremo de la mesa y yo en el otro. Estudio a mi madre. Una y otra vez. Su belleza, ahora rebosante de vida. Tan actual, tan presente, prácticamente desbordante, que siento que si la apretara, sería capaz de capturar lo que rezuma.

—Remo, ¿vives en Positano? —pregunto.

Me tomo un momento para mirarle con atención. Es guapo, no cabe duda. Se parece un poco a un dios romano. Torso bronceado, cabello castaño rizado y unos cristalinos ojos azules.

—Vivo en Nápoles, pero en verano vengo a Positano porque en verano es donde está el dinero.

—Remo trabaja en el Buca di Bacco —dice.

—¿El hotel? —Recuerdo haber leído sobre él cuando nos documentábamos para el viaje.

—Hotel y restaurante —añade Remo—. Soy *cameriere*..., ¡uh!, camarero. —Remo sonríe.

—Es una profesión muy respetada en Italia —afirma mi madre—. Es una pena que en Estados Unidos no exista la misma costumbre.

Mis padres solo iban a dos restaurantes con asiduidad y ambos están en Beverly Hills: Craig's y Porta Via. Pedían los mismos cuatro platos principales. Mi padre es un animal de costumbres. Rara vez, y solo de manera ocasional, mi madre le hacía probar algo que se salía de su zona de confort; Eveleigh en West Hollywood y Perch en el centro.

Aparece el camarero y Remo le estrecha la mano con cariño.

—*Buongiorno, signore.*

—*Buongiorno* —dice Carol. Bebe un buen trago de agua y se escurre el pelo en el suelo de arena.

Remo empieza a pedir con rapidez en italiano. Miro a Carol.

—Todo estará delicioso —dice ella—. No te preocupes. Remo me trajo aquí la semana pasada y lo mejor es simplemente dejarte llevar.

Jamás he oído a mi madre usar la frase «simplemente dejarte llevar», ni una sola vez.

—¿Vosotros sois...? —empiezo, pero Carol responde antes de que pueda acabar.

—¿Amigos? Sí —concluye—. Me ha tomado bajo su ala y me ha enseñado Positano desde la perspectiva de un lugareño. —Se inclina sobre la mesa de manera cómplice—. Pero es muy guapo.

Miro a Remo. Sigue inmerso en la conversación.

—Esto... Sí.

—¿Y qué te trae a Positano, Katy? —pregunta mi madre—. Además de lo obvio.

—¿Y qué es lo obvio?

—Italia —dice, guiñándome un ojo.

Aparece una botella de rosado y unas copas y Remo nos sirve, volviendo a la mesa y a la conversación.

—Es un lugar precioso, ¿no? —dice Remo.

Asiento con la cabeza. No sé qué decir. «Mi madre ha fallecido y ya no sé qué hacer con mi vida, así que he dejado a mi marido y me he venido aquí, a Italia.»

«¡Ah, sí! Y, por cierto, tú eres ella.»

—Necesitaba un descanso —digo, con sinceridad.

Mi madre sonríe. Remo vuelve a llenar su vaso de agua.

—Bueno, pues brindo por tu descanso —dice ella.

Chocamos nuestras copas y el líquido baja vigorizante, dulce y suave.

Me acuerdo de la última comida normal que tuve con mi madre. Era un cálido día de diciembre y acabábamos de hacer unas compras en el Grove en West Hollywood. Quería probar un lugar nuevo y sentarse al aire libre conmigo, así que nos decidimos por un restaurante mexicano vegano en Melrose llamado Gracias, Madre. Tienen un patio exterior y un guacamole excepcional.

—¿Tomamos una copa de vino? —preguntó cuando nos sentamos.

Mi madre no bebía durante el día. Tomaba media copa de vino si nosotros nos servíamos una y nada en caso contrario. La había visto pedir un martini en una comida tardía una vez en mi vida, en un bar de Nueva York, después de un espectáculo de Broadway de los Jersey Boys.

Me dieron ganas de preguntarle si estaba segura. Hacía dos meses que le habían diagnosticado cáncer y estaba en tratamiento. Sin embargo, aún no habíamos pasado a lo peor. Era una mezcla de pastillas que a veces la dejaba exhausta, pero que no había provocado ningún cambio en su cara ni en su pelo. Al mirarla, no se notaba que le pasara nada.

—Sí —dije—. Hagámoslo.

Nos trajeron dos copas de Sancerre y el camarero nos sirvió en la mesa. Ella lo probó.

—Delicioso —dijo ella.

Recuerdo que vestía un jersey naranja de cachemir de manga corta y unos pantalones marrones a cuadros. Llevaba unos mocasines marrones y un pañuelo atado a su bolso Longchamp.

—¿Crees que deberíamos volver a por la falda de J. Crew? —me preguntó.

Era de terciopelo y corta, con brillos en el bajo. Bonita, pero al final habíamos decidido que era carísima. Y la tela no era tan buena como ella quería; la moda rápida nunca lo es. Y le enfurecía que ya no le pusieran forro a nada. Me sorprendió que lo volviera a mencionar ahora. Mi madre no solía cambiar de idea muy a menudo.

—Creo que no —dije.

Ella sonrió.

—Quedaría bonita con una camiseta negra.

—Ya tengo suficientes faldas.

—Aun así —insistió—. Creo que deberíamos comprarla.

Recuerdo que se bebió su copa de vino con rapidez. Y recuerdo que pensé que, aunque se nos había concedido este día, este momento —compras, comida, vino de mediodía— tan optimista y alegre, la evidencia real de su enfermedad era la propia indulgencia.

Pero ahora, sentada aquí con ella —treinta años antes, al otro lado del mundo—, viéndola beber rosado frío como si fuera agua, pienso que quizá había partes de ella que nunca me esforcé en ver. Partes de ella que solo querían beber al aire libre bajo el sol un miércoles. Y volver a por una falda porque sí.

El almuerzo es bueno, pero Il Tridente del Hotel Poseidón es mejor. Hay Halloumi a la parrilla sobre una cama de lechuga, calamares, *caprese* y mucho vino.

—Remo me llevó a Capri el fin de semana pasado —dice mi madre—. En mi opinión, está sobrevalorado. Positano es mucho más bonito. También es más auténtico. Da la impresión de que la conexión con la cultura italiana es mayor aquí que allí.

Remo sacude la cabeza.

—Capri es bonito en el agua. En tierra, menos.

Mis padres y yo hicimos un viaje a Londres cuando tenía doce años. Nos alojamos cerca de Westminster, vimos una función de *Wicked* y montamos en el London Eye. Eso es lo más parecido a unas vacaciones europeas que he tenido.

—Es un lugar al que es difícil de llegar y un lugar que cuesta abandonar, pero un lugar en el que resulta muy fácil quedarse —dice mi madre—. Vine por primera vez con mis padres cuando era una niña y nunca lo olvidé.

No estoy segura de saber sobre ese viaje. Hay tantas cosas que nunca le pregunté... Y ahora hay tanto que quiero saber...

—¿En qué más sitios has estado de este país?

—Fui a Ravello, que era el paraíso. Y a Nápoles, que no me llamó la atención. Remo es de allí. Por supuesto, Roma es maravillosa.

—Nunca he estado en Italia —confieso.

—Bueno, pues has elegido un momento perfecto para estar aquí —afirma mi madre, alargando la mano por encima de la mesa.

Remo nos habla de la belleza de Ravello, el pueblo de al lado, y me pregunta si he estado en Capri, a lo que le respondo que acabo de llegar.

—Hay tiempo de sobra —interviene Carol—. En Italia hay que tomarse las cosas con calma.

Cuando por fin nos ponemos de pie, me siento un poco mareada.

Apartamos las sillas y nos dirigimos a las rocas. Hay una tumbona abierta y mi madre deja su bolsa en el suelo, de modo que yo hago lo mismo. Luego se quita el vestido por la cabeza. Me llama la atención el gesto tan despreocupado, tan espontáneo. Pienso en mi madre en Palm Springs, en Malibú. Su bañador siempre acompañado de un pareo bien colocado y los brazos cubiertos para evitar el sol con una camisa de lino clara. Tenía un cuerpo magnífico, siempre lo tuvo, pero tenía un pudor que aquí no se aprecia. ¿Cuándo surgió? ¿Cuándo decidió que su cuerpo era algo a lo que debía prestar tanta atención, que no debía ser admirado?

Sin embargo, siempre le gustó el agua. Le encantaba nadar. Hacía largos en la piscina todas las mañanas, con su gorro L.L. Bean, como una pelota flotando en la superficie.

La sigo y nos adentramos en el océano. Me sumerjo en el agua, y al emerger, ella está flotando boca arriba, con los ojos cerrados. Quiero fotografiarla, capturar este momento, pero en vez de eso, hago lo mismo que ella. Nos quedamos así, flotando, hasta que el barco de Antonio aparece en el embarcadero.

Subimos a bordo, empapadas, y nos llevan al puerto de Positano. El sol se está ocultando en el cielo cuando llegamos. El barco atraca y Remo nos ayuda a bajar. Le damos las gracias a Antonio, que se quita el sombrero antes de partir.

—Gracias —le digo a mi madre—. He pasado un día estupendo. El mejor en mucho tiempo.

—No, gracias a ti —responde—. Es genial hacer una nueva amiga.

Me doy cuenta de que ni siquiera le he preguntado cuánto tiempo se va a quedar.

—¿Estarás aquí mañana? —pregunto. Puedo sentir el frenesí que crece en mi interior. La súbita desesperación por retenerla después de un día de ocio.

Ella sonríe.

—Por supuesto. Te voy a llevar a La Tagliata. Es un restaurante increíble en lo alto de las colinas. No te lo vas a creer. El autobús sale a las cuatro de tu hotel, así que nos vemos allí.

—¿Adónde vas a ir ahora? —pregunto.

—Tengo que dejar a Remo y luego recoger algunas cosas en el mercado. La dueña del piso que alquilo está esta noche en casa.

Me asaltan imágenes de mi madre cocinando, riendo, compartiendo una comida con otra mujer. Siento que me invaden los celos.

—Pero te veré mañana, ¿no? —Me mira. Y durante un brevísimo instante, pienso que tal vez ella también me reconoce. Tal vez algo en ella esté atravesando el tiempo y el espacio para proporcionarle la información que necesita saber. Que ella me pertenece. Que somos la una para la otra. Solo nosotras. Pero entonces Remo le toca el hombro y el momento se rompe.

Asiento con la cabeza.

—Bien. Hasta mañana —dice. Se da la vuelta para marcharse y de repente me invade la intensa necesidad de abrazarla allí, en el embarcadero, con el agua moviéndose debajo de nosotras y el vino corriendo por mis venas. Lo siento de forma visceral.

Así que lo hago.

Me arrimo y la estrecho entre mis brazos. Huele a agua salada, a vino y a ella.

—Gracias por lo de hoy —digo, y la suelto—. Hasta mañana.

10

Me despierto cuando llaman con suavidad a mi puerta.

—Un momento —digo, mientras la confusión y la presión de la resaca se asientan. Miro el reloj; son más de las ocho de la tarde. Volví de comer, pensando en echarme un rato, y he estado más de tres horas durmiendo como un tronco.

Agarro una botella de agua de cristal que hay en el tocador y le doy un trago mientras abro la puerta. Al otro lado está Nika, vestida con una camisa blanca y unos vaqueros de cintura alta, con el pelo suelto. Tiene las mejillas un tanto sonrojadas. Está muy guapa.

—Hola —digo.

—Hola —responde ella—. Buenas tardes. ¿Está bien?

Miro mi caftán arrugado y me palpo la cara. A pesar de la gorra, la noto tirante y caliente; sin duda, quemada por el día de hoy. Creo que no me he vuelto a aplicar el protector solar ni una sola vez después de bajar al embarcadero y el restaurante estaba casi por completo al descubierto.

—Sí —digo—. Demasiado vino en el almuerzo. ¿Tú estás...?

—¡Oh! —exclama y pone los ojos en blanco—. El caballero de abajo estaba preocupado. Le dije que vendría a ver cómo estaba. Que me aseguraría de que estaba bien.

Adam. ¡Mierda!

—Dile que bajaré enseguida —digo—. Y que lo siento mucho. Gracias.

Nika asiente.

—Lo haré.

—Oye, Nika —añado al recordar—. Marco me dijo que Adam está tratando de comprar el hotel.

Nika se ríe.

—Marco cree que todo el mundo siempre intenta arrebatarle este lugar. No es tan apetecible como él cree.

—¿De veras?

Nika se encoge de hombros.

—Bueno, yo creo que es apetecible, por supuesto. A mí me encanta. Para mi familia ha sido su vida durante muchos años. No sé qué pasa con Adam. Quizá lo esté intentando. Pero nos vendría bien la ayuda.

—Ahora mismo bajo —digo—. Gracias por venir a buscarme.

—Se lo haré saber al señor Westbrooke —dice con una sonrisa y luego cierra la puerta al salir.

Me meto en la ducha.

Tardo doce minutos y medio en enjuagarme, ponerme un vestido veraniego con estampado floral, cepillarme el pelo y aplicarme una mínima cantidad de maquillaje que tengo a mano. Colorete, brillo de labios y una rápida capa de máscara de pestañas.

Cuando bajo, Adam está sentado en la misma mesa que en el desayuno.

—Está viva —dice, poniéndose de pie. Va vestido con unos pantalones de lino color canela y una camisa de lino blanca. Lleva una pulsera hecha de cuentas de madera. Del tipo que se ve en todos los estudios de yoga de Los Ángeles. El pelo rubio le cae sobre la frente. Está... guapo.

—Lo siento mucho —me disculpo—. Bebí demasiado vino en el almuerzo y me quedé dormida. Nunca bebo durante el día.

Me sonríe. Me doy cuenta de que tiene los dientes muy blancos.

—Esto es Italia —afirma—. ¿Qué se le va a hacer? —Adam me señala la silla de enfrente y me siento—. Te has saltado la hora del cóctel —prosigue—. Pero se me ocurrió que podríamos cenar.

Ya sentada, noto esa familiar sensación en el estómago, como un motor que se pone en marcha. Ha pasado mucho tiempo desde el almuerzo.

—Sí, por favor —convengo—. Me muero de hambre.

Adam abre su carta.

—¿Qué te gusta? —pregunta.

Es una pregunta muy simple. Poco común. Pero me doy cuenta de que soy incapaz de responderla. Estoy demasiado acostumbrada al placer de la costumbre. ¿Acaso me gusta la ensalada de La Scala? ¿La crema de avellanas, el color blanco? ¿Es la familiaridad un gusto? ¿O no es otra cosa que la tolerancia nacida de la costumbre?

—La ensalada de tomate y los raviolis están deliciosos —comento.

Adam sonríe.

—¡Oh! Lo sé. Pero, en mi opinión, nada supera su pasta primavera. Y aquí hay un pescado a la sal que está... —Se lleva los dedos a los labios y se los besa.

—Entonces te lo dejo a ti.

—¿Por qué no pedimos los dos? —dice—. Compartiré si tú haces lo mismo.

La forma en que lo dice, como si me desafiara, hace que algo dentro de mí se encoja.

—¿Vino? —pregunta. Yo cierro un ojo—. ¡Ah, claro! El almuerzo. Nos lo tomaremos con calma.

Pide una copa de Barolo para él y yo un té helado. Tardo un poco en explicarle a nuestro camarero, el mismo hombre amable que nos sirvió en el desayuno (que, según me entero, se llama Carlo), qué lleva un té helado. Lo que acaba saliendo es una jarra de té negro y una taza de hielo. Me parece justo.

—Bueno, Katy —dice Adam—. ¿Qué te pasa?

—¿Que qué me pasa?

—¿Qué te pasa?

—He oído que estás intentando comprar este lugar —suelto. Me apoyo en el respaldo y me froto la cara con una mano—. Lo siento, no es asunto mío. Pero Marco parecía un poco molesto esta mañana. Y, además, creo que me has mentido.

Adam se ríe.

—Creo que «omitir» es, sin duda, un mejor verbo.

—Pues entonces me has mentido por omisión.

Adam levanta las manos con las palmas hacia arriba en señal de rendición.

—Muy bien. Lo que pasa es que la gente se pone irritable, lo que es comprensible, cuando piensa que estás tratando de meterte con un establecimiento local e histórico. Además, acabamos de conocernos.

—Entonces, ¿por qué lo haces?

Adam toma un sorbo de vino.

—Trabajo para una empresa hotelera. Como es evidente, esa parte era cierta. Te dije que querían una propiedad en Positano, también cierto. Solo que se me olvidó mencionar que esta es la propiedad que quieren.

—Pero Marco no quiere vender.

Adam se encoge de hombros.

—Recibieron un duro golpe hace poco. No creo que tengan dinero para seguir abiertos ahora mismo, tal y como desean. Tienen dificultades. Sus márgenes son ajustados. Recordemos que Positano solo recibe turismo cuatro o cinco meses al año, como máximo.

—Este hotel lleva en su familia cien años. —En realidad no sé si eso es cierto, pero lo parece.

—Más bien cuarenta, pero sí. —Adam apoya los codos en la mesa. Su cuerpo se acerca a mí—. ¿De verdad tenemos que hablar de esto?

Siento que todo mi cuerpo se acalora. Hasta los dedos de los pies.

Este es el momento. Este es el momento en el que digo: «Oye, solo para que conste, estoy casada. Quiero decir que en realidad no sé hasta qué punto estoy casada, si esto es un descanso o el comienzo de un divorcio en toda regla, ni qué está pasando exactamente entre Eric y yo, pero arriba tengo unos anillos que hasta hace veinticuatro horas he llevado en mi dedo durante cinco años».

Pero no lo hago. En su lugar me limito a responder:

—No.

Adam se recuesta.

—Bien.

El pescado llega y está entero —cabeza, cola, todo— y encerrado por completo en una gigantesca costra de sal. Carlo lo muestra con orgullo en una fuente blanca y limpia.

—Espléndido —dice Adam—. ¡Bravo!

Carlo se dispone a limpiarlo a unos pasos y empieza a retirar la costra de sal. Se desprende en grandes trozos.

Pienso en lo que haría Eric si estuviera aquí. Eric es la persona más quisquillosa con la comida sobre la faz de la tierra. Le gusta el pollo, la pasta y el brócoli. Mi madre solía decir que nunca desarrolló su paladar, que comía como un niño de seis años. Tenía razón, y ahora creo que el motivo de que esta experiencia sea tan extraordinaria es que en nuestra casa pedíamos comida al California Pizza Kitchen de forma regular. La única vez que comíamos bien era cuando mi madre cocinaba. Carlo trae los platos; el pescado blanco fileteado va acompañado de verduras salteadas y pequeñas patatas asadas. Mi estómago gruñe con impaciencia.

—Esto tiene una pinta increíble —aseguro.

—Disfruten —dice Carlo.

Se va y yo tomo un jugoso bocado con el tenedor.

—Juro que creo que este hotel tiene mi restaurante favorito del mundo —declaro.

Adam me mira.

—Está en lo alto —dice—. Pero de esto deduzco que no has estado en suficientes lugares.

Pienso en Eric y en nuestro viaje anual a Palm Springs, en nuestro quinto aniversario en Miami.

—No te equivocas —reconozco.

—¿Has estado en Europa con anterioridad?

—Sí —digo. Es cierto, técnicamente. Londres cuenta, ¿no?

Nos sumergimos en la comida. El pescado está perfecto y se deshace en la boca; las verduras están regadas con aceite de oliva; la pasta está al dente. Al final sucumbo y acabo pidiendo una copa de vino.

Adam se crio en Florida, pero ahora vive en Chicago. Le encanta Italia, pero no tanto como Francia; me dice que Francia tiene mejores tomates y quesos. La Provenza tiene los mejores productos del mundo. Su madre nació en París y pasó allí su infancia. Habla francés con fluidez.

Le gusta el senderismo, los perros y viajar en avión. No le gusta estar mucho tiempo en el mismo sitio.

Está soltero.

Facilita esa información al hablar de una exnovia con la que fue a Tokio hace unos meses. Es sutil, pero eficaz.

—Fue un viaje terrible, pero supongo que no puedo culpar a la ciudad de nuestra ruptura; se veía venir hacía tiempo.

—Lo siento —digo.

—Yo no —replica—. A saber dónde estaría ahora. Una cosa cambia y todo cambia.

Jugueteo con mi copa de vino y apuro lo que queda.

—¿Eres una persona de postres? —pregunta Adam.

Soy muy golosa, siempre lo he sido. Lo heredé de mi padre. A mi madre nunca le gustó el azúcar y a Eric tampoco. «Prefiero una bolsa de *pretzels* antes que una tableta de chocolate», solía decir mi madre.

—Sí —respondo—. Desde luego que sí.

—Tienen una tarta de bayas que es de temporada. No sé si este año está en la carta, pero creo que podemos hacer que Carlo nos traiga una porción. —Como era de esperar, la idea de la tarta de frutas del bosque fue recibida con entusiasmo y al cabo de unos minutos nos trajeron a la mesa una delicada combinación de bayas y nata—. Las damas primero —dice Adam, deslizándola hacia mí.

Tomo un trozo con la cuchara. Está divina, como era de esperar.

—¡Madre del amor hermoso!

Él también toma un bocado.

—Lo sé.

—Creo que esto es lo mejor que he probado. No estoy bromeando.

Adam se reclina y me mira. Me mira de verdad. Siento su mirada sobre mí como si fuera una mano.

—No me has dicho si tienes a alguien en casa —dice. Alcanza una taza de café expreso que Carlo ha traído con el postre mientras yo trago y bebo un poco de agua. Asiento con la cabeza. Adam enarca las cejas—. Así que eso es un sí.

—Sí, es un sí.

—No puedo decir que me sorprenda.

—¿Qué significa eso?

Me mira fijamente. Su mirada parece suavizarse, elevarse. Como antes, donde estaba su palma, ahora están solo las yemas de sus dedos.

—Pareces el tipo de mujer que le gusta pertenecer a alguien.

Siento sus palabras como algo físico. Me golpean justo en el esternón.

—Se suponía que tenía que hacer este viaje con mi madre —explico—. A ella siempre le gustó Positano. Estuvo aquí... —Mi voz se apaga mientras pienso en Carol, hoy mismo, con el agua del mar salpicándola en el barco, con la boca entreabierta y los ojos cerrados.

—¿Qué pasó? —pregunta Adam con delicadeza.

—Falleció —digo—. Y entonces todo lo que conocía se fue con ella. Mi matrimonio... —Adam reacciona, pero no dice nada—. Ya no sé quién soy en realidad.

—¿Y has venido para averiguarlo?

Asiento con la cabeza.

—Tal vez.

Adam lo piensa.

—¿Cómo es?

—¿Quién?

—Tu marido.

—¡Oh! Llevamos juntos desde la universidad —respondo— Es..., no sé..., es Eric.

Adam toma aire.

—¿Sabes cuál creo que es tu problema?

Me aclaro la garganta. No sé si estar impresionada o cabreada.

—¿En serio? —Él me mira como si dijera «¡Vamos!»—. Bueno, vale. ¿Cuál es mi problema?

—Que sientes que no tienes ningún poder sobre tu vida.

—Hace solo dos horas que me conoces.

—Hemos desayunado juntos, por si lo has olvidado. Y tú has llegado tarde a cenar. Digamos que son trece. —Le indico que prosiga—. Actúas como si no supieras cómo has llegado hasta aquí, como si te hubieras despertado, hubieras mirado a tu alrededor y hubieras pensado «¿Cómo?», pero tengo noticias para ti. Incluso la pasividad es una elección.

Me quedo ahí sentada, con la mirada clavada en él. Resulta raro que un extraño te reprenda y encima tenga razón.

—¿Eso es todo?

—Sí, además eres preciosa.

Vuelvo a sentir ese calor. Siento un cosquilleo en los dedos de los pies.

—¿Y eso es un problema?

Se inclina hacia delante. Tan cerca que puedo oler las bayas dulces y el café expreso en su aliento.

—¿Para mí? Sin duda.

11

Me vuelvo a levantar temprano. El sol apenas asoma por el horizonte; ni siquiera son las seis de la mañana. Salgo con un café al patio, con vistas al mar, mientras esa misma luz nebulosa baña toda la ciudad.

Anoche me despedí de Adam en el ascensor. Está en una *suite* de la segunda planta, una *suite*, con unas vistas magníficas, me dijo. Me eché a reír. En este sitio todos los lugares tienen unas magníficas vistas.

Ahora mismo, esta mañana, solo puedo pensar en ella. Estoy deseando verla esta noche, deseando saber si aparecerá, deseando descubrir si lo de ayer fue un sueño lúcido, solo un poco demasiado real. Siento la cafeína en mi organismo, pero en lugar de ponerme nerviosa, parece que me pone más alerta, como si acabara de ponerme unas gafas. Y sé, de la manera que solo la certeza puede otorgar, que de verdad era ella, que estaba aquí. Que de alguna manera he tropezado con una especie de realidad mágica en la que podemos estar juntas. Que el tiempo aquí no solo se mueve más despacio, sino que de hecho se pliega sobre sí mismo.

Ni siquiera parece tan inverosímil. Lo más loco, lo más desconcertante, es que se haya ido.

Vuelvo a entrar y dejo mi taza. Voy a sacar el cacao para los labios de mi equipaje de mano, cuando veo nuestro itinerario original para el viaje, el que metí en la bolsa hace apenas un día. Saco el papel arrugado. En él hay restaurantes; Chez Black, por supuesto, el restaurante del limonero de Capri. Y en el plan para esta mañana hay una caminata hasta el Sendero de los Dioses.

Recuerdo que mi madre me hablaba de esto. Que cuando ella estuvo aquí subió las escaleras hasta la cima de Positano, donde hay un sendero que une Bomerano y Nocelle, los pueblos de arriba.

Saco mis zapatillas deportivas, un pantalón corto y un sujetador deportivo. Nunca he sido muy deportista, pero siempre me ha gustado hacer ejercicio. Empecé a jugar al fútbol en la escuela de primaria y no lo dejé hasta el primer año de instituto, cuando me rompí el menisco. En la universidad descubrí la natación, y cuando vivíamos en Nueva York, los paseos en bicicleta por el Hudson me mantenían cuerda. Hoy en día, la mayor parte de las veces voy al gimnasio o al estudio Pure Barre, que está a la vuelta de la esquina de nuestra casa.

Agarro mi gorra de béisbol, me embadurno de protector solar y bajo las escaleras.

Esta mañana Marco está solo en la recepción, con una expresión alegre para una hora tan temprana.

—*Buongiorno!* —me saluda.

—Buenos días, Marco —le digo.

—¿Se va a andar? —Mueve los brazos a los lados como si estuviera esquiando.

—Iba a subir las escaleras hasta el Sendero de los Dioses —digo.

Marco reacciona pasándose el dorso de la mano por la frente.

—¡Muchos peldaños! —dice, como si yo hubiera sugerido lo imposible—. ¡Suben, suben y suben!

—¿Queda cerca el principio o la entrada? —pregunto.

Me señala la puerta de la derecha y veo la calle, que a estas horas todavía está dormida.

—Busque las escaleras y suba. —Señala con el dedo hacia el techo—. Siga adelante y entonces llegará.

—¡Gracias! —Me despido con la mano, pero Marco me detiene.

—¡Espere! —espeta. Y vuelve con una botella de agua con el emblema del hotel—. El sol de Positano pega fuerte —afirma.

Le doy las gracias y me voy. Unos pasos más arriba hay una tienda con todo tipo de ropa elegante colgada en el escaparate (manteles, servilletas y pañuelos ribeteados de encaje) y al lado otra con una máquina de granizados. Veo la limonada de intenso color amarillo, que remueven de forma constante. Y allí, a la izquierda de la tienda, está el primer tramo de escaleras. Lo subo. Escalones de piedra, uno tras otro. Suben, suben y suben. Ascienden de forma sinuosa al lado de pequeños hoteles y casas. Me asomo a las ventanas para ver el movimiento de la vida. Transcurridos sesenta segundos, ya estoy sin aliento.

No recuerdo la última vez que salí a caminar, y mucho menos a correr o al gimnasio. Estoy en baja forma, oxidada, no estoy acostumbrada a forzar tanto mi cuerpo. Mis piernas no se han movido este último año. Se han quedado quietas mientras mi corazón, mis entrañas y mi alma corrían en círculos y gritaban presas de la histeria, pero noto que mover mi cuerpo ahora parece tener el efecto contrario. Mientras sudo y resuello, mis entrañas están tranquilas. Ahora solo puedo pensar en el siguiente escalón.

Marco tiene razón; las escaleras son empinadas y parecen no tener fin. Pero después de unos diez minutos de cardio, llego a un descansillo. A medida que me alejo del centro de Positano, el pueblo se vuelve más residencial. Las abuelas comienzan a sentarse fuera a charlar con los vecinos mientras se beben el café de la mañana antes de que sus hogares despierten. Saludo con la mano a una mujer que barre la escalera de entrada a su casa. Ella me devuelve el saludo.

Me impresiona la intemporalidad de Italia. No es la primera vez que pienso en ello; la Italia a la que he venido no es tan diferente de la que enamoró a mi madre hace treinta años. El país existe desde hace miles de años. A diferencia de Estados Unidos, el progreso se valora de forma diferente. Es más lento. Las casas se encalan en la misma paleta de colores utilizada durante cien años; las instituciones prevalecen. Las iglesias y las imágenes llevan siglos aquí, no solo décadas. Los mismos platos vuelven año tras año.

Después de otros cinco minutos de escalada, estoy sudando a mares. Desenrosco el tapón de la botella que me ha dado Marco y bebo con gusto. Escudriño todo a mi alrededor.

He llegado al final de las escaleras y de aquí parte un camino de tierra y piedra que desaparece en un entorno mucho más natural. Esta debe de ser la desembocadura del Sendero de los Dioses. Gracias a un rápido resumen de nuestro itinerario, me he enterado de que el Sendero de los Dioses le debe su nombre a una leyenda. Al parecer, los dioses utilizaron el camino para bajar al mar y salvar a Ulises de las sirenas que lo atraían con sus cantos. Durante siglos fue el único camino entre los pueblos de la costa amalfitana. Es muy transitado y se le tiene un gran aprecio.

La vista aquí arriba es impresionante, similar a la que lleva a la ciudad. Los barcos que hay en el agua, que antes se podían dibujar en detalle, son ahora pequeños puntos blancos en el mar. Desde aquí se puede ver la vasta extensión azul y los hoteles y casas de Positano como pinceladas de acuarela. Estamos muy por encima de todo.

Tomo asiento en un pequeño escalón de piedra. Me tiemblan las piernas y el sol ya ha salido del todo, para iluminar al mundo con su cegadora luz. Ya no siento ni siquiera el más mínimo resquicio de la resaca. No es de extrañar que aquí todo el mundo pueda beber vino con tanta despreocupación.

Pienso en este sendero. Cuánta gente ha transitado por este camino. Cuántas historias. Cuántos pasos.

Pienso en mi madre aquí, hace años. Pienso en ella ahora. Su larga melena caoba, su amplia sonrisa, su vestido de verano y sus zapatillas deportivas, el sudor perlando su frente bronceada. La misma persona y, sin embargo, otra totalmente distinta.

—¡Aquí estás! —dice, jadeando—. ¡Prácticamente he tenido que perseguirte hasta aquí arriba!

Vuelve a ser real, de carne y hueso. Con toda la lozanía y juventud de alguien que despierta a un nuevo día, rebosante de agua salada y de vino.

Me pongo en pie.

—¿Has venido a buscarme? —pregunto, sin aliento y sintiendo un gran alivio.

Apoya las manos en las caderas y se inclina, resollando.

—Esta mañana has pasado por mi balcón. Te he saludado con la mano, pero no me has visto, así que me he puesto las zapatillas y he subido. Creo que me debes un masaje.

Miro su torso delgado, sus fuertes piernas.

—¿Tú no haces este camino todos los días? —pregunto.

Me mira como si estuviera loca.

—¿Bromeas? Nunca he subido allí. Hay lo menos doce mil escalones. —Se levanta y contempla las vistas—. Pero he de decir que me alegro de haberte seguido. Esto es realmente espectacular.

Me pongo a su lado. Imagino una postal de este lugar. Seguro que tenía el mismo aspecto hace cien años. Espero que siga siendo así dentro de otros cien.

—En Los Ángeles tenemos una ruta de senderismo en Mulholland llamada TreePeople —dice—. ¿Has estado? —pregunta, y yo niego con la cabeza—. Me gusta ir de vez en cuando. Me llevo un cuaderno de dibujo. Es un lugar estupendo para dibujar. Aunque hace mucho que no voy. Esto me lo ha recordado.

—A mí me gusta la fotografía —digo—. Solía llevar una cámara al Cañón Fryman. Esa es la ruta que mi... Esa es la ruta que me gusta hacer.

—Seguro que eres una gran fotógrafa.

—¿De verdad?

Ella asiente.

—Veo que tienes muy buen gusto. A excepción de ese vestido de ayer, por supuesto.

Sonríe y me hace reír.

Nos quedamos ahí, una al lado de la otra, en silencio.

—Carol —empiezo. La palabra suena extraña y familiar a un mismo tiempo—, tengo que decirte una cosa.

Se vuelve hacia mí y veo el sudor resbalando por su cara. Sus ojos verdes brillan bajo el sol.

Quiero decirle que es mi madre. Quiero pedirle que escarbe en lo más profundo para ver si puede acceder a otro tiempo y a otro lugar. Quiero saber si puede asomarse al futuro y ver a su hija acurrucada contra su pecho. Quiero saber si puede vernos a las dos con vestidos de motivos florales que contrastan entre sí, corriendo por la playa de Malibú, yo pisándole los talones. Quiero saber si se ve a sí misma en nuestra cocina, sacándome los dedos de la masa de galletas. ¿Lo sabe? ¿Cómo es posible que no lo recuerde?

Pero, por supuesto, no se acuerda. Aquí solo es una mujer que ha salido a vivir una aventura de verano y yo soy la otra turista estadounidense con la que se ha cruzado por casualidad.

—¿Sí? —dice, todavía mirándome.

—No sé si me gustó Da Adolfo —espeto.

Carol se ríe. Arruga la cara y sacude la cabeza.

—Pues yo también tengo que decirte una cosa —replica—. Yo tampoco lo sé. Pero el paisaje es insuperable.

—La comida no era tan increíble —digo.

—Aquí el nivel de exigencia es alto —afirma—. Sobre todo si te alojas en el Poseidón.

—¿Adónde vas tú cuando estás en casa? —pregunto—. Me refiero a Los Ángeles. ¿Dónde te gusta comer?

Esboza una sonrisa.

—Cocino mucho —responde—. Tengo un apartamento muy chulo en el Eastside. Ya vendrás cuando volvamos. Hago mucha pasta y pescado. El secreto de Los Ángeles es que los mejores restaurantes están en el centro. Son pocos y están lejos unos de otros, pero son sensacionales. Y mi corazón le pertenece a Chinatown. —Recuerdo a mi madre, con unos *dim sum* ante ella, dando palmas con alegría mientras todos le cantamos el *Cumpleaños feliz*. Hace años que no vamos. ¿Por qué dejamos de ir?—. Tampoco renunciaré al In-N-Out. —Se aclara la garganta—. ¿Vamos?

Bajamos las escaleras juntas, una al lado de la otra. Cuando llegamos al descansillo, me detengo y vuelvo a contemplar el mar. Hace mucho más calor que cuando empezamos y mi botella de agua está casi vacía.

—¿Quedamos a las cuatro? —pregunta mi madre.

—¿Quieres desayunar en mi hotel? —Si vuelve conmigo, ¿qué pasará?

—Me encantaría —dice—. Pero estoy trabajando en un proyecto. —Parece avergonzada cuando lo dice; es la primera vez que veo esa emoción en ella desde que la he encontrado aquí.

—¿De qué tipo? —pregunto.

Me acuerdo de cuando me sentaba en el suelo de las salas de exposición con mi madre. La veía elegir alfombras y tejidos para cortinas y muebles para sus clientes. Recuerdo que jugaba en el suelo de la tienda principal de mi padre mientras veía a mi madre colocar los vestidos en los maniquíes. Me encantaba verla en su elemento.

—Es una posibilidad muy remota —dice. Coloca los brazos en jarra y se encoge de hombros.

—Cuéntame.

—Estoy trabajando en un diseño para Le Sirenuse. —Se pone una mano en la cara—. Remo me dijo que están remodelando el hotel y, siguiendo un impulso, decidí presentar una propuesta. Se presenta un montón de gente muy famosa de Roma y de Milán. No sé, es una tontería...

Le Sirenuse es el hotel más bonito de Positano y tiene un precio acorde. Cuando mi madre y yo pensamos en ir, costaba mil setecientos dólares la noche.

Sin embargo, me dijo que era precioso.

—No lo sabía —le digo.

—¡Acabamos de conocernos! Pero nadie lo sabe, en realidad. El diseño es una especie de proyecto que me apasiona. Me especialicé en Historia del Arte y ahora trabajo en una galería, pero en realidad no es lo que quiero hacer. Quiero diseñar interiores. Este hotel sería un sueño.

«Todavía no lo sabe», pienso. No sabe que se dedicará a ello.

Me imagino entrando en el despacho de mi madre en su casa de Brentwood. Una suave moqueta blanca cubría el suelo y había todo tipo de carteles de películas enmarcados en las paredes, como si no fuera decoradora, sino productora. Eran películas cuyos decorados le encantaban. «Tu casa es tu plató», decía a menudo a sus clientes. Yo sabía lo que quería decir. Que las casas de las películas tienen que funcionar, tienen que mostrar al público quiénes son esos personajes, tienen que ser reveladoras. Ella quería que las casas de la gente fueran un reflejo de sus propietarios. Quería que pudieras entrar y decir: «Nadie más que Carol Silver podría vivir aquí».

—He oído que es precioso —digo.

Ella asiente con la cabeza.

—Me alojé allí cuando vine con mis padres hace un montón de años. Nunca he olvidado ese lugar.

—Entiendo por qué —digo.

Sonríe.

—En fin, debería irme. Pero gracias por el duro ejercicio. Me ha despejado por completo la cabeza. ¡Tengo que recordarlo! —Se da la vuelta y se marcha antes de que pueda detenerla—. ¡Hasta luego! —dice por encima del hombro.

La veo desaparecer por la empinada escalera que desciende. «Creo que la estoy viendo convertirse en ella.» Aquí está ella, al principio.

12

Cuando vuelvo al vestíbulo estoy hecha un desastre, empapada de sudor y al borde de la deshidratación. Marco se ha ido, pero Carlo está en el mostrador de recepción.

—Hace calor —comenta—. ¿Agua?

—Sí, por favor. —Me da una botella y me la bebo de un trago—. Gracias, Carlo.

Me doy la vuelta para subir y él me llama.

—Tiene un mensaje, señora Silver —dice.

Lo primero que me viene a la cabeza es mi madre. No Carol, ni la mujer que acabo de dejar en la escalera, sino mi madre. Que está en casa, arreglando flores y enviándome un telegrama a Italia: «¿Qué tal las compras? Tráeme algo para la casa. Te echo de menos. Besos».

Pero, por supuesto, ya no existen los telégrafos.

Lo segundo es Eric.

—¿De veras? —pregunto.

—Sí —responde—. Un caballero llamado Adam, que es huésped de aquí, quería saber si estaba libre para comer.

Me río, pero parece un bufido. Carlo se da cuenta.

—Gracias —digo—. Yo le localizaré.

Subo las escaleras hasta el restaurante, donde el desayuno está en pleno apogeo. Nika está hablando con una pareja bien vestida de unos sesenta años. Parecen franceses y van conjuntados de forma impecable, vestidos de lino blanco.

—¡Mira a quién tenemos aquí!

Esta mañana, Adam está radiante y alegre, con un bañador de rayas y una camiseta gris. No tiene nada en las manos y veo la llave de su habitación sobre su mesa habitual.

—Hola —saludo—. Me acaban de dar tu mensaje.

Me mira de arriba abajo.

—Parece que has hecho ejercicio.

—Así es —digo—. He subido las escaleras esta mañana.

Siento mi cuerpo lleno de vida. La sangre corriendo por mis venas, el sudor en la nuca, el calor del esfuerzo y del sol. Es una sensación agradable.

—¿Te ha gustado?

Sonrío mientras recuerdo a Carol con la cabeza inclinada hacia atrás y el océano ante nosotras.

—Sí. Puedes acompañarme mañana si crees que eres capaz de seguir el ritmo.

Un hombre con camisa hawaiana pasa por nuestro lado, llevando un plato con huevos y salchichas y hablando deprisa en italiano.

—Pero ahora me voy a comer toda la sandía de esta mesa.

Adam señala con la cabeza hacia el bufet.

—¿Quieres compañía?

Me mira con los ojos entrecerrados y la mano sobre la frente a modo de visera para protegerse del sol.

—Claro —digo.

Ignoro sus recomendaciones. Hoy voy a por todas, a por el banquete entero, como si estuviera en un crucero o en Las Vegas. No me contengo. Dos platos. Uno con fruta, bollería y un postre de yogur helado. El otro con huevos revueltos, patatas y beicon. Los dejó delante de Adam, que ha vuelto a la mesa y está bebiendo café.

Me mira, impresionado.

—Ahora empezamos a entendernos —dice.

Me acomodo en el asiento, me bebo otro vaso de agua y empiezo con la fruta. Como con una voracidad sin precedentes. La sandía está dulce, los huevos son cremosos y el beicon está crujiente y salado.

Cuando mi madre enfermó, de inmediato la comida me supo a cartón. Un día deseaba lo salado y lo dulce del pad thai de Luv2eat en Sunset, y al siguiente me obligaba a comer un trozo de pan tostado después de que mi estómago llevara ocho horas sin ingerir nada. La comida había perdido todas las sensaciones, todo el sentido.

Poco después, mi madre también perdió el apetito. Antes de eso lo intentaba; todavía cocinaba para nosotros, poniendo con valentía cara de disfrutar del salmón asado y del brócoli o de sus famosos fideos con almejas. Pero el tratamiento le provocaba náuseas y comer empezó a ser doloroso. Los hospitales, las agujas y la medicación intensiva no favorecían el apetito. Cada vez estaba más delgada y yo también.

«Tienes que cuidarte», me advertía Eric. Pedía pasta, *pizza* o una ensalada César (cosas que me gustaban, cosas que me resultaban apetecibles) y yo comía un poco. Dejé de abrir la nevera. Los *pretzels* se convirtieron en una comida.

Lo que nunca le dije a Eric, porque no sabía cómo decirlo sin invitar a otra conversación, porque no sabía cómo decírselo a nadie, es que ya no tenía ningún interés en hacer nada que prolongara mi vida. La comida, el agua, el sueño y el ejercicio están pensados para aquellos que intentan seguir vivos, que quieren prosperar. No era mi caso.

—¿Café? —pregunta Adam. Le miro. Lleva la camiseta gris remangada hasta los bíceps, dejando al descubierto una porción de bronceados músculos. ¿Cómo es posible que hace apenas dos semanas estuviera en un hospital y que ahora esté sentada frente a este hombre en la Costa de Amalfi?

Asiento con la cabeza.

Me sirve. El café está caliente, espeso y potente.

Casi letal. Delicioso.

—Bueno, ¿qué planes tienes para hoy? —me pregunta Adam.

Pienso en los papeles doblados de arriba.

—Quiero explorar —digo—. Me van a llevar a un restaurante en las colinas a las cuatro.

Adam me mira con los ojos entrecerrados.

—Pensaba que estabas aquí sola.

—Lo estoy —confirmo—. Es... La conocí ayer. También es de California, así que nos pusimos a hablar.

—Es genial —dice—. Es maravilloso hacer amigos en otros países. ¿Estoy invitado?

Trago un sorbo de café.

—No.

Ladea la cabeza

—Muy bien.

—Pero estaba pensando en explorar un poco hoy. ¿Quieres enseñarme los alrededores? —Hago un gesto hacia la vida que se desarrolla bajo nuestra terraza—. ¿O tienes que dedicarte a intentar estafar a Marco con el orgullo de su familia?

Se recuesta en su silla y se lleva las manos a la nuca.

—¡Qué dura, Silver!

—Nadie me ha llamado nunca eso.

—¿El qué, Silver?

Sacudo la cabeza.

—No, dura.

—No era un cumplido —replica, pero me sonríe—. Así que ¿quieres que te haga de guía turístico?

Levanto los hombros en señal de deferencia.

—Me dijiste que llevas siglos viniendo aquí.

Adam mira hacia el océano. Veo un indicio de algo en su mirada que no puedo descifrar, un pensamiento pasajero que desaparece antes de que pueda identificar lo que es.

—En ese caso, vamos.

13

Después de dos platos de desayuno, de repetir con el beicon y de tomar un bollo de canela para llevar, subo a ducharme y cambiarme de ropa. Las puertas francesas de mi habitación están cerradas para que no entre el sol de la mañana. Me doy una ducha fría (el agua es una delicia sobre mi piel caliente) y me visto.

Me reúno con Adam en el vestíbulo veinte minutos después. Aún lleva puesta la camiseta gris y los pantalones bermudas, pero se ha calzado unas zapatillas deportivas y una gorra de béisbol en la que pone «Kauai».

Señalo hacia arriba.

—¿Has estado?

Tarda un segundo en entender de qué estoy hablando.

—¡Oh! Kauai. Sí, por supuesto. Sería raro llevar la gorra si no, ¿no crees?

—Supongo. —No menciono que Eric tiene una gorra en la que pone «Mozambique» y ni siquiera hemos estado en el continente africano.

Sus ojos recorren mi cuerpo.

—Estás guapa —dice.

Me he puesto unos vaqueros cortos y una camiseta blanca de encaje con un bikini azul debajo. Llevo un sombrero para el sol bien calado. Tengo la tripa llena y noto una agradable flojera en las piernas a causa de la caminata de esta mañana.

—Gracias.

—¿Vas a ser capaz de caminar con esos zapatos?

Señala mis pies, metidos en unas Birkenstock rosas de plástico. Además de mis Nike, es el calzado más cómodo que he traído a este viaje.

—¡Son unas Birkenstock! —replico.

—¿Y eso qué significa?

—Significa que nos vamos.

Llevo mi bolso de paja en bandolera y meto en él una botella de agua del mostrador de recepción. No he dejado de beber desde que terminé el paseo. Quiero más y más agua.

Adam extiende el brazo para indicarme que pase por la puerta y así lo hago. Hace un día soleado y agradable. Las calles están llenas de turistas y de lugareños, terminando de desayunar en los restaurantes al aire libre y abriendo las tiendas para comenzar la jornada laboral.

—¿Adónde vamos? —pregunto.

—Relájate —dice—. Vamos a pasear. Deambular es la mejor manera de explorar Positano.

Empezamos a caminar por Viale Pasitea. Miro los edificios rojos y naranjas por los que pasamos. Tiendas, restaurantes y pequeños puestos de comida. Hay cestas con productos frescos y maniquíes con vestidos pintados a mano. Veo uno azul con los pespuntes plateados. Hay expositores de muñecas cosidas a mano para niños y chales en todos los tonos de azul que el océano y el cielo son capaces de ofrecer.

—Todo es precioso —comento.

—¿Los artículos a la venta o las vistas?

—Las dos cosas. Pero las vistas son realmente increíbles. Esta mañana, ahí arriba..., se podía ver todo. Era espectacular. Creo que Positano podría ser el lugar más impresionante que he visto nunca.

Adam asiente.

—¿Sabes dónde pueden verse las mejores vistas de Positano?

—No creo que se puedan superar las vistas de esta mañana —replico—. Hoy ha sido un día estupendo.

—Sea como sea, las mejores vistas de Positano se ven en realidad desde el mar.

Un ciclista que va por la acera casi me golpea. Me aparto de un salto y un coche toca el claxon. Todos los vehículos son diminutos, como si estuviéramos en una película.

Al decir eso Adam hace que me acuerde de algo que Eric solía decir cuando vivíamos en Nueva York. Que la mejor vista de Nueva York se veía desde Jersey. «La mejor vista de un lugar es en realidad una vista del lugar.»

Hace cinco años, mi madre y yo fuimos a pasar el fin de semana al Bacara, en Santa Bárbara. Es un hotel en la costa, con unos jardines con unas vistas estupendas del mar. Nos dieron un masaje y luego nos sentamos en grandes sillas Adirondack a ver la puesta de sol.

«Mira cuántos colores —dijo—. Parece que el cielo esté en llamas. Prendiendo fuego al día. Si prestamos atención vemos el poder que tiene la naturaleza.»

—¿Cuál es el lugar favorito en el que has estado? —le pregunto a Adam.

—Dondequiera que vaya a continuación —responde.

Seguimos caminando hasta llegar a un paseo cubierto de buganvillas. Lo recuerdo de ayer. Lleva a la plaza de la iglesia.

Las parejas pasean de la mano mientras las tiendas siguen abriendo sus puertas. Un poco más abajo, un joven artista ha montado un puesto. A su lado hay coloridos paisajes de Positano y de Roma y, por alguna razón, bastantes retratos de gatos. Al final llegamos a la plaza en la que se erige la iglesia de Santa María Assunta en el centro, con la cúpula dorada en lo alto.

—Este es uno de mis lugares favoritos —confiesa Adam, observando la estructura. Inclina la cabeza hacia atrás y la apoya en las palmas de las manos.

—Es tan magnífica...

—Se construyó cuando trajeron aquí el icono bizantino de la Virgen María en un barco. Hay una leyenda que dice que el icono iba en un barco que se dirigía al este cuando la nave dejó de moverse. Los marineros oyeron una voz que decía: «¡Bajadme! ¡Bajadme!». El capitán pensó que era un milagro que significaba que la estatua de la Virgen quería que la llevaran a Positano. Al cambiar el rumbo para dirigirse a la orilla, el barco comenzó a navegar de nuevo. Fue un milagro. Por cierto, *posa* significa «bajadme» o «parad ahí», y de ahí viene el nombre de la ciudad.

—Positano —digo.

—Sí. Ven aquí.

Adam me hace un gesto para que me acerque. Señala hacia arriba, a la colorida cúpula. Parece dorada desde cualquier otro lugar, pero aquí veo que en realidad es una serie de azulejos amarillos, verdes y azules.

—Así que toda la ciudad se construyó alrededor de esta iglesia, de esta historia —digo, todavía mirando la cúpula bañada por el sol.

—¿No es así como empiezan todas las cosas? —pregunta Adam.

Agacho la cabeza y veo que me mira fijamente. Me permito devolverle la mirada, pues mis ojos están ahora protegidos por unas gafas de sol. Me fijo en que la camiseta se ciñe a él. Esboza su torso y su sudor crea una especie de dibujo puntillista en la tela de algodón.

Era muy joven cuando conocí a Eric. Ni siquiera había tenido novio antes de él, solo una serie de citas y mensajes de texto sin respuesta. Era justo lo que buscaba, que es lo mismo que decir que era la respuesta a la que creo que era la pregunta más amplia y genérica que podía hacerme: «¿Quién?».

En ese momento debí de sentir que esto era correcto, que él era El Elegido, pero al volver la vista atrás, me parece arbitrario, como si no estuviera segura de qué criterios estaba usando para evaluarlo a él, la relación, todo. Quería que alguien pensara que yo le pertenecía, como le pertenecía a mi familia. Así es como pensaba que lo sabría. Pero ahora...

¿Y si me equivoqué? ¿Y si el objetivo del matrimonio no era pertenecer, sino sentirse extasiado? ¿Y si nunca llegamos adonde queríamos ir porque nos sentíamos cómodos donde estábamos?

—¿Adónde vamos ahora? —pregunto. Quiero seguir avanzando.

Adam vuelve la cabeza hacia la izquierda.

—Por aquí.

Me lleva a las calles de entrada y salida de Marina Grande, la zona a la orilla del mar que está llena de tiendas. Hay heladerías junto a pequeñas *boutiques* y negocios que venden un sinfín de recuerdos de Positano a precios excesivos. Parece que hay limones estampados en todo. Una irritable mujer de unos sesenta años vende todo tipo de artículos de Positano. Hay botellitas de cristal llenas de arena, platos de cerámica con dibujos de tomates y vides, sandalias doradas hechas a mano y delantales con limoneros pintados en ellos. Elijo un delantal y lo toco. Es precioso, alegre y original.

Al instante me veo transportada a la cocina de mis padres, picando cebollas junto a mi madre, que está echando verduras del mercado agrícola de Brentwood en un cuenco de madera. Lleva una camiseta a rayas blancas y azul marino y unos vaqueros tobilleros, con el bajo doblado hacia arriba. Y encima, su delantal de limones.

Dejo el delantal de nuevo en su lugar, como si me hubiera quemado. La encargada de la tienda sigue fulminándome con la mirada.

—¿Estás bien? —Adam me mira, apoyado en la entrada.

—Estoy bien —digo—. Sí. Podemos irnos.

—¿No lo quieres? Señala el delantal.

—No —respondo—. No lo necesito.

Me sigue afuera.

—¿Estás segura? Tengo dinero en efectivo.

—¿Quieres tomar algo? —pregunto.

—¿Ahora? Apenas son las once.

Me quito las gafas de sol y clavo la mirada en él.

—Esto es Italia.

—Oye, vale, me apunto. Eras tú la que quería que hiciera de guía turístico. Estaba tratando de abarcar tanto como fuera posible.

—Y has hecho un gran trabajo. Ahora me apetece tomarme un vino.

Me sonríe.

—Como quieras. Conozco un sitio estupendo.

Le sigo hasta la calle Cristoforo Colombo. Al cabo de uno o dos minutos, nos detenemos frente a un restaurante situado a la izquierda. Tiene dos pisos, con una terraza en la segunda planta que da a la calle y al mar.

Adam le estrecha la mano al *maître*. Le señala las dos mesas que hay enfrente, justo en la calle, que parecen estar literalmente colgadas sobre el océano.

—¿Es posible? —pregunta.

El hombre asiente.

—Naturalmente.

Cruzamos y Adam me acerca la silla.

—Estamos en medio de la calle —le digo a Adam.

—Es genial, ¿verdad?

Miro detrás de él, donde la colorida ciudad de Positano surge del océano.

—Esto debe de ser espectacular por la noche.

Adam asiente.

—Lo es. —Me mira. Atisbo una insinuación en sus palabras, pero la dejo ahí.

Un camarero aparece con pan, agua y una jarra de vino blanco, poniendo fin al momento. Adam sirve vino para ambos.

—Muy bien —digo, y bebo un buen trago—. ¿Qué es?

—Es el vino blanco de la casa —dice—. Lo pido cada vez que vengo aquí. —Se limpia el sudor de la frente y levanta su copa hacia mí—. Por los nuevos amigos —brinda. Me sostiene la mirada durante un momento.

Choco mi copa con la suya.

—¿Alguna vez te has preguntado cómo encontraba la gente este lugar? Antes de que existieran los catálogos de viajes o incluso el boca a boca.

—Creo que el boca a boca ha existido siempre.

—Ya sabes lo que quiero decir. —Apoyo los codos en la mesa y me inclino hacia delante—. Bien, vale, aquel barco. ¿Qué debió de sentir al pisar esta orilla por primera vez? No puedo creer que la gente construyera este lugar. Da la impresión de que siempre haya sido..., qué sé yo, imposible de descubrir. Como si siempre hubiera existido tal cual es hoy.

Adam se queda pensativo. Toma un sorbo de vino.

—Supongo que a veces eso es lo que me inspira Italia en general. Tanta historia viva. Diferentes épocas y experiencias, alegrías y sufrimientos apilados unos sobre otros como hojas de papel.

—Hojas de papel. Esa es la forma perfecta de describirlo.

Pienso en una de las escenas finales de *El secreto de Thomas Crown*, el *remake* con René Russo y Pierce Brosnan. Thomas Crown ha robado un cuadro del Museo Metropolitano de Arte, sustituyéndolo por una falsificación. Según avanza la trama, se infiltran en el museo y los aspersores se encienden, la falsificación comienza a desintegrarse, revelando que el cuadro original ha estado siempre ahí, justo debajo. El mismo lienzo.

Una cosa encima de otra y de otra.

—¿Con qué frecuencia estás en casa? —pregunto a Adam—. Te imagino en un apartamento con paredes y muebles grises. Tal vez un cabecero rojo.

Me mira, enarcando una ceja.

—¡Qué detallado!

—Masculino y minimalista —añado.

Adam se ríe.

—No me gusta acaparar, en eso tienes razón. Pero me gusta la cerámica de los Navajo. No sé muy bien dónde encaja eso en la ecuación.

—¿En serio?

—En serio —asegura—. Compré mi primera pieza en un viaje con mi madre a Santa Fe y desde entonces las colecciono. —Me imagino a Adam en una habitación llena de coloridos jarrones. Cuesta imaginarlo—. Pero en respuesta a tu pregunta, no estoy en casa demasiado a menudo —prosigue. Gira el cuello de un lado a otro—. ¿Y tú? —pregunta—. ¿Cómo es tu casa?

Pienso en el papel pintado a cuadros del baño, en los muebles de mimbre, en la cómoda de mediados de siglo.

—No sé —digo—. Supongo que se parece a mí. Parece corriente.

Adam se aclara la garganta.

—Tú no pareces corriente. —Me sostiene la mirada durante un instante y luego la dirige de nuevo hacia el puerto deportivo—. Positano era en realidad un modesto pueblo de pescadores —comenta—. Aunque, según la leyenda, la ciudad fue creada por el mismísimo Poseidón, el dios del mar.

—Parece que hay muchas leyendas en este lugar.

Adam se echa hacia delante. Me inclina su vino.

—Mucha gente cree que Positano estuvo y sigue estando lleno de una magia muy real.

—Magia —repito—. ¿Tú crees en eso?

Adam acerca su rostro aún más. Si quisiera, podría levantar la mano de la mesa y ahuecarla sobre mi barbilla. No le llevaría más que el tiempo que el corazón tarda en latir una vez, un instante, el espacio de un milisegundo.

—Cómo no voy a creer en ello ahora mismo.

14

Adam me deja a las dos y media en el hotel.

—¿Seguro que no quieres cenar esta noche?

—Te he dicho que voy a ese restaurante.

—Con tu amiga, claro. —Inclina la cabeza hacia un lado. Tiene las mejillas y la nariz un tanto enrojecidas; los primeros indicios de que hoy le ha dado demasiado el sol.

Estamos en el vestíbulo. La recepción está vacía. Del piso de arriba llegan los sonidos de los huéspedes en la piscina.

—¿Qué? —pregunto—. ¿A qué viene esa mirada?

Adam gira las palmas de las manos hacia arriba y luego hacia abajo, como si hiciera caso omiso de arena acumulada.

—Nada —dice. Exhala un suspiro—. Muy bien, disfruta de tu cita. Llama a mi habitación si quieres una copa.

Levanto la mano para despedirme y Adam se arrima de repente y me besa en la mejilla. Tiene unos labios suaves y cálidos al tacto. Siento su cuerpo cerca del mío, justo ahí, y algo en mí trata de alcanzarlo y aferrarse a él. Me acerco.

—Gracias por un día maravilloso —dice, y luego se aleja; su cuerpo es ahora un ente independiente que se dirige escaleras arriba.

Me quedo ahí, parpadeando mientras le veo marcharse.

Noto calor en la cara, donde se han posado sus labios. Parece que todo mi cuerpo ha echado raíces en el suelo de mármol bajo mis pies.

—*Buonasera!*

Me sobresalto y, al girarme hacia la recepción, veo a Marco detrás. Levanta el brazo como si estuviera lanzando un sombrero al centro del vestíbulo.

—Parece enfrascada en sus pensamientos.

—¡Solo es el vino! —exclamo en voz demasiado alta.

—*Perfetto* —dice Marco—. ¿Y dónde irá esta noche?

—A un restaurante fuera de la ciudad —digo.

—¿Sola? —pregunta, y yo niego con la cabeza—. ¿Con el señor Adam?

—No —digo—. Con una nueva amiga.

Marco sonríe.

—¡Que lo pase bien! —dice.

Subo las escaleras despacio. Por un lado, mis piernas están agotadas y mis cuádriceps empiezan a sufrir calambres a causa del intenso ejercicio de esta mañana. Las escaleras, unidas a los kilómetros por la ciudad, han hecho que me sienta como si fuera gelatina. Hacía años que no ejercitaba tanto mi físico.

Y, por otro, me siento influida por algo totalmente distinto. Por las vivencias del día, por estar con Adam. Me sorprende sentir con tan abrumadora claridad lo maravilloso que es existir, ser deseada... y que no me conozcan. Que me mire un hombre que no me ha visto débil y postrada con gastroenteritis o hecha polvo el primer día de la regla. Y, aún mejor, lo agradable que es mirar a alguien cuyo físico, mente e historia no me son familiares.

Cuando entro en mi habitación, me tumbo en la cama. Dejo las piernas colgando y estiro la espalda. Levanto los brazos por encima de la cabeza y los dejo caer.

Dentro de una hora y media volveré a ver a Carol. Ella se mostrará vibrante y real. Pasaremos juntas toda la tarde. Comeremos y charlaremos. Parece imposible, y sin embargo...

Sé que aparecerá. Ya no me preocupa que todo esto sea un delirio. Ya no siento que esté teniendo una especie de alucinación prolongada, si es que alguna vez lo he sentido. Ella vendrá. Estará aquí. Tendremos esta noche.

* * *

Son solo las cuatro cuando me dirijo abajo. Llevo un vestido de seda con los hombros abombados y con un estampado patchwork en colores púrpura, verde y azul. Me he recogido el pelo, todavía húmedo, en un moño y llevo puestos unos pendientes que me regaló mi madre por mi veintiún cumpleaños; ópalos rodeados de pequeños diamantes en pavé.

La decepción se apodera de mí cuando veo a Carlo solo en la recepción.

—*Buonasera* —dice—. ¿Cómo está, señora Silver?

Miro a mi alrededor.

—Bien —respondo—. ¿Ha venido una mujer aquí?

—No lo sé, *signora*.

—La que viene aquí a enviar cosas por correo de vez en cuando. Con el pelo largo y castaño.

Carlo se encoge de hombros.

—Creo que no, pero fíjese. Le ha dado el sol. —Describe un círculo con el dedo alrededor de su cara.

Me toco la mejilla con la palma de la mano.

—¡Oh, sí! Un poco.

Echo un vistazo a mi reloj. Son las cuatro y cinco minutos. «El tiempo en Italia —me recuerdo—. Ya llegará.»

—¿Puedo ayudar? —pregunta Carlo—. ¿Con la mujer?

Miro hacia fuera.

—No, está bien.

Marco sale de la oficina trasera en ese momento.

—*Buonasera* —me saluda—. Está preciosa.

Esbozo una sonrisa.

—Gracias, Marco.

—¿Necesita alguna cosa? ¿Necesita a alguien? Su estadounidense vino, está arriba.

Siento que me sonrojo.

—¡Oh, Adam! No, está bien. Además, no es mi estadounidense. Es solo un estadounidense.

Marco se ríe. Es una carcajada profunda.

—No pasa nada, *signora*. Positano es para amantes.

Abro la boca para responder y entonces veo que un autobús rosa se detiene al otro lado de la calle.

—¿Qué es eso? Es una monada.

—Va a La Tagliata —dice—. Y nadie sabe por qué es rosa. ¡El restaurante es todo verde!

—¿El de las colinas?

Él asiente con la cabeza.

—*Sì, certo.* Viene a por los que tienen reserva.

—¡Que pasen una buena noche! —Salgo corriendo del hotel y cruzo la calle. Hay unas cuantas personas reunidas en lo que parece ser el lugar designado y recupero el aliento mientras me uno a la fila. La puerta se abre y empezamos a subir al autobús—. ¿La Tagliata? —pregunto.

—Sí, sí.

No sé si subir o no. Tengo las pulsaciones por las nubes, puedo sentir mi pulso en los oídos. «¿Dónde está?»

—¿Viene o se va? —me pregunta el hombre. Miro hacia el autobús, intentando ver el interior, pero las ventanas están negras. Me inclino hacia los lados y el hombre se adelanta para bloquearme la vista.

—Lo siento —digo, estirando el cuello—. Solo estoy buscando a mi...

—¿Sí o no? —insiste el hombre.

Miro al otro lado de la calle, al hotel. No hay rastro de ella.

—Sí —digo, y en un instante subo al autobús.

Una vez dentro veo asientos desvencijados, cuero desgarrado. No hay más de siete u ocho personas. Y hacia el fondo está Carol, que se levanta de su asiento y agita la mano.

El alivio me invade.

—¡Katy, aquí!

Me dirijo a ella.

—Hola —saludo—. No te he visto en el hotel y...

Se levanta, se lanza hacia mí y me rodea el cuello con los brazos. Respiro su aroma. Huele a mar y a ella.

—¡Dios mío, hola! Me alegra que estés aquí. Ha habido un problema con la camioneta, llegaba tarde y han parado junto a mí, así que me he subido, ¡y luego no me han dejado bajar del autobús! —Se aparta y me mantiene a distancia—. ¡Italianos! —dice, y me suelta—. ¡Mira, Francesco, esta es mi amiga! —Señala al hombre de la puerta, sin duda el conductor, y luego pone los ojos en blanco.

Francesco asiente de forma brusca.

Pienso en el programa con código de colores de mi madre. El rosa para los recados, el azul para mi padre, el verde para mí y el dorado para las obligaciones sociales. Miro el explosivo y chispeante caos de la mujer que tengo delante. Es casi imposible que sea la misma persona.

«Es tan genial... —Pienso mientras tomamos asiento—. Tu madre es tan increíblemente genial...»

Lleva unos vaqueros rotos y una camiseta blanca de encaje. Tiene el pelo sujeto detrás de las orejas y un poco de brillo de labios.

—Estás muy guapa —digo.

—¡Gracias! —exclama, sin una pizca de modestia—. Y tú también.

El autobús se pone en marcha y yo me recuesto en el pegajoso asiento de cuero.

—Este lugar es alucinante. Estoy deseando que lo veas —afirma—. ¿Qué te he contado de él?

—Solo que está en lo alto —respondo. Señalo al exterior. Hacia donde la ciudad sigue ascendiendo, aunque en realidad nos dirigimos hacia abajo. Solo hay una carretera en Positano y es de sentido único. Hay que bajar antes de subir.

—La Tagliata —dice—. Lo llevan Don Luigi y su mujer, Mama. Todos los productos son de su propia granja. No tienen carta, así que solo tienes que beber el vino blanco frío y esperar lo que sea que sirvan esta noche. —Carol gira la cabeza hacia mí—. Espero que tengas hambre.

Pienso en mi maratoniano desayuno y en el vino con Adam, que parece que fue hace días. Tengo un hambre canina. Aquí siempre hay hueco.

—Claro que sí.

El autobús gira de manera brusca a la izquierda junto al Hotel Eden Roc y empezamos a subir.

—¿Cómo encontraste este lugar? —pregunto.

—Remo me llevó cuando llevaba ya unas noches aquí —dice. Un poco de pelo se le pega a la cara y se lo aparta—. Me dijo que apenas había cambiado en veinte años. ¿De cuántos lugares se puede decir eso?

—Está claro que no de cualquier lugar de Los Ángeles —contesto. El Coffee Bean, que está a unas manzanas era antes un Walgreens.

—Es cierto.

—¿Dónde está Remo esta noche? —pregunto.

—Trabajando —dice—. Pero en el bar Bella hay baile por la noche. Se reunirá con nosotras allí después de la cena. Debes venir. Si te soy sincera, ¡no te dejo elegir!

Pienso en mi madre, bailando toda la noche en un club de Positano. Siempre le gustó la música, le encantaba bailar. Pero las únicas canciones con las que recuerdo que bailara son las de Frank Sinatra en una boda o las de Katy Perry en el *bat mitzvá* de un primo. Esto es algo muy distinto.

—Eso suena muy bien —digo.

El trayecto hasta el restaurante son cuarenta minutos llenos de curvas y náuseas. En un momento dado, la situación es tan grave que tengo que dejar de hablar.

—Tú mira al frente —me aconseja Carol—. Al horizonte... Eso ayudará. —Me pone la fría palma de la mano en la mitad de la espalda y la mantiene ahí.

Llegamos al restaurante lo que parecen horas después. Salgo con las piernas temblorosas. Al lado de la carretera hay un cartel redondo con el nombre *Fattoria La Tagliata*. Atravesamos un arco y bajamos unas escaleras. Estamos rodeados de jardines, flores y envueltos en el dulce olor de la llegada del verano.

El restaurante no es más que una casa en un árbol. Pero esta casa del árbol, como gran parte de Positano, tiene una amplia vista del mar. Como estamos tan arriba, incluso se puede ver Capri. Y es temprano, aún faltan horas para que el sol se ponga.

—¡Vaya! —digo.

Carol sonríe.

—¿Verdad que sí? Es muy especial.

Nos recibe un hombre bullicioso en la puerta.

—*Buonasera!* —Primero besa a Carol y luego a mí, una vez en cada mejilla—. ¡Bienvenidas, bienvenidas! ¡Cenarán con nosotros! Vamos.

Nos indican una mesa mientras él sigue saludando a los invitados de nuestro autobús a medida que bajan por el camino. Hay quizá cuatro comensales, no más, ya sentados en la pequeña sala.

Me entero por Carol de que hay dos turnos para cenar; uno a las cinco de la tarde y otro a las ocho. No hay cartas, tal y como me ha dicho, y el vino fluye con generosidad.

—Esto no parece real —digo—. Desde luego nunca he visto nada parecido.

Nuestra mesa está situada en la esquina de la estancia, justo al lado de lo que sería la ventana, pero en lugar de una ventana, no hay nada, solo una barandilla de madera en la que puedo apoyar el codo desde nuestros asientos. Las cortinas de lino blanco se encuentran recogidas junto a dos postes de madera a ambos lados de la habitación. Todo es etéreo y abierto. Como si estuviéramos cenando en el cielo.

Miro a mi madre. Es delgada, siempre lo fue, pero hay en ella una redondez, una plenitud, que perdió en los últimos años. O es eso o es que ahora soy incapaz de recordarla sin la enfermedad. Cierro los ojos y los vuelvo a abrir.

—Cuéntame más sobre California —digo.

Mi madre es de Boston, nacida y criada. Sé que se mudó a California cinco años antes de conocer a mi padre. Que trabajó en una galería de Silver Lake llamada Silver Whale. Hablaba de esa época con caprichosa indiferencia. Yo tuve suerte. No tuve una madre que añorara su juventud. Al menos, nunca pensé que lo hiciera. Aceptaba el hacerse mayor. Recuerdo que un día especialmente caluroso de julio me di cuenta de que ya no se ponía camisetas. Cuando le pregunté, me dijo que hacía años que había renunciado a ellas. Lo dijo riendo; no parecía apegada a una versión más joven de sí misma, a un cuerpo más joven. Mi madre tampoco se puso nunca en el centro de mi drama. Ya fuera por los amigos, por Eric o por la incertidumbre del trabajo. Parecía amar la etapa de la vida en la que se encontraba, en algún lugar más allá de toda lógica. En algún lugar sólido.

Pero aquí, ahora, tan asentada en el pasado, quiero saber cómo es su vida. Quiero saber qué la ha traído hasta aquí y adónde cree que va.

Carol parpadea, como si no estuviera segura de lo que acabo de preguntar.

—¿California?

—¿La galería?

Su cara se ilumina al comprender.

—Sí. Bueno, solo estoy ayudando un poco. En realidad, no es nada especial. ¿Te he hablado de la galería? —pregunta.

Asiento con rapidez.

—Estábamos hablando del nuevo diseño del hotel y dijiste que trabajabas en una galería en tu país.

Su rostro se ilumina de repente.

—Le Sirenuse. ¡Sí! Eso sería... Bueno, ya sé que no va a suceder. Sería imposible. Creo que solo aceptaron la reunión porque uno de los gerentes es amigo de la familia de Remo. Fue un favor. Pero tengo una idea.

Me encanta verla tan animada, tan comprometida.

—Cuéntame —le pido.

El camarero se acerca y deja en la mesa una botella de vino tinto y otra helada de vino blanco. Carol sirve un poco de cada para ambas.

—¿Has estado? —pregunta.

—¿En Le Sirenuse? —inquiero, y ella asiente—. No, nunca.

Abre los ojos como platos.

—Es el icono de Positano. Sin duda es el hotel más famoso de aquí, y es más que probable que también de toda la costa. Todo el mundo debe ir una vez. Tu viaje no estaría completo si no lo visitas.

Esbozo una sonrisa de aliento. Esta es la Carol que conozco. Mi madre siempre tenía las respuestas, respaldadas por una fuerte preferencia personal, sobre lo que cualquiera de nosotros debía amar, acerca de lo que constituía la belleza, sobre lo que era valioso. Simplemente lo sabía.

El Hotel Beverly Hills era un espanto, pero el Bel-Air era un tesoro. La ropa de cama debe ser toda blanca. Las flores eran de interior y de exterior. Los Birkenstock eran calzado para caminar, no para la playa ni para salir a comer. En tu armario has de tener colores que combinen y se puede y se debe beber vino tinto todo el año.

—El vestíbulo es un lugar precioso, al aire libre, pero está muy recargado. Tienen asientos dobles que parecen robados de Versalles y hay un caballo de madera en la pared. ¡Un caballo de madera! —Carol pone los ojos en blanco—. Me imagino este precioso vestíbulo azul y blanco que da paso a la terraza. Mediterráneo, limpio, repleto de azulejos y texturas, blanco, amarillo y azul, a juego con los colores del mar.

Carol contempla el océano, sumida en sus pensamientos.

—¿Es eso lo que vas a proponer?

Carol asiente.

—Van a escuchar las presentaciones dentro de una semana. Es muy de la vieja escuela. Te presentas con los bocetos y te reúnes con los propietarios. Es un negocio familiar. Lo ha sido durante décadas. La mayoría de los lugares de aquí lo son. Supongo que de Italia en general.

—En realidad no sé nada de diseño —le digo—. Pero parece precioso.

Nunca tuve el mismo ojo para la estética que mi madre. Ella elegía la mayor parte de mi ropa y de mis muebles, diseñó mi casa. Tenía mejor gusto que yo, había visto más, había estado expuesta a más cosas y tenía mucha más paciencia para el ensayo y error que supone transformar un espacio. Sabía medir a ojo una habitación; entendía la relación espacial. Entendía que, por muy larga que fuera una cómoda, había que contar con quince centímetros más para que la habitación no pareciera abarrotada. Sabía lo que me quedaría bien y lo que no. Sabía organizar una cocina de forma que todos los electrodomésticos estuvieran en el lugar preciso en el que resultaban más útiles. Los vasos estaban a la derecha del fregadero, no a la izquierda, porque en nuestra familia éramos todos diestros. Los cubiertos estaban debajo de los platos. Las tazas estaban al lado de la cafetera.

Recuerdo las historias que he escuchado a mis padres sobre su joven matrimonio. Mi padre creó su empresa textil y mi madre trabajaba en la trastienda, llevando la contabilidad.

«Ella mantenía a todos a raya —solía decir mi padre—. Era el alma de mi negocio.»

«Nuestro negocio», le recordaba mi madre con una sonrisa punzante.

—Lo es —dice Carol—. El hotel, quiero decir. Es precioso.

—¿Dices que una vez te alojaste allí con tus padres?

Ella asiente con la cabeza.

—Ese lugar es importante para mí, ¿sabes?

De repente, recuerdo que mi madre perdió a su propia madre, mi abuela, cuando solo tenía doce años. Siempre he sentido mucho no haber conocido a Belle. Falleció antes de que yo naciera. ¿Cómo fue para mi madre conocer a mi padre sin ella? ¿Casarse sin ella? ¿Convertirse en madre sin ella? Su padre se volvió a casar poco después. ¿Qué sintió cuando la reemplazaron?

—Sí —digo—. Mucho.

Ella sonríe.

—Te llevaré allí —declara—. Te va a encantar.

Nos traen nuestro primer plato. Es un plato con tomates recién cortados, pimientos marinados en aceite de oliva y el queso más fresco que he visto nunca. Rezuma nata, como si fuera sangre, en el plato. Colocan los panes calientes en una cesta junto a nuestro vino.

Carol se frota las manos.

—Ñam, ñam —dice—. Vamos, dame tu plato. ¿Alguna vez has probado la burrata?

Se lo doy y me sirve verduras y queso. Mientras me lo devuelve, depositan otro cuenco con verduras revueltas con lo que parece ser una vinagreta de mostaza.

—Esto está increíble.

—Espera —dice Carol—. Esto ni siquiera es el aperitivo.

Pincho un trozo de tomate. Es perfecto. Dulce y salado, y no creo que lleve ningún aderezo. El queso es sublime.

—¡Madre del amor hermoso!

Carol asiente.

—Está buenísimo —dice.

—Tenías razón.

Me guiña un ojo y eso hace que mi mano se quede inmóvil, con la copa de vino suspendida en el aire. Ese guiño es algo que mi madre ha hecho durante años. Ese reconocimiento que dice sin palabras: «Sé que tengo razón y me alegro de que te hayas dejado convencer».

—A mi padre le gustaba mucho la comida —dice Carol—. Le encantaba cocinar y comer. También usaba el horno, algo inaudito para un hombre de su generación. Hacía unos *hamantaschen* insuperables. Todos mis amigos venían a pedir algunos. —Se ríe.

—Te pareces a él —le digo.

Ella sonríe.

—Supongo que sí.

Nos sirven un plato tras otro. Pasta con pesto de puerro silvestre, pescado blanco a la parrilla, paleta de cerdo estofada, lasaña con ricota fresca y hojas de albahaca del tamaño de un dinosaurio. Todo está exquisito. Cuando sacan el segundo plato de pasta con mantequilla y tomillo, siento que me va a reventar el estómago.

—Esta comida está tratando de matarme —le digo a Carol.

—Lo sé —replica—. Pero vaya forma de morir. —Hace una pausa y rellena nuestras copas—. Ni siquiera te he preguntado a qué te dedicas.

—Soy redactora publicitaria —respondo—. O lo era.

La gente siempre me preguntaba si quería ser una escritora «de verdad» y lo cierto es que no. Parecía una de esas cosas que hacían otras personas. Novelistas, poetas, guionistas. Incluso en una ciudad llena de ellos, seguía siendo el destino de otra persona.

Ayudaba a otras personas a escribir. Me hacía cargo de sus negocios y de sus blogs y los convertía en narraciones. Tomaba sus palabras y las disponía de manera que contaran una historia. Su historia.

—Lo disfruto —digo—. Resulta gratificante ayudar a alguien a sintetizar su mensaje.

Carol escucha con paciencia y preocupación.

—Lo entiendo. Es más o menos lo mismo con el diseño.

—Si te soy sincera, no estoy segura de saber lo que en realidad quiero ser a largo plazo. Al verte hablar del diseño, la forma en que lo sientes, tu visión... No sé si yo tengo eso.

—¿Una pasión? —Asiento con la cabeza. Carol lo considera—. No todo el mundo la tiene. No todo el mundo la necesita. ¿Qué es lo que te gusta?

Pienso en las tardes de los sábados que pasamos arreglando flores, recogiendo tomates en su huerto, en los largos almuerzos.

—La familia —digo.

Carol sonríe.

—¡Qué respuesta tan maravillosa!

—Me tomé una excedencia hace unos dos meses —digo—. De mi trabajo, quiero decir. No sé si volver, ni siquiera si puedo hacerlo.

—¿Cómo es eso? —pregunta Carol—. ¿Por qué te fuiste?

Estudio el vino en mi vaso. No soy capaz de calcular las veces que la han rellenado en las últimas dos horas. Tengo la lengua suelta.

—Perdí a alguien a quien quería —declaro—. Y no he sido capaz de hallar la manera de conseguir que mi vida siga siendo como era antes de que ella se fuera. —Levanto los ojos para clavarlos en los suyos.

Carol me mira durante un largo rato y luego gira la cabeza para contemplar el agua. El cielo se está desdibujando, con esa familiar, nebulosa y cálida luz dorada que baña la ciudad de un tono que solo Italia conoce.

—Lo entiendo —dice—. La vida no siempre resulta como creemos, ¿verdad? Lo entiendo —repite.

—Tu madre —aventuro—. ¿Cómo era?

Carol me mira de nuevo.

—Era maravillosa —asegura—. Estaba llena de energía. Tenía una opinión sobre todas las cosas y tenía más aguante bebiendo que cualquier hombre. Eso es lo que dice mi padre. Hace tanto tiempo que se fue que a veces me cuesta recordarla. Yo solo tenía doce años.

—Lo siento mucho.

—Gracias. —Me mira durante largo rato.

El tiempo parece detenerse y quiero preguntarle más cosas, sobre lo que hizo, cómo se las arregló, y hablarle de mi propia pena al respecto, pero en lugar de eso digo:

—Estoy casada. —Carol parpadea con fuerza—. O lo estaba. ¿Lo estoy? Eso es parte de ello. Se llama Eric. Le dije que me iba a Italia y que no estaba segura de si iba a volver con él.

Carol abre los ojos como platos.

—¡Vaya! —se limita a decir.

No añade nada más, así que continúo.

—Nos casamos muy jóvenes —explico—. Fue mi primer y único novio serio. Y últimamente tengo dudas. Empiezo a sentir que él estaba ahí y que sucedió, sin más, y no se basó en nada. Como si yo no lo hubiera elegido. Le quería. Sí, le quiero. Ni siquiera sé lo que digo ni lo que siento, solo que he llegado a un punto en el que no podía seguir como hasta ahora, tenía que...

—Katy. —Ella exhala y luego toma aire, posando sus cálidas manos en mis hombros y presionando—. Tienes que respirar.

Mi pecho se agita y luego sigo su ejemplo. Expulso todo el aire que he estado reteniendo de mis pulmones. Me resulta un alivio. Inspiro el aire fresco y salado del mar italiano.

—Bien —dice ella. Retira la mano—. A veces es necesario alejarte un tiempo para averiguar tus sentimientos respecto a algo. Es difícil saber o ver qué es algo cuando lo tienes justo delante de las narices. —Ella sostiene la palma milímetros de su cara y después la aparta—. Y el amor —continúa—. ¿Quién sabe nada del amor?

Eric siempre me decía que admiraba el matrimonio de mis padres, que era a lo que aspiraba para nosotros algún día. «Se aman —decía—. Es evidente que tu madre saca de quicio a tu padre, pero también que él daría su vida por ella. Y no hace caso a la mitad de las cosas que ella dice, pero en lo importante, siempre están de acuerdo. Al final, es obvio que son ellos dos.»

Mi madre era mejor esposa que yo. Era mejor en todo, pero desde luego más aún como esposa.

—Hay un dicho que reza: «Lo que te ha traído aquí no te llevará allí».

Jamás había escuchado a Carol decir eso. No a mí.

—¿Qué significa? —pregunto.

—Que el mismo conjunto de circunstancias, creencias y actos que te llevaron a un momento no te llevarán a lo que viene a continuación.

Que si quieres un resultado diferente, tienes que comportarte de forma diferente. Que tienes que seguir evolucionando.

Don Luigi hace sonar una campana y me devuelve al presente, a este restaurante, a este lugar y a este momento.

—*Buonasera.* Espero que disfruten de La Tagliata. ¡Les damos la bienvenida y brindo porque nos reunamos durante mucho tiempo!

Todos alzan sus copas en un brindis alegre y festivo.

Carol inclina la suya hacia la mía. Chocamos.

—Que nos reunamos durante mucho tiempo —dice.

Amén.

15

Llegamos al bar Bella poco después de las nueve. El trayecto desde La Tagliata tardó un tercio del tiempo que habíamos tardado en llegar, por lo llenos que estábamos de comida y de vino. Todo el autobús cantó *That's Amore* mientras bajábamos hacia el mar.

«When the world seems to shine like you've had too much wine...»

Es un lugar pequeño, situado al otro lado de la calle donde creo que Adam y yo tomamos vino... ¿hoy? Parece que fue hace un mes.

Carol me agarra de la mano y me lleva a la barra, donde Remo mantiene una animada discusión con el camarero. Beben de un trago cócteles de color naranja brillante mientras ríen.

—*Sì, sì, certo* —dice Remo. Hace un gesto al camarero y se gira para saludarnos—. *Buonasera*, Carol, Katy. —Nos da un beso en cada mejilla. Huele a tabaco y a naranjas.

—Hola —digo—. *Ciao*.

—*Vuoi da bere?* —Remo se ayuda del pulgar para simular que bebe y luego se da una palmada en la frente—. ¡Ah! ¿Queréis una copa?

—Vodka con hielo y dos rodajas de lima —dice Carol. Menea el torso un poco. La camiseta que lleva puesta se le resbala de un hombro. Veo que Remo se da cuenta.

—Un vaso de vino blanco —digo, y se vuelve hacia el camarero.

Carol empieza a moverse al ritmo de la música de manera libre y despreocupada. Las dos hemos bebido mucho vino. Ella levanta las manos y echa la cabeza hacia atrás, sacudiendo el pelo. La observo embelesada. También lo hace Remo. Le toca el hombro y yo desvío la mirada.

Una parte de mí quiere llevársela a casa, no dejar que ningún hombre que no sea mi padre la mire siquiera, y otra parte quiere apartarla y explicarle lo que va a pasar. Que conocerá a mi padre. Que se casará. Que me tendrá a mí. Que será una esposa y una madre maravillosa, pero que esta época de su vida es fugaz, que casi ha llegado a su fin. Que esta es su oportunidad, mientras siga sin tener responsabilidades, de ser joven, libre y alocada. De tener una aventura con un guapo italiano porque está en uno de los lugares más románticos del mundo entero y porque ¿acaso no debería ser esa una razón suficiente?

Eric y yo no éramos muy fiesteros. Ni en la universidad ni tampoco en Nueva York. Mientras los amigos iban al Meatpacking District los viernes, nosotros invitábamos a la gente a noches de juegos o a catas de vino en nuestro salón/comedor. Durante un tiempo vivimos en la calle Bleecker, justo encima de una *boutique* que cerró poco después de que nos mudáramos, y una vez conseguimos las llaves del local entre un inquilino y el siguiente. Celebramos allí una cena, con mesas plegables y *pizza* de Rubirosa. La gente que pasaba por delante del escaparate pensaba que éramos una exposición de arte.

Pero he disfrutado muy poco de esto, de este tipo de diversión, de este tipo de abandono. Siento que la década de jugar a ser adulto se apodera de mí, que todos los años que no he pasado emborrachándome en pistas de baile están presentes aquí, esta noche.

Me quito la goma del pelo de la muñeca y me recojo el cabello en un moño para dejarme la nuca al descubierto. Siento las gotas de sudor en mi espalda. Aquí no hay aire acondicionado y el número de personas aumenta a medida que avanza la noche. El lugar está prácticamente lleno.

Remo nos entrega las bebidas. La copa de vino también está sudando. La noto fresca y húmeda en mis manos, así que la aprieto contra mi mejilla y acto seguido la apuro.

—¿Hay agua? —le pregunto a Remo.

Señala el final de la barra, donde hay una jarra con vasos al lado. Me acerco y bebo tres vasos. El agua está fría y refrescante. Es tan deliciosa como una ducha. Le llevo a Carol un vaso lleno.

—¡Ah! —exclama—. Agua, bendita seas. —Se la bebe—. Le estaba contando a Remo lo de la cena.

Señalo mi estómago hinchado.

—Buenísima.

Remo se ríe.

—La comida es para comerla —dice—. Y la música para bailar.

Agarra a Carol de la mano y se la lleva de la barra al centro de la sala, entre los bebedores allí reunidos. Hay unas cuantas parejas bailando pegados. Dos jóvenes que no parecen tener más de dieciocho años mueven los hombros al ritmo de la música. Remo hace girar a Carol y luego la suelta, dejando que dé vueltas.

La música va a más, una nueva versión de una canción pop de los ochenta. Sube el volumen. Miro a Carol, que se mueve al ritmo con los ojos cerrados.

Me abro paso hasta ella. Tomo su mano. Comienzo a moverme al ritmo de la música, sin soltar sus dedos. Nos balanceamos, saltamos y bailamos juntas. Parece que somos las únicas dos personas en la pista de baile. Parece que seamos las únicas dos personas en el mundo. Dos mujeres jóvenes que se divierten como nunca en la costa italiana.

Por primera vez desde que murió, quizá desde mucho antes, me siento libre por completo. Sin el peso de las decisiones que ya he tomado y sin las limitaciones de lo que está por venir. Estoy total y absolutamente aquí. Empapada de sudor, ebria de vino, presente.

—¡Remo está loco por ti! —digo cuando él se va a por otra ronda de bebidas.

Carol le pone un billete en la mano antes de que se vaya.

—Insisto —dice ella—. No, no lo está —replica. Le resta importancia—. Ya te lo he dicho. Somos amigos.

—Confía en mí —reitero—. Lo está. ¿Por qué no iba a estarlo?

Carol sacude la cabeza.

—Está borracho.

—Tal vez —admito—. Pero ¿por qué no? Es muy guapo. —Dirijo la mirada hacia la barra donde está Remo, riendo con la cabeza hacia atrás—. No estarás aquí para siempre.

Carol me mira, y su mirada trasluce una severidad que no estaba ahí un momento antes. De repente siento que lucho por estar sobria.

—No puedo hacer eso —replica.

—Está bien —digo—. Lo que pasa es que es muy guapo y tú estás aquí.

Y entonces mete la mano en su bolso y saca un paquete de cigarrillos. Busca uno en su interior, lo enciende y le da una calada. Todo sucede en el lapso de un segundo. Tan rápido que apenas lo asimilo. Aquí está mi madre, en Italia, fumando.

—¿Quieres? —pregunta, exhalando una bocanada de humo.

—No —respondo.

Se encoge de hombros, da otra calada y entonces la veo mirando a Remo.

—Creo que tú deberías —dice.

—No fumo.

Pone los ojos en blanco.

—Me refiero a acostarte con Remo. Si alguien tuviera que hacerlo, esa deberías ser tú.

—No es mi tipo. —Me apresuro a responder.

Carol parece divertida.

—Estás de broma.

—No —digo.

—¿Y quién lo es?

La imagen de Adam parpadea de repente en mi cabeza. Está vestido como hoy. Con una camiseta gris y un pantalón corto, y luego, sin nada.

—Te estás sonrojando —dice Carol.

—¿Cómo lo sabes? Está oscuro y hace mil grados aquí.

Carol sonríe.

—Vale —claudica—. Pero entonces yo también puedo tener se-
cretos.

16

Vuelvo al hotel después de medianoche. Carol me deja en la entrada, apoyándose en mí. Las dos estamos borrachas y yo estoy tan sudada que parece que acabe de salir de una piscina. La caminata colina arriba desde el pueblo, junto con algunos chupitos (¿de vodka? ¿De tequila? ¿De ambos...?) han hecho que sienta que nado en alcohol. Parece que lleve días o años sin dormir.

—¡Nos vemos mañana! —dice—. ¡O más bien hoy!

Me hace girar una vez y luego se va por la carretera.

—Buenas noches —digo.

Entro y subo las escaleras. No hay nadie en la recepción y tampoco hay botellas de agua. Me estoy deshidratando por momentos.

Salgo a trompicones a la terraza del comedor y luego camino hacia la piscina. La ventana de la barra está abierta, pero no hay nadie. Me asomo y veo cajas de agua embotellada, justo ahí, debajo del fregadero.

La ventana no es grande, pero es lo bastante amplia como para que quepa mi torso. Me contoneo hacia delante y luego me inclino estirando el brazo y...

—¿Qué estás haciendo?

Me levanto y, al retroceder de un brinco, veo a Adam a no más de un metro de mí.

—¡Por Dios! Menudo susto me has dado.

—Lo siento —se disculpa—. Pero la pregunta sigue en pie.

—Necesito esas botellas de agua —explico, señalando hacia el interior de la ventana de la barra.

La cara de Adam pasa de la curiosidad a la diversión.

—¿Estás borracha?

—¡No! —exclamo. Expulso un poco de aire. Sabe a vodka—. Más o menos. Desde luego que sí.

—¡Ajá! —dice—. Apártate y yo te traeré el agua, Mujer Araña.

Espero que coja carrerilla, se suba de un salto al mostrador y luego utilice su cuerpo como un balancín, pero en lugar de eso se limita a atravesar las puertas correderas de cristal que dan al interior y al cabo de un momento le veo en la ventana, debajo del fregadero, agarrando las botellas.

—Eso no se me había ocurrido —digo.

—Ya me doy cuenta —afirma.

Vuelve con cuatro botellas en la mano. Le quito el tapón a una y me la bebo de cuatro tragos.

—A lo mejor quieres doblar la apuesta —dice.

—No me importaría hacerlo. —Me bebo otra de inmediato.

Después, centro mi atención en él. Lleva una camisa de lino azul claro y unos vaqueros, como Jude Law en *El talento de Mr. Ripley*. Está muy guapo. Puedo admitirlo. Incluso sexi.

—¿Estás bien? —me pregunta, sonriendo.

No he dejado de mirarlo.

—Sí —digo—. Solo necesito un poco de aire.

Abre los brazos de par en par.

—El cielo está lleno. Vamos.

Me tiende la mano y la acepto. Me lleva hasta dos tumbonas situadas una al lado de la otra. Me siento en una y luego me tiendo. Me hundo en ella, noto mi cuerpo pesado, como si estuviera en una bañera de agua caliente.

—Gracias —digo. Incluso aquí, lejos de las luces del interior, puedo distinguirlo con sorprendente nitidez. Parece que aquí la luna siempre estuviera llena. No hay luna menguante.

—Haces que piense que tengo algo en la cara —comenta. Me mira y luego mira al cielo.

Me doy cuenta de que tengo la mirada aún clavada en él, pero no estoy segura de poder hacer nada al respecto. La siento igual que mi cuerpo: lastrada, imposible de mover.

—Hola —digo.

Gira la cabeza hacia mí.

—Hola.

—Esta noche he visto a mi madre —digo.

Su expresión no cambia.

—¿Ah, sí?

—Sí. Está aquí. Está... aquí.

—¿Dónde?

—Es difícil de explicar.

—Entiendo —replica Adam—. ¿Quieres intentarlo?

Sacude la cabeza.

—La cuestión es que la he encontrado.

Adam asiente.

—Lo entiendo —dice—. Lo estás procesando.

—No, de verdad... —Coloco la mano debajo de la cabeza—. No importa, pero eso está haciendo que todo resulte un poco confuso. Como si fuera difícil de recordar.

—¿Recordar qué?

—No lo sé —digo—. ¿Qué es verdad?

—Entiendo.

Adam estira la mano y la posa en mi hombro. Desliza las yemas de los dedos para ahuecarlos sobre mi codo. Siento su tacto. Lo siento en todas partes.

—Igual que esto —añado—. Esto también hace que las cosas resulten confusas.

Asiente con la cabeza, pensativo. Y entonces se acerca a mí de repente. ¿Tan cerca están nuestras tumbonas? Está a cierta distancia, puedo verle con detalle, puedo ver cada parte de él, y de repente está aquí mismo y es imposible distinguirle. Un borrón de olor, piel y pulso.

—Me gustaría besarte —dice. Su voz resuena en mi caja torácica—. Pero no voy a hacerlo a menos que me digas que sí. Sé que estás en un lugar extraño. También sé que estamos aquí, que hay una luna llena muy grande y que tus labios parecen una sandía. De las buenas. De las del desayuno.

Dondequiera que estemos, las palabras me han abandonado. Solo encuentro la única.

—Vale.

Me confunde el hecho de que todavía parece haber espacio entre nosotros. Parece que ahora está en todas partes. Estoy atrapada en la imposibilidad de esto, de todo esto. De Carol y de Remo, y de Adam aquí, a milímetros de mis labios.

Adam me toca el pecho, debajo de la clavícula. Aparta la mano de mi brazo y la pone allí, justo donde mi corazón late por debajo. Y entonces me besa. Me besa como si lo hubiera hecho muchas, muchas veces antes. Un beso profesional. Tierno, suave y con una urgencia latente, bajo la superficie. Me incorporo y al instante estoy en su tumbona, en su regazo, manoseándole por todas partes.

Aprieta las palmas de sus manos contra mi espalda y me masajea los músculos que hay debajo.

Mi sangre late al ritmo, pidiendo más, más y más.

Siento que sus manos suben para amoldarse a mi nuca y enrosco los dedos en su cabello de forma automática. Parece terciopelo. Es increíblemente suave.

Sube las manos un poco más, hacia mi cara, y entonces me sujeta y me acerca a él, de modo que mi pecho se aprieta contra el suyo y sus labios están en mi cuello. Echo la cabeza hacia atrás, pero su mano me sujeta. Me besa detrás de la oreja, desciende por el cuello y luego posa los labios en la oquedad de mi clavícula. Me inclino hacia delante, jadeando. Y entonces, igual que un relámpago, el rostro de Eric aparece ante mis ojos cerrados.

Me aparto a trompicones.

—¿Qué pasa? —pregunta Adam, respirando con dificultad—. ¿Estás bien?

Me siento de nuevo. Me froto la cara con las manos.

—No debería estar haciendo esto.

—Ya —dice. Exhala una bocanada—. Cierto. —Nos quedamos ahí sentados, sin hablar, durante el tiempo que tarda nuestra respiración en volver a la normalidad—. Por si sirve de algo, ha sido un gran beso.

Me toco el labio inferior con el pulgar.

—No era yo misma.

Adam se coloca de forma que sus pies toquen el suelo. Yo estoy sentada en la otra tumbona y ahora estamos frente a frente.

—Sí —dice—. Eras tú.

Me concentro en quedarme inmóvil con una intensidad que casi parece de dibujos animados. Temo lo que pueda pasar si me muevo.

Adam toma aire a mi lado y se levanta.

—Así que escucha —prosigue—. Mañana te veré en el desayuno. Y no hay razón para que esto sea embarazoso ni nada por el estilo. Somos adultos. Esto es Italia. Son cosas que pasan.

Le miro a la cara. Sus ojos parecen negros a la luz de la luna.

—Bien.

—Y... Oye, Katy —dice.

—¿Sí?

—Es un maldito idiota si ha dejado que vinieras aquí sola.

Me detengo y me llevo una mano a la frente.

—No le di opción —alego.

—Mentira —replica Adam. Y luego se va.

17

Duermo por fases, mis ciclos REM se ven interrumpidos por las imágenes del cuerpo de Adam cerca del mío y los efectos de todo ese alcohol, que se van disipando. Cuando sale el sol a la mañana siguiente, llamo a Eric desde el teléfono de la habitación. Tengo un café a mi lado y llevo puesto el albornoz del hotel. Por primera vez desde que llegué a Positano, se nota algo de fresco en el ambiente.

Son las seis de la mañana en Positano, lo que significa que son las nueve de la noche en Los Ángeles. Mientras suena el teléfono me imagino a Eric preparándose para irse a dormir, llevando un vaso de agua al baño y escupiendo el enjuague bucal en el lavabo. ¿O está abajo, con una cerveza, viendo algún deporte que no sigue en la televisión?

El teléfono suena. Una, dos, tres veces, pero nadie responde. El contestador automático ni siquiera salta, cosa que ocurre si la máquina está llena o el teléfono está descolgado. Trago saliva. ¿Va a trabajar, habla con su familia, va a ver a mi padre? ¿O en mi ausencia ha decidido que yo tenía razón y en realidad no está esperando a que vuelva a casa, a que yo tome una decisión, sino que él también ha dado la relación por finalizada?

Dos semanas después de mudarnos a la casa de Culver City, Eric tuvo que hacer un viaje de negocios. Por lo general habría pasado la semana en casa de mis padres, pero estaba terminando un importante encargo comercial para el trabajo que tenía un plazo muy ajustado y decidí quedarme.

—¿Estás segura de que vas a estar bien sola? —me preguntó mi madre.

—Tengo veintisiete años —alegué—. Debería poder pasar la noche sola en mi propia casa.

—Pero no tienes por qué hacerlo —replicó mi madre.

Seguro que estuve sola mientras crecía, pues a fin de cuentas era hija única, pero no lo recuerdo. Mi madre siempre estaba ahí. Era mi madre, mi amiga y mi hermana, todo a la vez.

La primera noche que Eric se fue, conecté la alarma de la casa y cerré la puerta del dormitorio. Pero a la noche siguiente me olvidé. La tercera, me quedé dormida en el sofá mientras veía una película, con las ventanas abiertas de par en par.

—¿Te has quedado aquí sola toda la semana? —preguntó Eric al volver. Su maleta estaba tumbada junto a la puerta. No daba crédito. Me parece que no me creyó por teléfono.

—Sí.

Me besó y acto seguido se dirigió hacia el sofá, mi cama improvisada.

Practicamos sexo abajo, en el suelo del salón, algo que nunca habíamos hecho. Recuerdo que me sentí sexi, independiente. Había echado de menos tener tanto tiempo para mí; más bien, nunca lo había tenido. Y me gustó. Al volver la vista atrás a esa semana, recuerdo que pensé que era una de las más felices que había vivido. No sabía en qué lugar dejaba eso a mi matrimonio. Si era la ausencia o el regreso de Eric lo que hacía que me sintiera así.

Adam no está cuando bajo a desayunar, con una resaca de campeonato, ni tampoco cuando termino (tostadas, fruta, café solo) y saludo a Marco y a Nika, que parecen mantener una acalorada discusión en la terraza. En el itinerario de hoy, que está arriba, figura Capri, pero lo que realmente quiero es buscar a Carol. Cuando la dejé, subía bailando por la calle hasta su pensión. Esta mañana voy a localizarla.

Subo las escaleras al salir del hotel y trato de seguir el camino hacia donde se separó de mí la otra mañana. Llego al descansillo. Hoy todavía hay bruma sobre la ciudad. Llevo una camiseta cómoda, pero acabo de subir cincuenta tramos de escaleras.

Miro a mi alrededor, tratando de averiguar por dónde empezar mi búsqueda, cuando me doy cuenta de lo estúpido que es este plan. No había llegado a saber el nombre de la calle en la que vive, solo que se alojaba en una pensión cerca del Hotel Poseidón. El hotel era el punto de referencia. No tengo ni idea de dónde está su habitación ni por dónde empezar a buscar.

En esta pequeña plaza hay un banco redondo de piedra y tomo asiento. Observo a una pareja mayor que toma café en la entrada de su casa. Pasan dos hombres ataviados con pantalón corto de ciclista y camiseta de tirantes.

Espero. Estoy segura de que, si me quedo aquí, aparecerá y se presentará como ha hecho antes. Como hizo ayer por la mañana. Que llegará a la plaza en tromba y volverá a entrar en mi vida. Pero pasan diez minutos, luego quince, luego treinta, y no la veo.

Los barcos se mecen en el agua de forma plácida. Pienso en la pasada noche con Adam. El recuerdo parece pertenecer a otra persona. Es imposible que fuera yo la que bailaba en ese club. Es imposible que fuera yo la que se sentó a horcajadas encima de un extraño en una piscina italiana. ¿O no?

A Carol y a Chuck Silver les encantaba Halloween. Creo que a mi madre más y que mi padre solo le seguía el rollo. Iban a por todas: casa decorada, camino embrujado hasta la puerta principal, espeluznante felpudo de bienvenida activado por voz, adhesivos para las ventanas, todo eso. Y sus disfraces también eran siempre exagerados. Mi madre acudía a Rhonda (una costurera de mi padre) en agosto y empezaba a planificar. Sus disfraces eran siempre clásicos, nunca de actualidad. Carol Silver no veía mucho la televisión. Se disfrazaban del conde Drácula y la condesa, de un Mago de Oz retorcido y de Ana de las Tejas Ensangrentadas (mi favorito). A mi madre le encantaba repartir caramelos a todos los niños del barrio.

Eric y yo intentamos hacer algo parecido en nuestra casa los últimos años, pero siempre nos pareció inútil. Ella lo hacía mejor, por lo que bien podíamos ir allí. Así que eso hacíamos. Era capaz de transformar su casa y a sí misma mejor que nadie en todo el barrio.

Al cabo de cuarenta y cinco minutos, reconozco que no va a aparecer y que es hora de volver. Bajo las escaleras despacio, deteniéndome varias veces para contemplar la vista desde distintos puntos.

Los barcos parten para Capri cada hora. A lo mejor voy. Estoy pensando en lo que tendría que hacer para llevar a cabo ese plan, cuando me encuentro a Nika paseándose de un lado para otro fuera del hotel.

—Hola —saludo—. ¿Va todo bien?

—Marco —dice—. Es un idiota.

—¿Qué ha pasado?

—Es tan terco... *Tutto questo è così frustrante.*

—Venga —digo—. Vamos arriba.

Conduzco a Nika adentro, subimos los escalones del vestíbulo y nos sentamos en un banco oculto en el gran salón.

—Ahora dime qué pasa —digo una vez que estamos sentadas.

—No escucha. Su amigo Adam, ¿sí?

Siento que se me encoge el estómago. Anoche. Las manos de Adam en mi cuello, en mi espalda, en...

—Sí —digo—. ¿Adam?

—Le hizo una oferta a Marco y Marco no va a aceptar.

—El hotel —confirmo. Por supuesto—. No quiere venderlo.

—¡No lo entiende! —Nika pone las manos en alto—. Necesitamos el dinero. Ha sido una temporada dura este último año y el hotel necesita dinero. No pensé que fuera en serio, pero la oferta es real. Es muy real.

—Vender es algo importante —digo—. Es entregar una parte de tu historia. Entiendo que tu familia no quiera hacerlo.

Nika sacude la cabeza.

—¿De qué sirve la historia si no puede vivir? —No digo nada y ella continúa—: No tenemos dinero para hacer el mantenimiento que se requiere, y si dejamos que el hotel decaiga, nuestros clientes no volverán. No importa que sea nuestro si no podemos mantener las puertas abiertas. La historia de este hotel es la gente; los clientes que vuelven cada año y el personal que lleva décadas con nosotros. Katy, si cerramos, ¿qué importa quién sea el propietario? Si no estamos abiertos, ¿qué es la historia?

—No sabía que fuera tan grave —respondo—. Me refiero a las finanzas del hotel.

—Marco no lo reconoce. Cree que conseguiremos el dinero por obra de algún milagro. No entiende que este es el milagro, que esto es lo que hemos estado esperando. ¿Conoce la historia de Dios y el hombre del tejado?

—No —admito.

No éramos una familia especialmente religiosa, sino más bien tradicional. Fui a la escuela judía y luego a la secular. Íbamos a la sinagoga en las fiestas importantes, pero rara vez en otras ocasiones. A mi madre le gustaba el Shabat, pero solo encendíamos velas probablemente la mitad de las veces. «La religión está en la familia», solía decir mi padre.

Nika exhala.

—Un hombre está en el tejado porque hay un huracán y su casa se está inundando. Es muy grave y el nivel del agua no para de subir. Pide a gritos que Dios le ayude. «¡Por favor, Señor, no dejes que me ahogue! ¡Por favor, sálvame, Señor!» Entonces pasa un hombre en una balsa y le pregunta si necesita ayuda. «Deja que te ayude», dice. «Tengo una balsa y es lo bastante grande para los dos.» Pero el hombre del tejado dice que no, que confía en Dios. «Dios vendrá», le dice al hombre de la balsa. «Y solo Dios me salvará. Tengo fe.»

»Entonces llega una mujer en una barca remando. Pregunta lo mismo: «*Signore*, ¿puedo ayudarle? Suba a mi barca y remaremos juntos para ponernos a salvo». Pero de nuevo el hombre del tejado dice que no. «Dios vendrá. Tengo fe.»

»Por último, un helicóptero le sobrevuela. El piloto le habla: «Voy a tirar una cuerda. Agárrese y le pondremos a salvo. El agua sube cada vez más. Casi llega a la parte de arriba de la casa». Pero el hombre no pierde la fe. «No», dice. «Dios vendrá.»

»Al final el agua alcanza al hombre y comienza a ahogarse. Llama a Dios mientras el agua le inunda los pulmones. Muere, y llega a la puerta de Dios, y cuando está allí, le pregunta a Dios: «Señor, ¿por qué me has abandonado? Yo confiaba en ti. ¡Me abandonaste a mí, tu hijo!». Y Dios le mira y le dice: «Hijo mío, nunca te abandoné. Envié una balsa, un barco y un helicóptero. Fuiste tú quien me dio la espalda».

Terminada la historia, Nika me mira.

—¡Ah! —digo—. ¿Así que Adam es Dios en esta situación?

—Al menos es un hombre con una balsa —replica Nika. Sacude la cabeza y se ríe—. Parece ridículo. Siento haberle contado todo esto.

—No es ridículo —digo—. Lo entiendo. Es difícil cuando alguien a quien amas no quiere contemplar otra perspectiva.

—Sí —responde—. Me temo que su terquedad nos costará el negocio.

Mi madre y yo no discutíamos mucho, pero cuando lo hacíamos, solía ser por cosas pequeñas: la ropa, la comida, la disyuntiva de si ir por la autopista o por las calles secundarias. En las cosas importantes, era insistente; no valía la pena enfrentarse a ella y yo no quería hacerlo. Mi madre tenía una idea muy clara sobre la forma correcta de hacer las cosas, y la mayoría de las veces, me alegraba que tuviera las respuestas. Le hacía caso; confiaba en ella. Yo no sabía cuál era la mejor manera de vivir mi vida, de modo que si ella sabía cuál era, pensé que lo lógico era acatar lo que ella sabía. Esto suponía un problema para Eric. No al principio de nuestra relación. Creo que al principio a los dos nos gustaba. Éramos tan jóvenes que agradecíamos contar con alguien que nos dijera qué oferta de vuelo escoger, qué apartamento alquilar, qué sofá comprar y dónde pedir pollo. Pero con el paso del tiempo, a veces Eric me acusaba de seguir sus consejos en detrimento nuestro, de Eric y mío.

«Nunca te paras a pensar en lo que tú quieres», me dijo una vez Eric. Fue una noche, más o menos un año después de haber comprado y habernos mudado a nuestra nueva casa. No me gustaba que estuviéramos en Culver City (quince minutos seguían pareciéndome mucho tiempo en coche porque estaba acostumbrada a poder ir andando a casa de mis padres), pero el precio había sido bueno y la casa tenía un patio y estaba en un buen barrio. Nos dijimos que podríamos formar una familia allí, cuando llegara el momento.

Hablamos de tener hijos de forma casual, igual que dos personas hablan de qué hacer el domingo. Éramos conscientes de que lo haríamos en algún momento indeterminado, y que hasta entonces, el tiempo transcurriría de manera indolente. No estábamos preocupados. Al menos, yo no lo estaba.

Aquella noche en particular, Eric planteó de forma abrupta la cuestión mientras comíamos *pizza* de Pizzicotto; *pizza* Margarita y ensalada.

—Creo que deberíamos hablar de tener un bebé —fue lo que dijo. Estábamos decidiendo si beber cerveza o un refresco y de repente estábamos hablando de cambiar toda nuestra vida.

Durante un momento no respondí. Soplé mi *pizza* y la dejé.

—Vale —dije—. ¿De qué quieres hablar?

—Creo que estamos listos.

Le miré, perpleja. ¿Listos? Yo seguía trabajando como autónoma y él acababa de cambiar de profesión. A duras penas podíamos pagar nuestra modesta hipoteca; no había forma de incorporar un bebé a todo eso.

—¿Cómo lo sabes? —pregunté.

—Tenemos una casa; yo tengo un buen trabajo. Tus padres viven cerca.

Me imaginé diciéndole a mi madre que Eric y yo estábamos listos para empezar a intentarlo. Me eché a reír. No pude evitarlo.

—¿Qué? —preguntó Eric.

—Nada, es que somos unos críos.

—No lo somos —repuso Eric—. Mis padres ya tenían dos hijos a nuestra edad.

—Nosotros no somos tus padres.

—¿Somos los tuyos? —preguntó—. Porque ellos tampoco tardaron mucho más.

—¡Tres años! —espeté—. Eso es mucho tiempo. Es mucho tiempo. Lo tenemos; deberíamos aprovecharlo.

—Pero ¿qué pasa si yo ya estoy listo?

Nunca se me había ocurrido que tener un hijo antes de los treinta fuera algo que Eric y yo nos plantearíamos, y mucho menos que querríamos. Y menos aún que lo hiciéramos.

—Eric, ¿hablas en serio? —pregunté.

Pinchó un tomate de su ensalada.

—No lo sé —dijo—. Solo quiero sentir que estamos haciendo algo, tomando estas decisiones por nuestra cuenta. Como si fueran decisiones nuestras.

—Y así es —aseguré—. ¿De quién más podrían ser? —No dijo nada y continué—: Te diré algo: lo pensaré. Pero no voy a formar una familia solo por hacer algo. Vamos a pensarlo y podemos hablar de ello dentro de una semana, ¿de acuerdo?

Eric sonrió y me besó.

—Gracias.

Lo hablé con mi madre. Me dijo lo que yo sabía que diría: que era demasiado pronto, que éramos demasiado jóvenes. Se lo dije a Eric.

—Dijiste que lo ibas a pensar —me acusó—. No dijiste que tenías que decidir por comité. Nunca te paras a pensar en lo que quieres tú.

—Eso no es cierto.

—Lo es —replicó—. Ella decide lo que piensas por ti.

Tuvimos una pelea, una de las fuertes, pero la certeza de que mi madre (y yo, por proximidad) tenía razón nunca flaqueó. ¿Por qué iba a tomar una decisión tan importante sin ella? Ella sabía lo que era correcto incluso cuando yo no lo sabía; ¿por qué no iba a utilizar esa información, esa ayuda?

Aparcamos la discusión sobre el bebé, pasó otro año y entonces mi madre enfermó. Nos olvidamos de cualquier cuestión sobre tener niños.

Ahora miro a Nika, sentada a mi lado.

—Tal vez Marco sabe algo que tú no sabes —le digo—. Si cree en ello con tanta firmeza, es posible que tenga alguna información que no está compartiendo.

Justo en ese momento aparece Adam en el vestíbulo. Está mojado de la piscina y tiene el pecho desnudo, revelando un torso muy tonificado. Lleva una toalla alrededor del cuello.

—Hola —saluda.

—Estábamos hablando de usted —dice Nika.

Adam enarca las cejas y me mira.

—¿De veras?

—Del hotel —me apresuro a aclarar. Puedo sentir el calor subiendo desde mi pecho hasta mi cuello y mi cara—. De tu oferta.

—¡Ah!

—Tengo que volver a recepción —dice Nika—. Gracias por escucharme. Se lo agradezco.

—Por supuesto.

Nika saluda a Adam al salir. Y luego nos quedamos los dos solos. Lo de anoche bien podría estar reproduciéndose en una pantalla de cine frente a nosotros. Sé que es lo único que cualquiera de los dos tiene en mente.

—Hola —repite. Todavía está empapado; las gotas de agua de la piscina penden igual que pendientes de las puntas de su pelo.

—Hola —digo.

—¿Puedo sentarme? —Hago un gesto hacia el espacio vacío a mi lado. Él se sienta—. ¿Qué tal has dormido?

—Bien —respondo, y trago saliva—. No muy bien, si te soy sincera.

Adam sonríe.

—Eso no me sorprende —afirma. Me sostiene la mirada y yo la desvío—. Solo quiero decir que el tequila, el vino tinto y el *limoncello* son los culpables.

Asiento con la cabeza.

—Cierto.

—¿Puedo preguntarte una cosa? —dice Adam.

—Claro.

—Anoche... —comienza.

—Creía que no íbamos a hacer que las cosas resultaran incómodas. Italia y todo eso.

Adam hace una pausa.

—¿Estoy haciendo que resulten incómodas?

Le miro. Su rostro está sereno; su cuerpo, relajado.

—No —reconozco.

—No. Entonces, anoche...

—Sí, lo siento.

—¿Qué parte?

—No sé. ¿Haberte besado? No debería haberlo hecho.

Asiente con la cabeza.

—Me he dado cuenta de que no se me ha ocurrido preguntarte qué es lo que quieres.

—¿A qué te refieres?

—Bueno, me has dicho que estás casada, que tal vez te separes y que tienes el corazón roto porque has perdido a tu madre. —Dice la última parte con delicadeza, con ternura, y yo me estremezco—. Supongo que he pensado que debía preguntarte qué quieres tú. Más bien si quieres que tu matrimonio funcione. Si quieres volver a casa con él.

Esto no era lo que esperaba que dijera. Esperaba que tal vez se disculpara por besarme. O que me acusara de haber dejado que lo hiciera. Ahora no sé qué responder.

—Porque, el caso es que, sí, estamos en Italia. Son cosas que pasan, como he dicho. Esto no se trata de mí. Ni siquiera te conozco y tú no me conoces.

—Cierto. —Siento una punzada de algo. Decepción, tal vez. ¡Qué interesante!

—Pero podrías —afirma.

—Podría conocerte.

Asiente con la cabeza.

—Podrías.

Tomo aire de forma entrecortada.

—No lo sé.

—¡Oh! Yo creo que sí. —La mirada de Adam se posa en la mía—. Como he dicho, no se trata de mí. Pero sería una pena que siguieras haciendo algo solo porque lo has hecho antes.

Pienso en la rutina de mi vida en casa. La cafetera, el correo, el mercado. Los mismos cuatro programas en el DVR.

«Lo que te trajo hasta aquí no te llevará allí.»

—¿Qué vas a hacer esta noche? —le pregunto a Adam.

—Cenar contigo —responde.

18

Adam y yo nos encontramos en el vestíbulo a las siete y media. Sigue luciendo el sol, pero hace un poco más de frío que durante el día. Elijo un vestido largo de seda de Poupette en azul vivo con los hombros descubiertos. Me pongo un voluminoso collar de cuarzo rosa y de topacios, sin pendientes, y me recojo el pelo en un moño. Sandalias doradas y mi bolso de mano de Clare V., una de las marcas locales favoritas de mi madre en Los Ángeles.

—Estás preciosa —dice Adam cuando me ve.

Él lleva una camisa blanca de lino, pantalones cortos de color caqui y un collar de cuentas mala.

—Tú también —digo—. Quiero decir que estás guapo.

—Oye —me dice—, me quedo con «precioso». Ser precioso no tiene nada de malo.

Salimos del hotel, y me dispongo a girar a la izquierda, hacia el pueblo, cuando Adam señala con la cabeza al otro lado de la calle. Hay un coche esperando, con un chófer de pie fuera.

—¿Para nosotros? —pregunto.

Adam asiente.

—Vamos a ampliar nuestros horizontes —dice—. Después de ti.

El conductor mantiene la puerta abierta y yo me monto en la parte trasera de un antiguo coche de ciudad. Adam se sube al otro lado junto a mí.

—¿Adónde vamos? —pregunto.

—A Il San Pietro —me informa—. Uno de los lugares más impresionantes del mundo. —Recuerdo el nombre de este lugar.

Estaba en nuestro itinerario. Día 6: Una copa en Il San Pietro—. Es un hotel famoso —continúa Adam—. Es difícil de explicar; es mejor verlo.

Pasamos por el pueblo y luego volvemos a salir, siguiendo la costa, y en no más de diez minutos, estacionamos a la derecha de la carretera.

—Hemos llegado —anuncia el conductor.

—*Grazie*, Lorenzo —dice Adam.

Bajamos por un pequeño sendero y llegamos a la entrada de Il San Pietro, una extensa finca construida enteramente en la roca de la orilla del mar.

El vestíbulo es abierto y blanco y la verde hiedra trepa por las paredes y se pasea por los listones del techo. Unos enormes ventanales de cristal conducen a las terrazas envolventes sobre el mar. Más allá, solo hay océano.

—No hay palabras —le digo a Adam.

Él sonríe.

—Vamos.

Afuera, en la terraza, veo los niveles del hotel, con lo que parecen millones de escalones que descienden hasta el océano. Debajo de nosotros, a cientos de metros, hay pistas de tenis y un club de playa. Hay una vista del mar Mediterráneo de 180 grados.

—Esto parece un cuento de hadas —le digo a Adam.

Aparece un camarero y nos da a cada uno una copa de champán helado.

—*Buonasera* —dice—. Bienvenidos.

—Gracias.

—Demos un paseo antes de cenar —sugiere Adam.

Alrededor del núcleo principal del hotel hay senderos bordeados de hiedra. Entran y salen entre las habitaciones y los niveles, acercándonos al océano y volviendo a subir hacia el restaurante principal y el vestíbulo.

—¿Te has alojado aquí alguna vez? —le pregunto a Adam.

—Una vez —responde—. Es muy romántico. —Toma un sorbo de champán y yo miro hacia otro lado, hacia el agua—. Pero me encanta la tranquilidad y la comodidad del Poseidón. En verdad aquí estás en otro mundo.

—Sí —convengo.

Es imposible que alguien tenga ganas de marcharse. La magia de Italia parece estar en su capacidad de conectar con algún tiempo fuera del tiempo, con una época sin rastro de modernidad. Estar presente, justo aquí, produce una inmensa paz.

Tomo un sorbo de champán. Es seco y burbujeante.

Caminamos por un sendero de piedra con un toldo formado por las ramas de los limoneros.

—Esto es el cielo —digo.

—Cada una de las habitaciones es diferente —explica Adam—. Totalmente única. Desde los accesorios hasta los herrajes y la decoración. Es especial.

Un hombre y una mujer caminan por el sendero de la mano en traje de baño. Él lleva una toalla colgada al hombro.

—Es como estar en una película —comento—. Como *Solo tú* o *Bajo el sol de la Toscana*.

—No veo demasiadas películas —dice—. Pero estoy de acuerdo en que es muy de película.

—¿A quién has traído aquí? —pregunto.

Adam me sonríe y veo sus hoyuelos.

—Tal vez alguien me trajo a mí.

Sacudo la cabeza.

—Ni hablar.

—¿Por qué no?

—Me pareces una persona a quien le gusta ir al volante.

—Bueno —reconoce—, supongo que es cierto. Pero no puedes conocer algo sin que te lo enseñen. Hay una primera vez para todo. De hecho, una ex con la que salí me trajo a Positano por primera vez. Es cierto que fue hace muchos años. Apenas éramos unos críos.

Nos alojamos en un hotel llamado La Fenice. Estaba tan arriba y lejos del pueblo que, básicamente, teníamos que subir a pie hasta el camino todos los días. No teníamos mucho dinero, pero la vista era soberbia.

Le miro y una sonrisa se dibuja despacio en su cara.

—Fue tu viaje favorito, ¿verdad?

Adam se vuelve hacia mí. Su mirada se detiene en mí.

—Lo era.

La cena se sirve en la terraza, bañada por la dorada luz italiana. Hay un horno de leña para pizzas, decorado con hermosos platos esmaltados en azul, blanco y rojo, y la comida se sirve en la misma vajilla.

Pedimos *pizza* (de trufa con higos y tomates asados) y una exquisita ensalada de rúcula, pera y parmesano, y calamares crujientes, fritos a la perfección. También hay una botella de vino tinto, que es tan delicioso que lo bebo como si fuera agua.

—¿Qué pasó con la chica? —le pregunto a Adam. Han retirado nuestros platos y estamos disfrutando de una segunda botella de vino. El sol se pone en el mar, tiñendo la noche de tonalidades azules. El mar se oscurece, pasando del turquesa al índigo. De repente, la luz de las velas ilumina la terraza.

—¡Oh! —dice Adam—. De eso hace mucho tiempo. Éramos jóvenes.

—¿Cómo de jóvenes? —Me doy cuenta de que no sé cuántos años tiene Adam. ¿Treinta y cinco? ¿Treinta y ocho?

—Bastante jóvenes —dice, y se ríe—. Estábamos viajando por todas partes y Positano era el destino turístico innegociable para ella, así que vinimos aquí.

—Y te enamoraste.

—Del pueblo, sí. De ella ya estaba enamorado. Acabó rompiéndome el corazón seis meses después.

—¿Qué pasó?

—Un batería llamado Dave.

Asiento con la cabeza.

—Entiendo —digo, aunque no es así. Yo nunca me permití enamorarme y desenamorarme. Nunca tuve otras experiencias.

Pienso en la noche anterior, en Adam frente a mí.

—¿Y tú? —pregunta Adam.

—¿Yo?

—¿Alguna vez te han roto el corazón?

Pienso en Eric, en la universidad, en su encanto bobalicón, en los fines de semana recorriendo la costa en coche hasta Santa Cruz, en las escapadas a Costco, en la noche de *pizza* en casa de mis padres.

—No —respondo.

Adam sonríe.

—Ya sabes lo que dicen.

—¿Qué dicen?

—Nunca confíes en alguien a quien no le hayan roto el corazón. Es un antes y un después. Nunca vuelves a ver el mundo de la misma manera.

Una nube se instala de repente en mi corazón. Veo a mi madre en el hospital, en su cama de Brentwood. El zumbido y el pitido de las máquinas.

—Entonces creo que tengo que modificar mi respuesta —digo.

—¿Te lo han roto?

Asiento con la cabeza.

Adam me agarra la mano desde el otro lado de la mesa. Me abre la palma y roza con sus dedos el interior. Siento su tacto recorrer mi columna y quedar atrapado en mis oídos, como un sonido vibrante, energía, electricidad.

Pedimos el postre. Crema de chocolate y nata en la que me gustaría bañarme. Hay delicadas escamas de chocolate y azúcar en polvo por encima. Puede que sea lo mejor que he probado nunca.

—Antes de irnos hay una cosa que tenemos que hacer —dice Adam.

Terminamos el vino, Adam paga la cuenta y me lleva a la esquina de la terraza. Hay una puerta verde y dentro hay un ascensor de cristal. Ya es casi de noche, pero todo el hotel está iluminado.

—Después de ti —dice.

Entramos y luego bajamos, pasando por las plantas de jardines, habitaciones, terrazas y comedores, y adentrándonos en la roca. Pasamos por los huertos repletos de productos frescos y por el *spa*, bajando cada vez más, hasta que aterrizamos en medio de una cueva de roca.

Adam abre la puerta y veo que el ascensor nos ha escupido en una gruta de piedra. Salimos a la noche a más de noventa y un metros debajo de donde empezamos. Las pistas de tenis del hotel están a nuestra derecha y a nuestra izquierda se encuentra el lugar del almuerzo del hotel, seguido del club de playa.

Adam me toma de la mano y bajamos hacia las sillas. El océano retoza a tres metros de distancia, agitándose, lamiendo las rocas.

—¿Quieres sentarte? —me pregunta.

Tomo asiento en una tumbona y él se sienta en la misma a mi lado. Siento el hombro de Adam contra el mío y luego el roce de su pecho presionando mi espalda.

Aquí abajo, en el mar, el anochecer se manifiesta de manera patente. La luna se eleva despacio, la playa entera flota en ese espacio entre las cosas. Aprieto los brazos contra el pecho.

—¿Tienes frío? —me pregunta.

Niego con la cabeza. No tengo frío. En absoluto.

Siento que me pone una mano en la nuca con suavidad y baja por mi brazo hasta ahuecarla sobre el codo. Exhalo un suspiro en la noche.

—Adam —digo.

Me vuelvo hacia él. Al igual que la noche anterior, siento el poderoso impulso, casi imposible de resistir, de besarle, de lanzarme a sus brazos y sentir su piel por todas partes. Pero no lo hago. Porque tengo a Eric, y lo que sea que esté ocurriendo aquí no puede ser suficiente para olvidarlo.

—¿Sí?

—No puedo —digo. Me entran ganas de cortarme la lengua.

Adam despacio aparta las manos de mi cuerpo.

—Lo entiendo —dice—. ¿Quieres irte?

Niego con la cabeza. Me acomodo para que mi espalda quede apoyada en el respaldo de la tumbona. Adam se sienta a mi lado. Noto su respiración a mi lado, que va y viene como la marea.

Nos quedamos contemplando las olas hasta que el cielo está casi negro. Hasta que las estrellas miran a los barcos en el mar como ojos firmes y atentos.

19

Adam se va al día siguiente de viaje a Nápoles por trabajo y yo me lo paso buscando a Carol por todas partes. Voy a Chez Black y me dirijo al puerto deportivo. Pruebo a abrir la puerta cerrada del bar Bella y nada. Espero junto a la entrada del hotel durante dos horas, pero a las nueve tengo que reconocer por fin la derrota. Ella no está aquí.

Me como un plato de pasta que Carlo me envía al patio.

¿Y si la he perdido de nuevo?

Debería haber trazado un plan. Debería haber dicho: «Quedamos aquí mañana por la mañana a las diez». Pero estaba borracha y feliz y se me olvidó.

Unas mesas más allá, un grupo de treintañeras ríe mientras dan buena cuenta de una botella de vino. Tengo ganas de acercar una silla, de hablar con ellas, de expresar algunas de las cosas descabelladas, maravillosas, complicadas y confusas que están sucediendo en mi vida, en este lugar extraño, en este momento.

Pero no hablo con desconocidos. Mi mejor amiga es una mujer llamada Andrea que conocí en la universidad y que vive en Nueva York. Vino para el funeral, pero no tuvimos tiempo para estar juntas. La última vez que recuerdo que cenamos en mutua compañía fue hace al menos un año. Eric y yo ya no vamos a Nueva York y Andrea está ocupada trabajando de directora de relaciones públicas. Sin embargo, al ver a estas mujeres ahora, riendo, bebiendo y hablando, siento una punzada de arrepentimiento por no haber dado prioridad a nuestra relación. Por haber dejado pasar tantas cosas hasta ahora.

Termino de comer y me dirijo arriba. Duermo a ratos y me rindo por completo antes de que salga el sol.

A las seis bajo a desayunar en busca de café. Anoche dormí unas tres horas en total. Aún no han abierto para el desayuno, pero Carlo está preparando las mesas.

—*Buongiorno*, señora Silver —dice.

—Carlo, ¿es posible que tengas un poco de café?

Carlo señala hacia la cocina.

—Voy a ver. Un momento.

Me quedo en el patio. La mañana está fresca como el día anterior. Pero toda la ciudad sigue siendo gris y azul.

Carlo vuelve dos minutos más tarde con un humeante café americano. Es casi de color negro. Perfecto.

—*Grazie* —digo—. Un millón de gracias.

—No es necesario un millón —afirma—. Pero se agradece. ¿Pongo la mesa? —Señala mi lugar habitual, bajo la sombrilla.

—No, gracias —digo—. Tal vez más tarde.

Me llevo mi café y me siento en una tumbona junto a la piscina. Sin cafeína, todo parece tan borroso como el día que me rodea. Doy unos cuantos sorbos.

«¿Dónde está?»

Cuando era pequeña, solo un bebé, mi madre solía cantarme todas las noches. Siempre pedía una canción, esa que dice: «Mi mami vuelve, siempre vuelve, siempre vuelve a buscarme. Mi mami vuelve, siempre vuelve, nunca se olvida de mí.»

Mi madre solía cantarla con una ridícula voz de personaje de Disney, haciendo que todo sonara tan tonto como para casi eclipsar el significado. Casi. Pero era su manera de decir que siempre estaría ahí; que nunca se iría.

Subo de nuevo arriba y me pongo las zapatillas. Me aplico crema solar, agarro la gorra y subo las escaleras de Positano. Llego al descansillo después de diez minutos de esfuerzo, pero sigo subiendo. Cuando llego al Sendero de los Dioses, estoy empapada. Bebo un trago de agua y contemplo el día.

La bruma se está disipando y la mañana despunta. Parece que va a ser otro día perfecto. Desde aquí se puede ver todo el sendero hasta el océano. No es el panorama que ofrecía Il San Pietro, pero se acerca. Incluso puedo distinguir la isla de Capri.

No hay ni una sola alma más aquí arriba. Tengo el sendero para mí sola. El café ha hecho efecto, y combinado con el aire fresco y con el esfuerzo, hace que me sienta despierta. Estoy a punto de decidir si también quiero recorrer el sendero, cuando oigo pasos detrás de mí.

Contengo la respiración, esperando ver aparecer a Carol, «por favor, por favor, por favor», pero en su lugar es Adam.

—Oye —dice—. Mira a quién tenemos aquí.

—¿Me estabas siguiendo?

Adam pone los brazos en jarra y se inclina hacia atrás, exhalando una bocanada de aire.

—¡Vaya! —exclama—. Menudo entrenamiento.

Le ofrezco mi botella de agua y él bebe un buen trago.

—Gracias —me dice, y yo asiento con la cabeza—. Y no, no te estaba siguiendo —responde a la vez que me la devuelve—. Ya te dije que me gusta el senderismo. Cuando mencionaste las escaleras, se me quedó grabado.

—¿Qué tal Nápoles? —pregunto.

—Bien —dice—. Es un lugar raro, pero me encanta.

—¿Quieres recorrer parte del sendero? Nunca he pasado de aquí.

Se sube la camiseta y se limpia la frente con ella. Veo la porción de piel de su abdomen. Los firmes músculos que hay debajo.

—Sí —acepta—. Hagámoslo.

Entramos en la senda y seguimos subiendo. Las vistas son espectaculares. Transcurridos otros diez minutos me pregunto si estamos cerca de La Tagliata; parece que estamos en las nubes en este punto. Nos detenemos en un mirador. Me agarro a una barandilla de madera, cubierta de una suave pátina satinada fruto del desgaste de todos los viajeros que han ido y venido. Adam se pone a mi lado.

—He leído que el sendero es por donde los dioses bajaron a encontrarse con Poseidón en el mar —me dice Adam.

—Era Ulises —digo.

—Bien, Ulises. Me gusta —dice—. Entiendo por qué eligieron este sitio. Para mezclarse con los terrestres. Debían querer un lugar que pareciera el cielo en la tierra.

—Me encantaba la mitología griega. ¿O romana? Nunca me acuerdo.

—Romana —dice—. Pero creo que son bastante similares. ¿Qué es lo que te gustaba de ella?

—Creo que me gustaba que hubiera alguien a cargo de cada cosa. Un dios del agua, un dios del vino, una diosa de la primavera y una diosa del amor. Todo tenía un gobernante.

—Es interesante —afirma Adam—. Aun así, eran codiciosos. Aun así, querían lo que el otro tenía. Y se involucraron con los mortales. No era una situación muy pacífica. En realidad, era muy humana.

Miro a Adam, que mira hacia el mar. Ahora sopla una brisa y el viento me agita el pegajoso pelo de la nuca.

—¿Por qué quieres comprar el hotel? —pregunto—. De verdad. Sé que es una buena inversión y todo eso.

—¿Cómo no va a ser esa una razón suficiente, sobre todo para una empresa que quiere crecer?

Sacudo la cabeza.

—Quieres a Marco y a Nika; vienes aquí todos los años; tú mismo has dicho que este lugar es especial para ti. Simplemente no me trago que alguien te haya enviado a esta misión y quieras apoderarte de un lugar que ya te parece perfecto.

Adam no responde de inmediato. Toma aire, con la mirada puesta aún en el mar.

—¿Sabes que no quería trabajar en el sector inmobiliario? Ahora me encanta, pero hace tiempo quería ser abogado.

—¿De verdad?

Adam asiente.

—Mi madre lo es y mi padre también. Se conocieron en la Facultad de Derecho. Me pareció que era lo que había que hacer. A mis padres les apasiona el derecho y les encanta su trabajo. Supuse que a mí también me gustaría.

—¿Y qué pasó?

—Suspendí el examen del Colegio de Abogados —confiesa—. Y volví a suspenderlo de nuevo. Después de la segunda vez, tuve que hacer examen de conciencia.

—¿Descubriste que en realidad no querías ser abogado?

—No se trataba de eso. Lo que ocurría era que no podía entender la ley. No se me daba bien. Aun después de tanto tiempo en la Facultad de Derecho, me parecía que estaba leyendo un idioma extranjero. —Hace una pausa y se limpia la frente con el dorso de la mano—. Al final, simplemente no me importaba lo suficiente. Y creo que es difícil ser bueno en algo que no amas. —Se aclara la garganta—. Conozco este hotel —continúa—. Me encanta este hotel.

—Lo entiendo —digo—. Quiero decir que entiendo por qué. A mí también me encanta.

—No intento cambiarlo —añade con cierto tonillo. Quiere que sepa la verdad—. Quiero ayudar; quiero hacerlo aún mejor. Quiero que el Poseidón sea la mejor versión de sí mismo para que siga existiendo durante mucho tiempo.

—De acuerdo —digo.

—Soy un oportunista, pero no soy una mala persona. Están estancados —dice—. Necesitan ayuda para seguir adelante.

—¿Y tú?

Adam pone ambas manos en la barandilla. Vuelvo a echar un vistazo al mar.

—¿Si estoy estancado? —No le contesto—. Creo que se me dan muy bien los viajes y no tanto lo que ocurre cuando te quedas quieto —afirma—. Me gusta ser un visitante. En lugares, en hoteles, a veces en la vida de otras personas. —Me mira y nuestros ojos se encuentran de manera fugaz—. Supongo que en realidad no estoy

154

seguro de dónde aterrizar o si se supone que he de hacerlo ya, y el hotel me parece una buena oportunidad para empezar, cuando por lo general me limitaría a...

—¿Seguir alquilando?

—Sí, tal vez. —Miramos hacia el agua durante otro momento. Y entonces me da un par de golpecitos en el brazo. Es un gesto deportivo, quizá incluso amistoso, pero lo siento en el estómago—. Me impresiona tu velocidad —dice.

—Diría que siguiéramos, pero no quiero que muramos de deshidratación.

—Podemos dar la vuelta —sugiere Adam—. Y asaltaremos ese puesto de limonada a la que bajemos. No tengo agua, pero sí dinero en efectivo.

—Me parece que ese podría ser tu eslogan.

—¿Mi eslogan?

—¿Como en *The Real Housewives*? ¿Eslogan? —Me mira sin comprender—. No importa.

Caminamos en silencio. Es un silencio cómodo, incluso familiar. Como si nos conociéramos desde hace mucho más tiempo que los pocos días que llevo aquí. Nos detenemos en un puesto de limonada y Adam compra una para cada uno. Está dulce y almibarada, pegajosa y deliciosa. Me la bebo y luego me meto un cubito de hielo en la boca, chupando el frío hasta que se derrite. Volvemos al hotel por las escaleras laterales. Nos detenemos en el descansillo para contemplar el agua. No hay prisa. Por imposible que parezca, aún es de día.

—Siento que aquí el día tiene más horas —le comento a Adam.

—Por eso me encanta —dice.

Todo es más largo en Positano. Incluso el tiempo.

20

Durante el desayuno le pregunto a Adam si quiere ir a Capri hoy. Hace un tiempo espléndido, con un cielo azul brillante. Miro el agua que parece de cristal. Pasar el día en una isla paradisíaca es un plan perfecto.

—Suena divertido, Silver —dice—. Creo que te gustará el lugar y, como siempre, será un honor enseñártelo.

—¿Acaso te lo he pedido?

—Confía en mí —replica—. Querrás que esté a cargo.

Adam tiene un contacto para un barco y una hora más tarde estamos de vuelta en el muelle de Positano, embarcando en un pequeño yate privado.

—Este es Amelio —dice Adam. Me presenta al capitán, un hombre que parece tener unos treinta años, con coleta y un polo de algodón blanco.

—Hola —saludo—. Gracias por llevarnos.

—Ten cuidado —dice Amelio. Habla con un acento que parece medio italiano, medio australiano.

Me toma de la mano y me ayuda a subir al pequeño yate. La parte delantera del barco está acolchada en su totalidad, como una tumbona gigante. Todo en tonos marrón, beige y blanco. Es precioso, de un modo tradicional.

—Es un Tornado, ¿verdad? —le pregunto a Amelio.

Sonríe con admiración y asiente con la cabeza. El estilo del pequeño yate es una vuelta a los años sesenta. Parece nuevo, cuidado de forma impecable.

—Algunos de los barcos más impresionantes del mundo —digo—. Me encanta este. ¿Es tuyo?

Amelio asiente.

—*Sì, è della mia famiglia.*

Alcanzo una toalla de playa. Adam enarca una ceja al verme.

—¿Qué? —digo—. A mi padre le encantan los barcos.

De pequeña me llevaba al puerto deportivo de Huntington Beach y me enseñaba los barcos. Los pequeños yates catamarán, como este en el que estamos, son sus favoritos. Los míos también.

Nos acomodamos en las toallas de playa cercanas mientras Amelio hace rugir el motor. Luego nos alejamos a toda velocidad en dirección a Capri. El viento se levanta y el aire que nos rodea es salado y húmedo.

El viaje a Capri no dura más de cuarenta y cinco minutos. La isla emerge del mar como una gigantesca roca elevada, repleta de dentados y escarpados acantilados. A medida que nos acercamos, alcanzo a ver una cala y luego las rocas de una orilla. En el mar se ven moverse las cabezas de cerca de una veintena de bañistas.

El azul intenso del agua da paso a un turquesa que parece falso, casi transparente.

Amelio apaga el motor y vamos a la deriva. Cuando entramos en la cala, me vuelvo hacia Adam.

—Quiero nadar —digo.

—¿Ahora?

—Amelio —digo—, ¿podemos saltar al agua antes de llegar a la orilla? ¿Podemos nadar? —Muevo los brazos como si nadara a braza.

—*Sì!* —Hace un gesto hacia el lado izquierdo del barco, donde hay una escalera que baja al agua.

Me quito el caftán por la cabeza y lo arrojo a la colchoneta. Debajo llevo un bañador blanco acanalado. Me doy cuenta de que Adam se fija.

Y entonces me lanzo de golpe por el lateral. Siento el agua fría contra mi piel caliente. Casi me corta la respiración. Pasados unos segundos, el impacto inicial se desvanece y se convierte en una sensación suntuosa y refrescante. Vigorizante y suave, casi como el terciopelo.

Mi cabeza atraviesa la superficie, me sacudo el agua de los ojos y llamo a Adam.

—¡Métete!

Se levanta y me mira.

—¿Está fría?

Me quito un poco de agua de los labios.

—La verdad es que está bastante caliente —miento.

Veo que se quita la camiseta. Me sumerjo bajo el agua y, cuando salgo, él está medio metido, suspendido en la escalerilla, bajando poco a poco.

—¡Por Dios! —exclama—. ¡Qué fría está!

—Vamos, Adam —le animo—. Da el paso.

Se zambulle desde la escalera y emerge instantes después, sacudiendo la cabeza para apartarse el pelo. Es un macho alfa, pero aquí, en el agua, con el pelo rizado y goteando, se muestra juguetón. Parece más joven que cuando le conocí.

Adam salpica un poco de agua y luego se pone a flotar boca arriba. Yo hago lo mismo a su lado. No hay una sola nube en el cielo; una amplia extensión de un vivo azul, casi imposible.

—Me encanta este lugar —digo.

Se ríe a mi lado.

—Todavía no hemos llegado a Capri.

—No —replico—. Este lugar. Todo esto.

Me enderezo de nuevo y Adam hace lo mismo. Se desplaza en el agua, y la corriente le acerca más.

—Gracias por venir conmigo —digo.

Está tan cerca que puedo ver las gotas de agua en sus pestañas. Se agarran allí como lágrimas.

—Gracias a ti por pedírmelo.

Sus ojos escudriñan mi cara. Y luego se sumerge de nuevo bajo el agua. Cuando sale, vuelve a estar cerca del barco.

—Vamos, Silver —dice—. Tenemos que ponernos en marcha.

Volvemos a subir, nos secamos con una toalla y Amelio maniobra entre las rocas hacia la cala, hasta llegar al muelle que se mece con el agua.

Adam me toma de la mano y me ayuda a bajar a los tablones de madera.

—¡Gracias! —le digo a Amelio.

—Vuelve a eso de las cuatro o cuatro y media.

Amelio asiente.

—¡No te preocupes!

Hace un gesto hacia el mar, hacia el agua azul que nos rodea, kilómetros en todas las direcciones.

Una vez que estamos en tierra, observo los alrededores.

Sombrillas a rayas azules y blancas salpican el paisaje como los flashes de las cámaras. Debajo hay bañistas tendidos en tumbonas. Algunos se quedan en las rocas; otros se bañan. El club de playa no está abarrotado, sino que está más bien concurrido de manera agradable. Más allá de las rocas, hay un edificio de paja con un letrero de madera en el que puede leerse: *La Fontelina*.

—He oído hablar de este lugar —digo, recordando. Mi madre y yo habíamos reservado en Da Luigi, el club de playa cercano.

—Bienvenida al paraíso —dice Adam—. Vamos.

Nos registramos en un puesto y nos entregan dos toallas de playa. Un empleado nos guía hasta dos tumbonas, a un paso del agua. Coloca una sombrilla encima.

—Esto es espectacular —reconozco.

No me he molestado en ponerme otra vez caftán, así que dejo la toalla y me tiendo en la tumbona.

—Ya verás el almuerzo —dice Adam—. Tienen uno de mis restaurantes favoritos de Amalfi.

Me estiro, sintiendo el sol en las piernas.

Adam saca un libro. Es su ejemplar de *París era una fiesta*, el que intercambió en la biblioteca junto a mi habitación el día que le conocí.

—¿Es bueno? —pregunto.

—Es un clásico.

—¿Y?

—Sí —dice—. Está muy bien. Me recuerda lo mejor y lo peor de París. La tragedia romántica de ese lugar.

—¿Tu madre vuelve a menudo? —pregunto.

—Sí, más o menos una vez al año. Su hermana, mi tía, sigue viviendo allí. Están muy unidas y creo que a mi madre se le hace duro estar tan lejos de ella. —Hace una pausa y mira mi bolso—. ¿Has traído algo para leer?

Sacudo la cabeza.

—No —respondo—. Estoy muy bien así.

Lo digo y me doy cuenta de que hablo en serio. Siento que una extraña calma se apodera de mi cuerpo. Cierro los ojos. Sopla una brisa que viene del agua y la sombrilla que tengo encima me da sombra.

Tomamos el sol durante un rato. Me quedo dormida, arrullada por los sonidos del mar y por la paz de este lugar.

—¿Te apetece ir al restaurante? —pregunta Adam al cabo de una hora—. Podemos pedir vino antes de comer.

—Suena muy bien.

Me pongo el caftán y subimos los escalones del bien ventilado edificio. Estamos sentados en la terraza, con vistas a las rocas y el océano se extiende ante nosotros.

Adam pide una botella helada de Sancerre. Está dulce y delicioso. Me bebo una copa.

Desde nuestra privilegiada posición se puede ver la cristalina agua azul y las tres rocas Faraglioni. Surgen del océano como guerreros vikingos, igual que columnas del mar. Con sus cien metros de altura, parecen acantilados. La roca del medio es un arco por el que se puede pasar. Es imposible no reconocerlas en miles de fotografías en Instagram o en cualquier otra parte.

Adam sigue mi mirada.

—Conoces la historia de esas rocas, ¿verdad?

Asiento con la cabeza.

Si una pareja se besa al atravesar el arco de la roca del medio, será feliz en el amor durante los próximos treinta años.

Treinta años. Los mismos que tengo yo. Treinta años. Los mismos que tiene mi madre aquí, ahora.

—Es mucho tiempo —digo.

—Aquí no —afirma.

Mi estómago ruge. Me da la sensación de que siempre tengo hambre. De que ahora está despertando algo en mí que ha estado apagado. Listo para que lo alimente.

Pedimos. Un plato de verduras a la parrilla, pulpo braseado, cremosa burrata, tomates en rama y pasta con bogavante. Una ensalada verde aliñada y un pan ligero completan la comida.

Yo como. Y como y sigo comiendo.

—Aquí podría estar comiendo a todas horas —comento—. Siento que no tengo fondo.

—Lo sé —asegura Adam—. Te lo dije. La comida es increíble. La comida italiana tiene ese efecto. Cuando los ingredientes son sencillos y de calidad, la comida es placentera y no te sienta mal.

Recuerdo a Adam tocándose en el estómago mientras afirma que ha engordado cuatro kilos y medio.

Tomo otro sorbo de Sancerre. Estoy segura de que ya vamos por la segunda botella. Siento una agradable flojera en las extremidades. Un alegre zumbido anida en mi pecho.

—¿Ahora siempre vienes a Italia a trabajar? —pregunto.

—No siempre —responde—. Tenemos un hotel en Roma, pero Positano es un lugar agradable al que venir cuando se tiene un poco de tiempo libre.

—Es muy romántico —digo de repente. Es el vino. Tengo el impulso de ocultarlo con más palabras, pero no lo hago.

Adam me mira enarcando una ceja.

—Sí, estoy de acuerdo. Lo es.

Se me encoge el estómago al imaginar a Adam aquí con alguna otra chica. Tal vez la conoció en el hotel igual que a mí. Quizá también fuera estadounidense. O suiza. O francesa. Una fabulosa morena con unas piernas kilométricas y un pequeño pañuelo al cuello. Annabelle. No, Amelie.

—A mi última ex le iba más Roma, la verdad —afirma Adam, leyéndome la mente—. Era de la Toscana y tenía algunos prejuicios contra Amalfi.

—¿De verdad?

Adam se encoge de hombros.

—Algunos italianos creen que la costa está demasiado invadida, que es demasiado turística y muy cara.

—Todo eso es cierto—digo.

—Sí —dice Adam—. Pero, en fin, mira esto.

Hace un gesto, señalando el océano. Las rocas de más allá. El agua y el cielo, que parecen demasiado tecnicolor para ser reales.

—¿Qué pasó con ella? Por qué terminasteis, quiero decir.

Adam alcanza su vaso de agua.

—Ella quería vivir en Italia y no quería que viajara. Nos peleábamos por eso a todas horas. Quería una vida que merecía tener, pero no era realista para mí. Lo último que supe es que se casó en Florencia. De eso hace ya dos años. Es increíble cómo vuela el tiempo.

Me doy cuenta de que esto todavía le duele a Adam. O le dolía en otro tiempo. Que hay ahí una herida abierta o sin curar.

—¿Cuánto tiempo estuvisteis juntos?

—Tres años —responde—. De forma intermitente. —Me mira—. Me cuesta quedarme en un sitio. Unas veces creo que no funcionó porque no era lo correcto y otras que no funcionó porque me negaba a dejar que lo hiciera.

Pienso en Eric, en nuestra casa, a quince minutos de mis padres. Nuestros cuatro restaurantes compartidos, noches de cine en el Grove. Conciertos en el Hollywood Bowl. Toda mi vida ha tenido lugar en un radio de dieciséis kilómetros. Yo también me he resistido al cambio. A dejar que alguien me cambie.

Adam deja su vaso de agua con un ruido seco.

—Bueno, ¿qué quieres hacer ahora? —pregunta—. Podríamos explorar Capri. Podemos ir de compras. Podemos ir a comer al limonero.

El centro de la ciudad de Capri está colina arriba de donde nos encontramos. El problema es que la única forma de llegar es a pie, subiendo el camino desde el mar. Y después de la escalada de esta mañana, no estoy segura de tener la energía para diez mil pasos más.

—También podríamos ir en barco hasta Marina Piccola y luego pasear —ofrece Adam.

Me recuesto. Veo nuestras tumbonas de playa debajo de nosotros.

—¿Sabes lo que de verdad quiero hacer? —le digo a Adam.

—Dímelo.

—Nada —declaro.

Adam sonríe.

—¿Seguro? —dice—. Ya estamos aquí. Y Capri es genial. Compras geniales, bares geniales.

—He visto fotos —afirmo—. Hay una tienda de Prada.

—Hay un montón de pequeñas *boutiques*. Pensé que a lo mejor era lo que te gusta. Vistes bien, diferente.

—Gracias —digo. Aunque nunca describiría mi estilo como «diferente». Poco original con un toque, tal vez—. Me gusta ir de compras, pero hoy solo quiero estar aquí y no sentir que hay un lugar al que tengo que ir o algo que tengo que hacer. ¿Te parece bien?

Adam asiente despacio.

—Sí —contesta—. Me parece muy bien.

Lo único que hacemos durante las siguientes cuatro horas es dormir una siesta y nadar. Es el paraíso. Voy del mar a la tumbona de la playa, a las rocas y vuelvo. Eso es todo. Solo la simplicidad del agua, las rocas y las impresionantes vistas. Hay vino, agua y limonada helada. Vuelvo a aplicarme crema solar y Adam intercambia la tumbona conmigo cuando la sombrilla ya no puede cubrirnos a los dos. Él lee. Cierro los ojos y, por primera vez en meses, hay un vacío agradable. No me vienen imágenes de hospitales, preguntas sobre mi futuro ni la incertidumbre de lo que vendrá. Esto es lo único que siento; una absoluta aceptación del presente.

Cuando llegan las cuatro y media, vemos a Amelio avanzando por el agua. Adam le hace señas con la mano, recogemos las cosas y nos dirigimos al muelle mientras él se acerca despacio.

Embarcamos. Tengo la piel cubierta de agua salada y de crema solar y llevo el caftán metido en mi bolsa. No me lo he puesto ni una vez.

—¿Lo habéis pasado bien? —pregunta Amelio.

—Mejor imposible —digo—. Creo que podría mudarme aquí. —Me imagino una vida llena de interminables días de playa.

Mientras nos alejamos de La Fontelina, veo las rocas Faraglioni delante. Unas cuantas barcas pasan por debajo. Una pareja se besa en el arco.

—¿Os gustaría ir? —inquiere Amelio.

Adam me mira.

—Claro —dice. Estamos en la parte delantera de cuero del barco. Se incorpora y se rodea las rodillas con los brazos—. Siento que debo proporcionarte la experiencia completa de Capri.

Mi corazón empieza a latir con fuerza. No tengo ni idea de lo que quiere decir con eso. ¿Quiere que vea de cerca la maravilla arquitectónica hecha por la naturaleza? ¿O va a besarme bajo esas rocas? ¿Cuál es la experiencia completa?

Mi pulso retumba cada vez más fuerte, como unos caballos que se acercan. Siento la pregunta suspendida entre nosotros mientras nos dirigimos hacia las rocas.

Una vez que estamos cerca, Amelio aminora la velocidad. Adam estira las piernas y se apoya en las manos. Inclina la cabeza hacia un lado para mirarme. Pero no mueve el cuerpo, todavía no.

—¡Allá vamos! —vocea Amelio.

Empezamos a atravesar el arco. Del agua asciende una fresca brisa y estamos rodeados de rocas. Siento a Adam cerca de mí, más cerca de lo que estaba hace unos instantes. Siento su piel salada y tibia y el roce de su ropa.

Ahora estamos totalmente cercados. El momento se cierne sobre nosotros como una burbuja de aire, amenazando con estallar.

—Katy —dice Adam. Su voz es poco más que un susurro y me vuelvo hacia él.

Me mira con tanta intensidad que creo que va a besarme. Lo va a hacer de verdad. Los segundos pasan como si fueran años. El tiempo, plegado, transcurrido, como ocurre aquí, ahora, no tiene el mismo peso. No significa lo mismo. Somos jóvenes y somos viejos y vamos y venimos, todo a la vez.

Ya casi hemos salido. Puedo ver que el sol empieza a llegar a su punto más alto, esforzándose por encontrarse con nosotros. Es ahora o nunca.

Y entonces Adam me agarra la mano. Me toma la palma de la mano y posa la suya en ella, entrelazando sus dedos con los míos. La mantiene así mientras salimos de nuevo a la luz del sol.

—¡Es una belleza! —exclama Amelio.

—Es una belleza —repite Adam, sin dejar de mirarme.

21

Tampoco veo a Carol al día siguiente y, dos días después, Adam me lleva a Nápoles. Uno de sus lugares favoritos de toda Italia, me dice.

—A mucha gente no le gusta —explica Adam—. Los turistas rara vez la visitan. Pero yo creo que Nápoles es uno de los lugares más bonitos del mundo. Además, la *pizza* es la mejor que tendrás la suerte de comer.

—¿Mejor que la de Mozza? Ya veremos.

—¿Cómo se puede superar el lugar donde empezó todo? —dice.

Tomamos un coche desde el hotel después de desayunar. Un descapotable que parece sacado de los años cincuenta. Esta vez, Adam conduce. Las vistas cuando sales de la ciudad son tan impresionantes como cuando llegas.

—Creo que quiero vivir aquí para siempre —confieso.

Adam sonríe.

—Por eso sigo viniendo.

—No creo que eso sea una realidad para mí —digo.

—Lo es si quieres que lo sea.

—¿De verdad es eso lo que crees? ¿Que cualquiera podría vivir en la Costa de Amalfi si lo desea lo suficiente?

—Oye —Adam—, tranquilízate. No es eso lo que quiero decir. Solo digo que podrías si quisieras. No estamos hablando de cualquiera. Estamos hablando de ti.

—En realidad no lo sabes —digo.

Adam se gira para mirarme.

—Entonces supongo que tengo que conocerte mejor. Menos mal que tenemos todo el día.

Cuando salimos de la parte costera del camino y estamos a unos veinte minutos de Nápoles, Adam me cuenta una breve historia del lugar.

—Nápoles es una ciudad extraña —dice—. Hay lugares que están en muy malas condiciones, totalmente en decadencia, pero también posee esa perseverante belleza mediterránea, casi griega. Fue la ciudad italiana más bombardeada en la Segunda Guerra Mundial y tiene una historia en gran medida trágica..., una enorme epidemia de cólera, pobreza, delincuencia..., pero este lugar y su gente poseen una gran fortaleza. Me parece que la belleza junto a la decadencia es algo impresionante. Puedes sentirlo cuando estás allí.

—También he oído que es una ciudad conocida por sus carteristas —apostillo. Recuerdo haberlo leído en una guía de viajes.

—Eso también —reconoce Adam.

Llegamos a Nápoles y veo a qué se refiere; las afueras parecen asoladas por la pobreza. A medida que nos adentramos en el centro de la ciudad, todo se vuelve más ruidoso y ajetreado; los conductores se cruzan entre sí, ignorando cualquier tipo de norma vial. Es mucho más caótico y estresante que el lugar de donde venimos.

Aparcamos cerca del Duomo, una de las más de quinientas basílicas de Nápoles.

—Es probablemente la ciudad italiana que más y durante más tiempo se ha aferrado a sus raíces católicas —me explica Adam—. La gente de aquí es muy religiosa. También son muy escandalosos.

Las calles están llenas de gente y de arena. Hay más basura de la que han visto en cualquier lugar de Italia. Mi paso por Roma fue breve, casi anecdótico, pero aun así sé que las dos ciudades no se parecen en nada. Me cuesta determinar con exactitud qué es lo que le gusta a Adam del lugar.

—Vamos —dice Adam—. Quiero pasear un poco contigo.

Me agarra el codo y me hace girar hacia una calle. En la esquina hay un hombre y una mujer manteniendo una acalorada discusión. Ella le hace un gesto con las manos ante sus narices. Él se las agarra y por un instante creo que va a sacudirla, pero entonces ella le tira de la cara y se besan de forma apasionada.

—Italia —dice Adam.

—Italia —repito.

—Acabo de darme cuenta de que ni siquiera sé a qué te dedicas —dice Adam.

—Soy redactora publicitaria —digo—. Ayudo a empresas y a veces a particulares a decir lo que tienen que decir. Proporciono el lenguaje para sus páginas web y boletines de noticias y he trabajado en algunos libros. Trabajé por cuenta ajena durante un tiempo, pero lo dejé cuando mi madre enfermó.

—Entiendo —dice Adam—. ¿Cuánto hace de eso?

—Unos meses. Cuidar de ella fue... —Miro a dos ancianas que llevan bolsas de plástico. Las bolsas parecen demasiado pesadas para ellas—. Mi madre era mi mejor amiga —sentencio. Adam se mete las manos en los bolsillos, pero no dice nada—. Era una mujer llena de vida. Sabía de todo, ¿sabes? Todos los que la conocían acudían a ella para pedirle consejo. Se le daba tan bien ser humana que lo tenía todo resuelto, y yo...

—Eres hija suya —dice.

—Sí, pero no nos parecemos en nada.

Adam me mira, pero no se para.

—Me cuesta creer que eso sea cierto. Te enseñó a ser como ella, ¿no?

Recuerdo a mi madre en mi casa, trayendo un kílim *vintage* para el suelo de nuestra cocina, nuevos cojines para nuestro sofá, comidas caseras para nuestra nevera.

Caigo en la cuenta de algo, pero no sé identificarlo, qué significará si lo reconozco en voz alta, aunque solo sea ante mí misma. Y entonces lo hago.

—No —digo—. No lo hizo. Yo solo era beneficiaria.

No cocino. No decoro. No sé cuál es el lugar adecuado para encargar flores en el Valle, porque siempre la llamaba a ella. Y ahora se ha ido y en este preciso momento no puedo evitar pensar que me dejó sin que yo estuviera preparada.

—Lo siento —dice Adam—. Sé lo difícil que es esto para ti. —Se aclara la garganta—. Mi hermana falleció cuando yo era muy joven. Estaba jugando en los columpios del parque. Cayó mal y nunca despertó.

—¡Oh, Dios mío!

—Mi madre estaba allí. —Adam sacude la cabeza—. A veces la gente me pregunta por qué no estoy casado y pienso en Bianca, así se llamaba. Lo primero en lo que pienso es en ella. ¿Es extraño? Ni siquiera sé muy bien por qué.

—Porque no quieres volver a perder a alguien tan cercano a ti.

Adam sacude la cabeza.

—Creo que más bien es porque... —Hace una pausa mientras reflexiona—. No quiero ver a nadie sufrir. Cuando pienso en Bianca, no pienso en mí; pienso en mi madre. Verla llorar cada año en el aniversario, el día en que nació, en Navidad, cada vez que alguien le preguntaba cuántos hijos tenía. Lo que me asusta es sufrir. Lo que pueda sentir por la pérdida de otras personas.

—Eso es sin duda lo peor —digo—. Perder un hijo.

Adam asiente.

—Ella nunca lo superó. ¿Cómo iba a hacerlo?

Pienso en cuántas veces me he preguntado eso. Si alguna vez volveré a sentirme normal. Si alguna vez estaré bien. La respuesta siempre ha sido no, pero estando aquí ahora, pienso que tal vez hay un espacio también en eso. Que tal vez el tiempo sin ella no sea un campo de batalla, sino un terreno vacío. Con algo de lodo, incluso. Un terreno sin urbanizar. Que tal vez, transcurrido el tiempo, pueda elegir.

Seguimos deambulando, esta vez en silencio. Recorremos una calle tras otra. Nos detenemos en una pequeña cafetería con lo que parecen dos perros callejeros delante y pedimos un café exprés. Nos lo tomamos y continuamos.

Mientras paseamos, me llama la atención algo tan sencillo. En la apasionada pareja de la esquina, en las mujeres que llevan la compra a casa, en los niños que juegan y gritan en las calles. Nápoles es un lugar de conexión. De comunidad.

Existe belleza en los edificios deteriorados, en la ropa tendida en lo alto, en el ritmo y en el murmullo de la vida cotidiana. También hay belleza en la antigua arquitectura mediterránea, en los edificios que se conservan de hace siglos, antes de que Nápoles se convirtiera en lo que es hoy. Hay belleza en la discrepancia; dos cosas que parecen opuestas se unen.

Nueva y vieja, llena de abundancia y en ruinas, la historia en su totalidad, aquí al mismo tiempo. Es un lugar que una vez fue glorioso y cuyo recuerdo se transmite no como una astilla, sino como una promesa. De nuevo, algún día.

Saco mi cámara del bolso y me la cuelgo al cuello.

—Menuda máquina —dice Adam.

—¡Oh, gracias! Fue un regalo. La fotografía tiene algo que me encanta. Todo un recuerdo, atrapado en un instante.

—Muy bien dicho.

Hago una foto a un hombre vestido con ropa vaquera de arriba abajo. Lleva una flor silvestre y una bolsa de plástico.

Paseamos durante unas horas. El sol no es tan fuerte en Nápoles como en Positano y los toldos de las terrazas y balcones nos protegen.

Es más de la una cuando Adam sugiere que vayamos a comer una *pizza*.

—Nápoles es famosa por ello —dice—. Deberíamos probar todo lo que podamos. Es lo que más me gusta hacer aquí.

Vuelvo a recordar que en Italia se me ha despertado el apetito. Ahora casi nunca estoy llena, y si lo estoy, el hambre vuelve con rapidez.

—Me apunto —digo.

Nos dirigimos a la pizzeria Oliva, un lugar que a Adam le encanta en el barrio de Sanità, una zona muy obrera. Hacen todo tipo de *pizzas*: de ralladura de limón con ricota, albahaca y pimienta, y la napolitana clásica. También pedimos una mezcla frita con mozzarella ahumada que está divina.

—Esto debería ser ilegal —le digo a Adam después del primer bocado.

—Está bueno, ¿verdad?

Adam me sonríe mientras me mira comer.

—Una locura.

Desde allí nos dirigimos a otro de los establecimientos favoritos de Adam, una pequeña tienda que no es más que una ventanilla a unos diez minutos a pie de la pizzería Oliva. A diferencia del último sitio, este es totalmente tradicional. Pedimos la clásica *pizza* Margarita y Adam me hace que le siga hasta la acera. Toma unas servilletas de papel, las extiende y me indica que me siente. Así lo hago.

En la calle hay un agradable bullicio. Unos adolescentes hablan en italiano con rapidez y dan patadas a un balón de fútbol de un lado a otro.

Hay dos mujeres de unos cuarenta años delante de la entrada de un apartamento, gesticulando con las manos. Pasan algunos ciclistas. Se respira tranquilidad, una palabra que hace unas horas jamás pensé que usaría para describir Nápoles. El día se ha calmado.

—¿Qué te parece? —pregunta Adam.

Le doy un gran bocado. Está para morirse.

—¡Oh! —digo—. Divino. ¿Cuántos de estos tenemos?

Adam sacude la cabeza.

—No, me refiero a Nápoles. ¿Te alegras de que hayamos venido?

Le miro. Ha doblado una porción por la mitad y come por el extremo. Un poco de grasa gotea sobre la acera.

Nos veo como si estuviera por encima de nosotros. Veo a un hombre y a una mujer comiendo *pizza* mientras dan un paseo, de vacaciones en Italia. De luna de miel, tal vez. Dos personas celebrando la mitad de su relación. Nadie diría que somos casi unos desconocidos.

¿Cuánto de mi vida ha estado abierta en realidad? ¿Cuánto se ha prestado a su propio desarrollo natural?

Siento que en lo más profundo de mi ser comienza a despertarse una sensación del todo desconocida. Se agita, se revuelve, se estira, y luego se acomoda aquí, justo a nuestro lado.

Dejo mi trozo de *pizza*. Me limpio las yemas de los dedos y luego me acerco y agarro la mano de Adam. Sus dedos son suaves y largos, como si cada uno fuera un cuerpo independiente, que tuviera sus propios órganos, su propio corazón. Un mapa de todo.

Aprieto una vez, a modo de respuesta. «Sí.»

22

Son más de las seis cuando volvemos a Positano. Adam me abre la puerta y me ofrece la mano para salir del coche.

—Gracias —digo—. Ha sido un día estupendo. El mejor en mucho tiempo.

—Me alegro de que te haya gustado —dice—. Hacía mucho que no iba allí. Gracias por acceder a venir.

El momento se cierne entre nosotros. Parece saturar el aire. Posibilidades. Calor. La noche inminente.

—De nada.

—Tengo que hacer un recado rápido —dice Adam—. Pero ¿llamo a tu habitación cuando vuelva?

Asiento con la cabeza.

—A lo mejor me doy una vuelta.

Adam se inclina hacia mí y me besa la mejilla con celeridad.

—Eres realmente especial —dice. Y luego se va.

Vuelvo a subir a mi habitación. Me quito la ropa y me meto en la ducha. Es una delicia sentir el agua caliente sobre mi piel cubierta de sal y de sudor, y a medida que me froto me noto cada vez más revitalizada. Salgo desnuda y examino mi cuerpo en el espejo. Parece que hace una eternidad que no me miro así. No recuerdo la última vez.

Las marcas de bronceado son visibles, más pronunciadas que nunca desde aquel verano que pasé en el Campamento Ramah en el primer año de la escuela secundaria. Estoy bronceada y con pecas, y mi cara parece un poco rosada.

Me seco el pelo con una toalla y me aplico crema hidratante en el cuerpo. La habitación está ahora llena de vapor, así que me dirijo a las puertas del balcón y las abro de par en par, invitando a la luz del sol de la tarde. Luego me planto delante de mi armario. Ahí tengo colgados los vestidos de verano y las camisetas que he traído; colores vivos, dibujos, estampados. Saco un vestido largo de seda que está enrollado en la última percha.

Es blanco y de tirantes. Me lo pongo. Me acaricia el cuerpo y cae hasta el suelo. Un tenue bordado desciende por el lado izquierdo. El bajo está amarillento y las axilas deshilachadas. Me queda perfecto. Era de mi madre.

Me pongo un par de alpargatas de lona doradas y me dirijo abajo. Cuando llego al vestíbulo, veo que Marco está empezando a preparar el servicio de la cena.

—*Bellissima!* —me dice.

Sonrío.

—Gracias. —Echo un vistazo al restaurante vacío—. ¿Está Nika?

—No —responde Marco—. Se ha ido esta noche. Esa chica está loca. No deja de molestarme.

—¿Por lo de Adam y el hotel? —pregunto.

—*Sì, certo.*

—Entiendo su punto de vista —digo—. Si necesitas ayuda...

—Este hotel... —empieza Marco— es el mayor orgullo de mi familia. Aquí está toda nuestra historia, toda. —Mueve las manos y describe un círculo—. Hotel Poseidón. ¿Entiendes?

Mi padre se jubiló hace tres años. En el momento de su jubilación tenía cinco tiendas de ropa, setenta y dos empleados y una oficina corporativa cerca de mi casa en Culver City.

No quería jubilarse, pero mi madre quería que lo hiciera. O, mejor dicho, ella quería hacerlo.

—Mientras tu padre trabaje, yo trabajo —dijo—. Y he terminado con esa fase de mi vida. No vivimos por encima de nuestras posibilidades. Nos lo podemos permitir. Ahora quiero hacer otras cosas.

Mi madre quería viajar más, leer al aire libre, dedicarse a la jardinería, pasar un tiempo con mi padre que no versara en torno a modelos de gastos.

—Pero a tu padre le encanta el negocio —me dijo Eric—. Las cosas van bien y aún son jóvenes. No sé qué van a hacer.

Estaba de acuerdo con él. Tampoco creía que fuera una decisión inteligente para ellos. Mi padre necesitaba estar comprometido y mi madre estaba acostumbrada a que su pareja tuviera algo fuera de su relación. ¿Qué pasaría si eso cambiara?

Me enfrenté a mi madre respecto a este tema un viernes por la noche después de cenar. Eric y mi padre estaban en la sala de estar, viendo un partido que él había grabado. Mi madre nos estaba preparando té de menta en la cocina. Había tarta de fresas. Lo recuerdo porque, por norma general, hacía de manzana.

—Creo que es una mala idea que papá deje de trabajar —dije—. Te va a volver loca si está todo el tiempo en casa. Necesita organización. ¿Qué va a hacer todo el día? No me parece sensato. Eric está de acuerdo.

Mi madre llenó el recipiente de cristal con menta y lo dejó reposar durante cinco minutos. Le gustaba una infusión fuerte.

—No estoy de acuerdo —replicó—. Creo que ambos necesitamos un cambio.

—No creo que papá lo necesite —repuse—. Le encanta el oficio. Disfruta teniendo un lugar al que acudir y gente que dependa de él.

Dejé mi taza. Deslicé las yemas de los dedos por los bordes de cerámica. Estaba muy caliente.

—Lo necesita —insistió—. Pero además siente curiosidad por ver lo que puede depararle el futuro. Llevamos años hablando de esto. No es una decisión improvisada. Actúas como si no nos habláramos. Es nuestra relación; no todo ha de tener sentido para ti. Es lo que ambos queremos.

Nunca pensé en el matrimonio de mis padres como en una entidad separada de nuestra unidad familiar; éramos uno. Este sentimiento era nuevo por parte de mi madre, o al menos, no lo había expresado antes.

—¿Qué vais a hacer? —pregunté.

—Algo diferente—dijo—. La vida no se reduce a seguir haciendo lo que sabemos; hay algo más.

En aquel momento no lo entendí, pero ahora sí. No tuvieron mucho tiempo para viajar, pero en ese año que tuvieron, hicieron muchas cosas; fueron a México, a Nashville y a las Bahamas. Mi padre aprendió a tocar la guitarra. Mi madre aprendió a hacer cerámica y pasteles y redecoró la sala de estar y el despacho de mi padre. Estaban en constante movimiento.

«La vida no se reduce a seguir haciendo lo que sabemos; hay algo más. Lo que te ha traído hasta aquí no te llevará hasta allí.»

—¿Estás casado, Marco?

La cara de Marco estalla de emoción.

—¡Soy demasiado viejo para usted!

—No me refiero a eso.

Marco se ríe.

—Sí, sí, claro que estoy casado.

—¿Dónde está tu mujer?

—No le gusta la vida en Positano. Se queda en Nápoles, muy a menudo. Apenas nos vemos en verano.

—¡Hoy he ido a Nápoles!

—¿Ha ido?

—Adam me ha llevado. Aquello me ha encantado.

Marco sonríe.

—Es un lugar familiar.

—Debes de echarla de menos —aventuro.

—Por supuesto que sí, pero así es la vida, ¿no? Usted echa de menos. Nosotros echamos de menos. Está bien.

—Si tuvieras más ayuda aquí, a lo mejor podrías verla más a menudo.

Marco lo considera. Entonces su expresión cambia.

—¡Usted está de acuerdo! —me acusa—. ¡Está con ellos! Márchese.

Pero está bromeando, ya que hace una floritura juguetona con la mano para que me vaya.

—¿Me recomendarías algún restaurante en la ciudad? —pregunto. Bajamos juntos las escaleras hasta el vestíbulo—. Algún sitio donde pueda tomar una copa.

—¿Sola?

Asiento con la cabeza.

Marco parece satisfecho.

—El Terrazza Celè —dice—. Es precioso. —Me indica que le siga y salimos a la calle. Señala a la izquierda—. Baje, baje y luego suba. En el lado derecho. Llévese un mapa, pero no lo necesita. Es todo azul.

—Gracias —digo.

Marco entra y vuelve con un mapa de Positano, con la ubicación del restaurante marcada con un círculo.

—¡Que pase una noche maravillosa! —dice—. ¡Disfrute de la magia de Positano!

Giro a la izquierda para salir del hotel, y en el momento en que lo hago, oigo que me llaman por mi nombre. Es ella.

—¡Katy! ¡Katy, espera!

Ahí está Carol, corriendo por la calle hacia mí.

—¡Estás aquí! —dice. Está sin aliento, con un vestido de algodón azul, los tirantes caídos sobre los hombros y el pelo recogido en una coleta floja en la nuca—. ¡Hoy no he conseguido encontrarte!

La emoción inunda mi cuerpo, pero no es alivio, no exactamente. Es felicidad. Por verla. A la encarnación en carne y hueso que tengo delante. A mi amiga.

—Hola, Carol —digo—. ¿Dónde has estado?

—Trabajando, sobre todo —responde—. ¿Dónde te has metido tú?

—¡He ido a Capri! Y hoy a Nápoles.

Abre los ojos como platos.

—¿Con quién?

—Con ese hombre. Se hospeda en mi hotel.

—Quería invitarte a cenar —dice—. ¿Estás libre?

—¿Con Remo? —pregunto.

Ella niega con la cabeza.

—Solo nosotras dos.

—¿Ahora?

—¿Por qué no? —replica—. A menos que tengas planes.

—No —digo—. No, en realidad no tengo planes.

—Genial. Ven conmigo. Solo tengo que recoger algunas cosas antes de volver a mi alojamiento.

—Por supuesto —digo.

Esboza una sonrisa y ladea la cabeza hacia la derecha, para que la siga.

—Estupendo.

Empezamos a caminar. Tengo que sujetarme el vestido para no tropezar con él.

—Por cierto, estás muy guapa —dice—. Muy elegante. Me encanta ese vestido.

«Es tuyo. —Quiero decirle—. Lo tomé de tu armario. Una vez te lo pusiste para ver a Van Morrison tocar en el Hollywood Bowl. Estabas muy guapa.»

—¡Oh! Gracias.

Seguimos subiendo por la ladera y entonces Carol señala una pequeña tienda de ultramarinos a la derecha.

—Es aquí —dice.

Entramos. Hay una mujer mayor sentada detrás de la caja registradora. Dos niños pequeños juegan en el suelo de fórmica.

—*Buonasera* —digo.

—*Buonasera, sì* —dice la mujer. Se vuelve hacia Carol—. *Ciao,* Carol.

—*Buonasera, signora. Hai i pomodori stasera?*

—*Sì, certo.* —La mujer lleva a Carol a una pequeña sección de productos.

—*Grazie mille.*

Carol mete tomates, albahaca y algunas chalotas pequeñas en su cesta. No sabía que hablara italiano. Tal vez sí algunas palabras, pero siempre tenía que esforzarse en recordarlas.

—Solo estoy tratando de pensar —dice. Estira los dedos y cuenta con ellos. Es algo que le he visto hacer muchas veces. En los cientos de miles, quizás millones, de recados que hice con ella a lo largo de su vida. Viajes a Rite Aid, al Target y al Grove. Los sábados en el Beverly Center comprando un nuevo par de zapatos planos y los domingos en el mercado agrícola de Brentwood contando las canastillas de bayas y los pequeños botes de crema de queso y anacardos.

Pero al estar aquí, en esta pequeña tienda italiana, en esta pequeña ciudad italiana, con mi madre, que desde luego es y no es al mismo tiempo, me doy cuenta de cuánto de su vida me estaba perdiendo. Ella me conocía a fondo, pero eso no funcionaba en ambos sentidos; no podía. Fíjate cuánto vivió antes de que yo llegara. Mira quién era antes de conocerme.

Pienso en su infancia en Boston, en la facultad en Chicago, en su traslado a Los Ángeles. Pienso en la muerte de su propia madre (tan joven, mucho más joven que yo) y en su afectuoso, pero distante padre. ¿Quién le enseñó a amar? ¿Quién le enseñó a ser la mujer en la que se convirtió, la mujer que es hoy?

Carol paga y reanudamos la marcha con una pequeña bolsa de papel llena de comida.

—Es una subida empinada —dice—. Pero rápida. ¿Vas bien con ese calzado?

Miro mis alpargatas. Ya me están rozando.

—Claro —miento—. No hay problema.

Subimos por las escaleras. Después de dos tramos, tengo que volver a colocar mi vestido para enrollármelo en el brazo.

—Lo estás haciendo muy bien —dice Carol—. Ya casi hemos llegado. ¿Sabes que he estado subiendo las escaleras casi a diario desde aquel día? La verdad es que es una forma estupenda de empezar la mañana una vez que superas los calambres en las piernas y el posible paro cardíaco.

Me río.

—Estoy de acuerdo.

Al cabo de otro minuto llegamos a una bifurcación en las escaleras. Un tramo lleva hacia arriba y a la izquierda, el otro sigue recto, y a la derecha hay una pequeña puerta turquesa.

—Ya hemos llegado —anuncia Carol. Me entrega la bolsa de papel, una señal de despreocupación y amabilidad que me llena de una particular paz, y saca su llave.

Siento de inmediato el calor del interior, que es luminoso y acogedor. El gusto de Carol no es el de mi madre, ni siquiera se acerca, y esta vivienda es temporal, por supuesto, aunque posee una familiaridad aquí que reconocería en cualquier lugar. Hay una pequeña cocina que se abre a la sala de estar. Veo un dormitorio a la derecha y una terraza al fondo del salón. No tiene las vistas que en el Hotel Poseidón, pero da a la ciudad y se puede ver el mar. Un pareo cubre el sofá. Hay una alfombra de vivos colores en el suelo de madera. En la pared hay un mapa de Grecia. El lugar entero parece un poco una casa de campo inglesa en medio del Mediterráneo.

—Es muy bonito—digo.

—¡Oh! Gracias. Si quieres, puedes descalzarte. —Señala un estante junto a la puerta—. Pero te advierto que es posible que el suelo esté un poco sucio.

¿El suelo sucio? ¿Carol? Me quito los zapatos, intrigada por la posibilidad de que haya suciedad en una casa Silver.

Sienta bien liberar mis pies. Dejo las alpargatas junto a sus zapatillas y a un par de chanclas.

—¿Tinto o blanco? —pregunta Carol—. O puedo preparar negroni.

—Lo que prefieras —respondo—. Soy fácil de contentar.

Carol planta los brazos en jarra y me observa.

—Pero ¿qué prefieres tú?

Considero la pregunta.

—Tinto.

Carol asiente.

—Yo también.

Desaparece en la cocina y yo recorro el salón. Quiero abarcarlo todo. Este lugar en el que Carol residió, aunque fuera de forma breve.

Hay pequeños vestigios de ella por doquier: una pila de periódicos neoyorquinos en la mesa de centro, un jarrón con flores medio marchitas, un jersey tirado sobre la silla junto a la zona de comedor. Un desorden intencionado.

Recojo el jersey y me lo acerco a la nariz para respirar su aroma.

—He abierto una botella de Montepulciano —dice. Aparece por la esquina y me pilla con el jersey.

—¡Qué suave! —digo.

—¡Oh! Gracias. Hace poco que estoy obsesionada con la costura y las telas. No sé si hace que me parezca a mi abuela, pero me gusta el tacto de los materiales. Toma.

Me ofrece una copa. La acepto.

—¿Has estado haciendo ganchillo?

—Punto —responde ella—. Un poco. Es agradable hacer algo solo por gusto.

—Sé lo que quieres decir. He traído una cámara y he hecho algunas fotos. —Bebo un sorbo de vino—. Quizá sea mi vocación.

Carol se ríe.

—Bueno, pues desde luego tejer no es la mía.

Mi madre sabía de telas, de tejidos y de materiales. Podía sujetar un suéter en sus manos y decirte lo que creía que debía costar. «No vas a tejer. —Pienso—. Pero vas a aprovechar esto, todo esto.»

—Voy a ponerme a hacer la cena. Tú puedes salirte al patio a beberte el vino. —Hace un gesto hacia las puertas francesas que dan al exterior.

Miro hacia la cocina.

—¿Puedo ayudarte?

Esboza una sonrisa. Me resulta cálida, segura y familiar.

—Me encantaría.

Un lado de la cocina está abierto de par en par y da paso al salón, así que me siento en un taburete frente a Carol mientras saca los ingredientes de la bolsa, de la nevera y de los armarios. Aceite de oliva y sal en escamas, tomates y limones frescos. Ricota y tocino.

—¿Cocinas? —pregunta.

—No —digo—. En realidad, no, no se me da demasiado bien.

Ella sacude la cabeza.

—Te infravaloras demasiado.

—Lo juro —aseguro—. Se me da fatal.

—La diferencia entre ser bueno y malo en algo es solo el interés —apostilla Carol—. ¿Te gustaría aprender?

—Sí —respondo.

—Pasta con ricota y limón y ensalada de tomate.

Es un plato que he comido muchas veces antes, en una mesa de cocina diferente, a miles de kilómetros de distancia. Sin embargo, nunca aprendí a prepararlo. No hasta ahora. ¿Alguna vez se ofreció a enseñarme? ¿O es que nunca me senté a escuchar y a observar?

Tomo un sorbo de vino.

Carol pone música, una vieja canción de Frank Sinatra, y me transporta de inmediato a la casa de mis padres en Brentwood. Tony Bennett en el equipo de música, mi padre sirviendo vino y mi madre cocinando. El olor a ajo, a albahaca y a lavanda.

Me invade una paz tan intensa que siento que puedo verla.

—¿Se te da bien picar? —pregunta Carol.

—No se me da mal del todo.

Ella sonríe y sacude la cabeza.

—Yo picaré la cebolla si tú te ocupas del tomate. —Me da una tabla de cortar, un pequeño cuchillo de sierra y un cuenco lleno de tomates maduros recién lavados—. La clave es un cuchillo de sierra y meter los nudillos. —Me hace una demostración.

—Me encanta esta música —digo.

Carol cierra los ojos un instante y tararea. Suena *Moon River.*

—A mí también. Cuando era más joven, mi padre solo escuchaba a Frank.

—¿Al abuelo le gustaba Frank Sinatra? —digo sin pensar. Lo recuerdo como un hombre estoico. Me resulta imposible imaginarlo escuchando algo romántico. Carol me mira con curiosidad—. Quiero decir que a mi padre sí, así que es lógico que al tuyo también le guste.

Ella asiente.

—Creo que utilizaba la música como una forma de que la casa pareciera llena, para darle vida después de que ella se fuera.

—Lo entiendo —digo.

Sigue mirándome y veo algo familiar en sus ojos. Es la pena, el dolor de ser una hija huérfana de madre. Nunca dejó que lo viera, pero aquí, no soy su hija. Solo soy su amiga.

—Cuéntame más cosas sobre ella —digo.

Nunca le pregunté por su madre. Nunca le pedí que me contara historias sobre la clase de madre que había sido, lo que había significado para ella. Ahora me parece imposible que nunca lo hiciera. Y reconozco lo egoísta que fue. Lo mucho que sin duda deseaba hablar de ello. Que podría haberle ofrecido un espacio para compartir.

Carol saca una cebolla y empieza a pelarla.

—Era muy divertida. —Se ríe al recordar algo—. Le encantaba gastar bromas a la gente. Escondía queso crema en el armario de las medicinas de mi padre y le hacía creer que era pasta de dientes o crema de afeitar.

—¿Era estricta?

—¡No! —exclama Carol, prácticamente gritando—. No, era todo lo contrario. Nunca alzaba la voz, nunca se enfadaba, aunque era muy valiente. Me dejaba comer pepitas de chocolate por la mañana. Era partidaria de jugar. Era divertida.

Carol Silver nunca serviría chocolate por la mañana, y sin embargo...

Recuerdo los helados caseros de plátano en los cumpleaños con una bandeja llena de guarniciones. Las pepitas de chocolate eran siempre una opción.

—Debió de ser duro perderla —digo—. Eras tan joven...

Levanta la vista de la cebolla, pensativa.

—Lo fue —dice—. La sigo echando de menos todos los días.

—Lo entiendo.

Cortamos por un momento, en silencio. Y entonces ahí está, justo delante de mí. Y tengo que compartirlo, tengo que decírselo.

—Mi madre ha muerto —digo—. Hace poco. Hace muy poco, en realidad. Hace unas semanas.

Carol sigue cortando con perfecta precisión.

—Siento mucho oír eso —dice—. Me dijiste que habías perdido a alguien cercano. No sabía que te referías a tu madre. —Asiento con la cabeza—. ¿Por eso estás aquí?

—Se suponía que íbamos a venir juntas.

Carol retira la cebolla picada del cuchillo, se limpia el rabillo de un ojo con la manga y coloca todo lo picado en una cacerola con aceite de oliva.

—Ella era la mejor —digo—. Lo era todo para mí. Todo se le daba bien. Era una auténtica madraza. También era decoradora.

Carol comienza a rallar un limón, recogiendo la ralladura en un pequeño cuenco de madera.

—¿Qué le gustaba?

—Cocinar, para empezar —respondo. Carol se ríe. Toma un sorbo de su vino—. Sabía hacer cualquier cosa. Asar un pollo a la perfección, hacer una tarta de limón y merengue. Rara vez utilizaba una receta. Le encantaba una buena camisa blanca abotonada, un sombrero con un ala resistente y un viaje bien planeado.

—Da la impresión de que era maravillosa.

—Lo era.

Carol llena una olla con agua, echa un puñado de sal y la pone a hervir. Se vuelve hacia mí.

—¿Qué opinaba ella de tu matrimonio?

Sigue mirándome. Yo bajo la mirada a los tomates sin cortar.

—No lo sé —confieso—. Cometí el error de no preguntar nunca. Tal vez porque sabía lo que diría.

Carol apoya los codos en la encimera. Se inclina hacia mí.

—Me parece que lo sabes de todas formas.

Pienso en Eric en el salón de mis padres hace años, pidiendo mi mano.

—Creo que pensaba que no estaba preparada —digo—. Pensaba que era un compromiso demasiado importante para que alguien lo asuma con veinticinco años.

—¿Casarse? —pregunta, y asiento con la cabeza—. Pero ¿qué pensaba de tu marido?

Miro a Carol. Se parece tanto a ella... Su expresión de preocupación, su ceño fruncido en señal de solidaridad, de apoyo.

—¿Qué me dirías tú? —pregunto.

Carol no pestañea. Su expresión no cambia ni un ápice.

—Te diría que nadie conoce tu matrimonio o tu corazón mejor que tú.

Se vuelve hacia la cocina. El agua bulle ahora, danza. Detrás de nosotros, desde algún lugar, canta Sinatra.

«Lo hice a mi manera.»

23

La pasta está cremosa y potente. El tocino es sabroso y graso. Y los tomates son gordos y jugosos. Hay vino y hay tarta de chocolate para después, decorada con azúcar glas y fresas frescas cortadas. Es un postre que conozco bien, ya que lo ha hecho para mí muchas veces antes, y aquí, esta noche, me proporciona un gran consuelo. Era una tarta para una ocasión especial. Carol Silver no era partidaria de tomar postre todos los días. Con el paso del tiempo, mis padres adoptaron una dieta en su mayoría vegetariana, pero siguieron manteniendo las costumbres familiares. El chocolate seguía siendo el rey de las noches especiales.

Nos acomodamos en el suelo junto al sofá, con nuestras copas y platos sobre la mesa de centro.

—Háblame de los planes para el hotel —digo.

—¿Le Sirenuse?

Asiento con la cabeza.

—Sí —dice—. De hecho, ya tuve una reunión preliminar y fue muy bien. —Parece un poco avergonzada—. Les gustaría que volviera.

—¡Vaya! —exclamo—. Eso es genial. —Siento una opresión en el estómago, pero hago caso omiso—. ¿Quieres enseñármelo? Es decir, me encantaría ver lo que estás planeando.

Carol sonríe.

—Solo si prometes no juzgarme.

La idea de que mi madre sea insegura resulta ridícula, así que me río.

—¿Me tomas el pelo? —digo—. Eres la persona con más confianza en sí misma que conozco. Estoy segura de que lo que haces es genial.

—¡Qué amable por tu parte!

Entra en el dormitorio y vuelve con una caja. Es de madera, larga y plana, casi como un cajón. Levanta la tapa y saca unos papeles; dentro hay montones de bocetos. Hojas sueltas con marcas de lápiz.

—Lo primero que hay que saber es que Le Sirenuse es un lugar emblemático. La Italia clásica del viejo mundo. En realidad, es el pilar fundamental del lujo en Positano. Todavía tengo que llevarte.

—El hombre de mi hotel me llevó a Il San Pietro —digo—. Hace unas noches. ¿Has estado?

Carol sonríe.

—Aquello es hermoso, pero es como otro mundo.

—Es cierto.

—Le Sirenuse es Positano. Dos experiencias diferentes por completo.

—Sé que dijiste que querías hacerlo más mediterráneo —digo.

Carol mira sus papeles con los ojos entrecerrados.

—Bueno, sí, más o menos. Vamos, te lo enseñaré. —Coloca un mapa sobre la mesa. Es del hotel—. Bueno, la entrada está aquí. —Deja su copa de vino y señala, dándole otra orientación al papel—. Y si atraviesas estas puertas, hay un vestíbulo que está bastante anticuado.

—El adorno del caballo.

—¡Claro! Sí, el desafortunado adorno del caballo. Y luego sigues adelante y su terraza es..., su terraza es sin duda el lugar más hermoso en todo Positano. No solo para tomar una copa, sino para estar en ella. Está conectada con un restaurante llamado Oyster Bar.

—Suena elegante.

Carol asiente.

—Lo es. Muy elegante. Champán caro y todo eso. Me imagino como una niña de cinco años ahí fuera. En fin, creo que sería interesante llevar parte de la luz del sol del exterior al vestíbulo. Si nos deshacemos de esta pared. —Traza un círculo con el dedo índice—, se puede hacer que toda la entrada parezca una gran terraza. Y nos recibiría el mar en lugar de unas anticuadas otomanas.

Pienso en nuestra propia casa. En la cocina, que da paso a una terraza trasera. En las grandes ventanas de cristal. En la sensación acogedora, en la naturaleza y en la luz. Todos los que venían de visita se enamoraban de nuestra casa. Allí mi madre celebraba fiestas de cumpleaños y cenas de aniversario. Era donde hacía el Shabat los viernes, para quien quisiera venir. En el amplio jardín es donde celebré mi *bat mitzvá* y mi fiesta de compromiso, en una carpa forrada de seda y estrellas, con rosas y velas.

—Suena increíble —digo.

—Mañana y el jueves escucharán las propuestas —dice—. Sé que es una estupidez, de verdad. Ni siquiera soy italiana ni tengo formación profesional. Pero siento que puedo lograrlo. Siento que tengo una oportunidad. Parece ridículo, ¿verdad? Parezco ridícula.

Niego con la cabeza.

—En absoluto.

Mira su copa de vino.

—¿Rellenamos?

—Sí, por favor.

—¿Y quieres un poco de té?

—Claro —digo—. Yo puedo prepararlo.

—Vale, la cocina no se te da bien, pero hervir agua es tu punto fuerte.

—El único.

Carol sonríe. Me toca el brazo.

—Bueno, eso no es cierto.

La dejo en el salón y voy a la cocina. Pongo la tetera. Abro los armarios. Veo tres tés diferentes: verde, English Breakfast y de menta.

Saco tres bolsas de té. Pongo dos en la suya, ya que sé que le gusta así, y luego saco otra y pongo también dos en la mía. Cuando el agua hierve, lleno tres cuartas partes de las tazas.

—Aquí tienes —digo. Dejo la taza caliente sobre la mesa de café.

Carol mira dentro de la taza.

—Dos de menta —dice—. ¿Cómo lo has sabido?

Me encojo de hombros.

—A mí también me gusta así.

Soplamos el té en silencio.

—Y dime, ¿quién es el hombre del hotel? —pregunta Carol.

Tomo un pequeño y abrasador sorbo. Sabe mejor con dos; tiene razón.

—Es estadounidense.

Carol ladea la cabeza.

—¿Y? ¿Qué pasa ahí? Has pasado mucho tiempo con él últimamente. Acabas de decir que te llevó al San Pietro. Ese lugar es muy romántico.

—Nada —digo. Pero eso no es cierto, claro. Y aquí está mi madre, vivita y coleando. Si no puedo ser sincera ahora, nunca podré serlo—. A ver, nos besamos.

Carol abre los ojos como platos.

—Ahora nos estamos entendiendo.

Dejo la taza y me paso la mano caliente por la frente.

—No estoy divorciada. En realidad, creo que ni siquiera estoy separada. Solo le dije a Eric que necesitaba algo de espacio en este viaje.

—¿Eso importa?

«¡Mamá!», me entran ganas de decirle. Pero en lugar de eso digo:

—¡Carol!

—Lo siento, pero tengo que preguntar. Me has dicho que no sabes si eres feliz. ¿Acaso no es una buena manera de averiguarlo ver si puedes ser feliz en otro lugar?

—No estoy segura de que funcione así.

—Tal vez debería.

—Eric es una buena persona —digo—. No se merece esto. Para serte sincera, no sé qué me pasó.

Recuerdo las manos de Adam en mi espalda junto a la piscina. Recuerdo sus ojos mirándome al borde del agua. El viaje a Capri, la tarde en Nápoles.

—Es posible que los actos solo tengan la importancia que nosotros les otorgamos —afirma—. Podemos decidir la relevancia de las cosas.

Miro mi taza. El té es tan fuerte que es casi opaco.

—Yo no creo que eso sea cierto.

Carol asiente.

—Supongo que no importa, porque está claro que piensas que el engaño es imperdonable.

—¿No es así?

Carol se encoge de hombros despacio, elevándolos hasta las orejas.

—No lo sé. ¿Lo es?

—Hicimos unos votos, nos hicimos promesas. No creo que yo fuera capaz de perdonarle si me lo hiciera a mí.

—Tal vez Eric no existe en este momento.

—¿Qué quieres decir?

—Quiero decir que tal vez este viaje no sea sobre él. Tal vez no se trata de si lo amas o no, de si es o no una buena persona y un buen esposo ni de si se merece o no esto. Tal vez esto es solo acerca de ti.

Miro a mi madre, a Carol, que por imposible que parezca, está aquí, en carne y hueso.

—¿Crees que es verdad?

Carol parpadea una vez muy despacio.

—Sabes que la gente buena toma malas decisiones. —Mira su taza—. Las buenas personas hacen cosas malas. ¿Hace eso que también ellas sean malas?

Carol sigue mirando su té. La veo tragar.

—¿Estás bien? —pregunto.

Ella asiente.

—Sí, sí, por supuesto. Es solo mi opinión, por si sirve de algo. No creo que una mala acción te convierta en una mala persona. Creo que la vida es mucho más complicada y es simplista pensar lo contrario.

Ahí está la Carol que conozco, opinando de todo. Se despereza.

—Voy a lavar los platos.

Carol se levanta y empieza a apilar los platos de la mesa de café.

—Vamos —digo—. Te ayudaré.

Cojo uno y se derrama. Los restos de aceite y de ajo van directos a mi vestido y empapan la seda.

—¡Mierda!

—¡Oh! —dice Carol—. ¡Tu precioso vestido, no!

—Lo secaré —digo—. ¿Tienes polvos de talco?

—¿Secarlo? —pregunta Carol.

Me pongo de pie.

—Puedes echarle polvos de talco y luego los dejas reposar. Así se consigue sacar la mayor parte.

—¿Cómo lo sabes?

La pregunta me sobresalta. «Me lo enseñaste tú.» Pero no es así. No me lo ha enseñado Carol. De hecho, la realidad es que ahora mismo se lo estoy enseñando yo a ella.

—Por mi madre —digo.

Carol se ayuda con el pulgar para sujetar una copa de vino contra el pecho.

—Por supuesto —dice—. La mujer que lo sabía todo. —Esboza una sonrisa.

—¿Dónde está el baño? —pregunto.

Señala con la mano libre.

—Justo cruzando el dormitorio a la derecha. Los polvos de talco tienen que estar en el armario. Te dejaré algo para que te pongas.

—Gracias.

Carol se dirige a la cocina y oigo el ruido de los platos y del grifo. Me meto en el baño.

Me quito el vestido y con los brazos lo deposito en el lavabo. Lo froto con una toalla de mano para eliminar el exceso de aceite y a continuación localizo el talco y espolvoreo una generosa cantidad sobre la tela. Mientras me lavo las manos, me fijo en todos los productos de Carol que hay en el lavabo. Algunos de probada eficacia, como los de Aveeno, que utilizó hasta el final. Otros los descartará más tarde. Alcanzo un frasco de perfume dorado y aspiro su aroma. Madreselva.

Abro la puerta y oigo a Carol en la cocina, con el grifo abierto. Me encuentro en su habitación. Veo la ropa que acaba de dejarme sobre la cama: una camisa y unos pantalones cortos con cordón. Doblo la toalla que llevo puesta y me los pongo. Huelen a ella. Yo huelo a ella. Pienso en toda su ropa guardada en el armario de Brentwood, esperando su regreso.

Hay una cama doble con una colcha de lino blanco. A la izquierda de la habitación, las cortinas se agitan con la brisa. Hay un pequeño armario con algunos vestidos colgados. Coloridos, con estampados florales. Uno de lino azul. Reconozco un par de sandalias de color morado, que se atan con cordones en los tobillos.

Me muevo por la habitación y lo toco todo con suavidad, con delicadeza. No quiero perturbar el ambiente. Parece que esté en un museo, que ella hubiera salido a por café, a por unos tomates, a enviar una carta hace treinta años y no hubiera regresado. Tal vez sea eso. Una instantánea.

Una gran ráfaga de viento hace que la ventana golpee contra la pared. Emite un chasquido y me acerco para asegurarme de que no está rota. No lo está. Fuera parece que se avecina una tormenta. La noche está nublada y se ha levantado viento.

Cierro la ventana y echo el pestillo. Y justo cuando me doy la vuelta para volver a la cocina, veo una fotografía enmarcada. Está en la mesita de noche, colocada encima de un libro. Reconozco el marco. Es pequeño, de plata. Lleva treinta años en casa de mis padres, en la mesilla de mi madre.

La tomo en mis manos. El corazón me late con fuerza. No es posible, no puede ser...

El bebé me devuelve la mirada. Lleva un vestido amarillo intenso y un gorrito con encaje. Se ríe.

—¿Todo bien ahí dentro? —pregunta Carol.

Pero no respondo. No puedo. Debajo de la fotografía, el marco está grabado. Deslizo el dedo índice por las letras, que tan bien conozco porque son las mías.

«Katy Silver.»

La mujer de la cocina ya es mi madre. Ya es mi madre y me ha abandonado.

24

Tengo las manos entumecidas y me pica la garganta, como si estuviera ardiendo. Oigo vagamente a Carol en la puerta.

—Oye —dice ella—, creo que es posible que llueva. Podemos...

Me doy la vuelta y le enseño la fotografía con brusquedad. A Carol le cambia la cara. Sus ojos descienden hasta mis manos y vuelven a subir.

—¿Qué es esto? —pregunto.

Exhala y se cruza de brazos.

—No te lo he contado todo sobre mi vida.

—Por ejemplo, ¿que tienes un puñetero bebé?

Carol se sorprende.

—Sí —dice—. Tengo un bebé. Se llama como tú. Katy. Tiene seis meses. —Sonríe y entonces una ternura cálida y familiar se extiende por su rostro. Creo que me siento asqueada.

—Tú estás aquí —digo.

Carol asiente.

—Hay algunas cosas que tengo que averiguar. Yo no...

—¿Te has ido? —pregunto casi gritando—. ¿Me has abandonado?

Estoy histérica. Mi madre. Mi madre, que me curaba los rasguños y las magulladuras, que me ponía compresas frías en la cabeza cuando estaba enferma, que me preparaba infusiones de raíz de lavanda y hacía fotografías de absolutamente todo. Que sabía qué tiritas comprar para que no se despegaran ni siquiera en los codos ni en los tobillos y que siempre preparaba tostadas con ajo y mantequilla cuando estaba resfriada. Que me cortó el pelo por primera vez en el patio trasero y que me regaló unas zapatillas de ballet cuando cumplí tres años. Que sabía exactamente la forma de tocarme para hacerme sentir querida y protegida. Cuyo calor echo de menos a diario con todo mi ser. La misma mujer que está aquí. La misma mujer que me abandonó.

—¿A ti? Mira, Katy, en realidad nada de esto es de tu incumbencia.

—¿Cómo puedes decir eso? —pregunto—. ¿Es que no me ves? —Corro hacia ella. Tiro la foto en la cama y la agarro de los hombros. Abre los ojos como platos, pero no la suelto—. Soy yo. Katy. Yo soy ella. He venido aquí, a Italia, porque se suponía que íbamos a venir juntas y entonces te moriste, acabas de morir, y estoy perdida sin ti. Ya ni siquiera sé quién soy. Y entonces apareciste de forma milagrosa. ¡Estabas aquí! Siempre me habías hablado de ese verano que pasaste en Italia, pero se suponía que fue antes de que yo naciera. Antes de que te casaras. Se suponía que...

Pero estoy llorando con demasiada fuerza y los sollozos estremecen mi cuerpo.

Carol se zafa de mí.

—No sé lo que estás diciendo, pero creo que tienes que irte.

—¿Cómo has podido marcharte? —pregunto—. Es solo un bebé. Te necesita. ¿Cómo has podido venir aquí, estar de fiesta y salir con Remo?

—Ya te he dicho que no estamos juntos.

La empujo para entrar en el salón y busco mi bolso en el pequeño sofá.

Carol me sigue.

—No puedes juzgar la vida de alguien hasta que no estés en su pellejo —replica Carol—. Quiero a mi bebé y quiero a mi marido. No soy yo la que está teniendo una aventura. —Siento sus palabras como un puñetazo en el alma. Me doy la vuelta para mirarla—. Lo siento —dice Carol—. No debería haber dicho eso.

La miro. A mi madre. A mi amiga. Las dos me han traicionado.

—¿Cómo has podido hacer esto? —digo—. Solo un monstruo abandona a su bebé.

Veo el dolor brillar de forma fugaz en sus ojos, como un disparo, pero no me importa. Ahora es una extraña para mí, alguien a quien no conozco. La mujer que creía haber recuperado se ha ido.

Carol se queda ahí, atónita, mientras me voy. Cierro la puerta al salir y echo a correr escaleras abajo. Siento que algo se me clava en el talón, una piedra, un hilillo de sangre. Dejo que fluya.

Me caigo y me levanto. Me sangra la rodilla. Alguien en algún lugar detrás de mí grita: «*Signora! Signora!*». Sigo corriendo.

Y entonces el cielo se abre y empieza a llover. No una ligera llovizna, sino un fuerte aguacero. Llueve a cántaros. No me detengo.

Vuelvo al hotel y entro como una flecha. Quiero estar en un lugar donde ella no pueda encontrarme. Quiero estar donde no tenga que enfrentarme a esta realidad traicionera e imposible que ha demostrado de golpe y porrazo que toda mi vida es una mentira. No puedo enfrentarme a esta verdad; que mi madre me mintió, que me abandonó. Que mientras bailaba, bebía y reía, su bebé estaba a un continente de distancia. Que esta mujer que se suponía que era mi amiga me mintió sobre lo más importante de su vida. Que no conozco a ninguna de las dos.

Estoy calada; la camisa, su camisa, y los pantalones cortos se adhieren a mi cuerpo como si fueran film trasparente.

Carlo está en la recepción, pero lo ignoro y subo las escaleras. El ascensor está en otro piso, así que sigo subiendo, sin aliento y chorreando. Enfilo el pasillo y ya casi estoy en mi habitación, cuando siento que un brazo trata de agarrarme y ahí está Adam, justo a mi lado.

Contempla mi cuerpo jadeante y calado.

—¿Estás bien? No has respondido cuando he llamado a tu habitación. Pensé que a lo mejor te apetecía cenar y...

Pero no termina la frase porque mis labios se apoderan de los suyos en un abrir y cerrar de ojos y le beso.

Noto su confusión inicial y luego centra por completo su atención en mí. Sus labios tironean de los míos y me rodea la cintura con las manos. Me besa con una intensidad que me resulta extraña, diferente, nueva. Me siento perdida en el paisaje de este momento. No quiero encontrar el camino a casa.

Se aparta con suavidad, manteniendo las manos con firmeza a ambos lados de mí.

—Oye —dice—. Oye, ¿seguro que estás bien? —Busca mis ojos con los suyos.

—No —digo. Me falta el aliento a causa de la carrera, de la lluvia, de sus besos. Saco la llave y abro la puerta—. Quiero que entres.

Asiente con la cabeza.

—De acuerdo.

Dentro oigo la lluvia aporreando el patio. Las puertas están cerradas, pero las cortinas están descorridas. La puerta se cierra a mi espalda.

—Ven aquí —dice Adam, pero no es una pregunta, sino una orden. Lo hago.

Me acerco a él y le rodeo el cuello con los brazos. Le paso las manos por el pelo, tirando de sus suaves rizos. Él me succiona el labio inferior mientras presiona mi cuerpo cada vez más contra el suyo.

—Esto fuera —digo, tirando de la camisa de Carol. Quiero que desaparezca. Quiero quitarme esta ropa que es suya.

—No te muevas.

Me besa el cuello y yo echo la cabeza hacia atrás, apoyándola en la palma de su mano. Empieza a desabrocharme la camisa de forma lenta y tortuosa. Con cada botón que se desabrocha, se inclina y besa la piel que hay debajo, hasta que la camisa cae al suelo.

Luego se agacha a mis pies, desata el cordón de los pantalones cortos y deja que caigan. Me besa la piel del interior del muslo izquierdo. Cierro los ojos.

—Eres muy sexi —dice—. Abre los ojos.

Así lo hago.

—Repite eso.

Adam se endereza. Acerca su boca a mi cuello y me susurra al oído:

—Eres muy sexi. —Levanto la mano y atraigo sus labios hacia los míos. Nuestras lenguas se enzarzan—. ¿Qué quieres? —pregunta contra mi boca.

—Más —digo.

Adam pone las manos en mis brazos. Y luego las retira para deslizarlas por mi costado y presiona con el pulgar el hueco del hueso de mi cadera. Exhalo. Trato de agarrarle los dedos, pero él se echa hacia atrás, lleva sus manos a mi pecho y lo acaricia de un lado a otro por debajo de la clavícula.

Tomo su mano y la coloco sobre mi estómago. Siento que mi corazón late en todas partes.

Noto su mano caliente sobre mi piel fría. Tomo aire. Se queda quieto, sin mover un solo músculo. Y entonces sus labios ocupan el lugar de su mano. Me besa el vientre y acto seguido me pasa un brazo por la parte baja de mi espalda y me sube a la cama.

Alargo la mano y lo agarro. Le desabrocho la camisa y esta cae. El resto de nuestra ropa desaparece.

Y entonces lo tengo encima, desnudo.

Debo de haber sentido esto antes, debo de haber habitado mi cuerpo de esta manera, pero no lo recuerdo.

Poso los labios en su hombro. Dibujo un sendero sobre su carne a base de pequeños y delicados mordiscos. Se mueve encima de mí y siento su mano debajo, pegada a mi espalda.

Me arqueo contra él y acto seguido es como si otra cosa, otra persona, asumiera el mando.

—Bésame el cuello —le pido.

Desliza los labios a lo largo de mi clavícula y a continuación presiona con ellos la piel justo debajo de mi oreja.

Me agarro a su espalda. Baja más la mano que tiene debajo de mí y la ahueca sobre mi carne.

Levanto las piernas y le rodeo la espalda con ellas. Me siento como si estuviera en llamas, como si me fuera a convertir en cenizas.

—Dame la vuelta —digo.

Me mira, me besa y luego invierte las posiciones. Le sujeto las manos por encima de la cabeza y empiezo a mover las caderas en círculos. Le miro mientras que me observa con una mezcla de curiosidad y pasión. Todo es extraño. Todo parece diferente.

Cierro los ojos. Sus manos se escapan de las mías y busca mis caderas. Tira de mí hacia abajo con fuerza. Lo repite una y otra vez. Me agarro a sus hombros y después me agarro a las sábanas.

Nunca he practicado sexo así. Da la impresión de que nunca haya practicado sexo. Que haya estado viviendo bajo la superficie, observando lo que en ella se refleja, sin saber que los barcos, la gente y los pájaros no eran imágenes brillantes, sino cosas reales y tangibles. Todo ha sido un espejismo; cuanto he visto estaba sesgado y era un reflejo. Nada ha sido real.

Me desplomo encima de él; cierro los ojos con fuerza y mi pulso nos atraviesa como un rayo láser.

—¡Madre del amor hermoso! —exclama cuando termina.

Yo no digo nada. Lo único que puedo sentir es este momento, que se disipa con rapidez. Todo lo que una vez fue, se desvanece.

25

Adam se queda dormido; oigo sus suaves ronquidos a mi lado. Pero siento que la realidad de lo que acaba de ocurrir, de lo que acabo de ver, se va imponiendo cuanto más atrás queda el subidón del sexo.

Mi madre se marchó. Carol se marchó. Me mintió. No solo aquí, en este viaje, sino durante toda mi vida, en todo lo que hizo. Me dijo que tenía todas las respuestas, que las sabía. Convirtió mi vida en un reflejo de la suya. Pero ella no las sabía. No tenía todas las respuestas. Aquí está ella, en Italia, cantando, bebiendo y olvidando. Me hizo a su imagen y semejanza, pero olvidó lo más importante. Olvidó que un día se iría, que ya lo había hecho, y entonces yo me quedaría sin nada. Si solo eres un reflejo, ¿qué pasa cuando la imagen se desvanece?

Me pongo un albornoz y salgo al balcón. La tormenta ha amainado; ya no llueve y el aire es fresco y vigorizante. Pienso en aquella noche, la última, en la que juré que me recluiría para siempre.

Sabía que el final estaba cerca; me lo habían avisado. Las enfermeras del hospital que iban y venían sabían cuándo ya no quedaba más tiempo. Me dijeron que podrían ser días, horas. Que no me alejara mucho.

Ya nos habíamos mudado a casa. Se trasladó a su dormitorio. Hacía días que no salía de la cama retráctil. No había adónde ir.

Mi padre pasaba los días en una silla junto a ella. Le cambiaba las pajitas después de cada sorbo y tenía hielo fresco en un cuenco, incluso cuando lo único que hacía era derretirse. Por la noche dormía en la sala de estar y se quedaba frito mientras veía viejos episodios de *Padres forzosos*, de *Friends* o lo que fuera que pusieran.

Yo vagaba por la casa, a veces me quedaba dormida en mi antigua habitación, a veces en la alfombra de baño junto a la bañera. Eric iba y venía; el único prisionero al que se le permitía salir.

Me avergüenza decir que en esas últimas semanas no quería estar cerca de ella. Lo estaba, todo el tiempo, pero lo odiaba. Me avergonzaba lo que la enfermedad le había hecho, que la hubiera reducido a una sombra de lo que era. Que no pudiera levantar la cabeza para beber agua y que se pusiera nerviosa y se irritara cuando se hacía referencia a la medicación. La enfermedad la volvió hostil y yo sentía esa hostilidad, la sentía en lo más profundo de mi ser.

Durante meses había sentido una rabia silenciosa dentro de mí. Bullía, había estado bullendo, y esa noche, su última noche, una chispa hizo que prendiera. Sentí que podía quemar toda la casa.

Su respiración era laboriosa; luchaba por respirar. La miré y me sentí enloquecer, tal vez incluso me sentí malvada. Quería tumbarme junto a ella y abrirme las venas. Quería ponerle una almohada sobre la cabeza. Quería hacer cualquier cosa menos estar allí, en esa habitación, con ella.

«Katy», me susurró. Me agaché cerca de ella, pero eso fue todo, fue la pregunta y la respuesta: Katy.

Esas fueron sus últimas palabras para mí. El recordatorio de mi propia singularidad, la imposibilidad de mi nombre sin el suyo.

¿Cómo pudo hacerme esto? ¿Cómo pudo decirme año tras año que todo iba bien, que no necesitaba saber, que no necesitaba tener todas las respuestas, porque la tenía a ella? ¿Cómo pudo hacerse tan indispensable, convertirse en parte fundamental de mi vida, de mi corazón, fundirse en el tejido mismo de lo que soy, para luego marcharse? ¿Acaso no lo sabía? ¿No sabía que un día me quedaría sin ella?

Mantuve mi cara cerca de la suya y le así de la mano, y mientras la acompañaba al otro lado, no dejaba de pensar todo el tiempo: «¿Cómo voy a llegar allí sin ti? ¿Por qué no me lo has contado mientras podías?».

Ahora, de pie en el balcón de Positano, con el mundo recién purificado, siento que la emoción vuelve a surgir en mí. El fuego, la ira. Pero ahora se mezclan con la pena. Se mezclan con todas las cosas que no veía, porque no podía, todas las cosas que creí porque ella me dijo que eran ciertas.

«Mamá. —Pienso—. Carol. ¿Cómo has podido? Es solo una niña pequeña.»

26

Me siento un poco atontada cuando despierto después de no haber dormido bien; el sol brilla y las puertas francesas abiertas revelan una mañana bien entrada ya. Y entonces los acontecimientos de la noche anterior me golpean en el esternón. Me llevo las manos al pecho y aprieto, como si intentara impedir que la sangre abandonara mi cuerpo. Esto es lo que se siente al ver el mundo tal y como es. Esto es lo que se siente al estirar la mano y no encontrar nada más que tu propia mano.

Adam duerme a mi lado. Está desnudo y veo arañazos de uñas en su espalda.

Se mueve a mi lado. Abre un ojo.

—Hola.

Me incorporo, acaparando parte de la sábana.

—Hola.

Se estira, acerca un brazo hacia mí y me frota la rodilla.

—¿Qué hora es?

Miro el reloj de mi mesita de noche.

—Las nueve menos cuarto.

—¡Mierda!

—¿Llegas tarde a algún sitio?

Adam empieza a buscar su ropa. Se viste de forma apresurada.

—Sí, lo siento. ¡Mierda! Tengo que ducharme. Se supone que tengo que estar en Le Sirenuse en media hora.

—¿Para qué?

Adam me mira y deja de hacer lo que está haciendo. Apoya una rodilla en la cama y se inclina hacia delante.

—Es solo una reunión.

—Adam —digo despacio—, ¿estás pensando en comprar ese hotel?

—Ni siquiera está en el mercado —replica. Acto seguido recoge su camisa y se la pone por la cabeza.

—Eso no es una respuesta.

—Solo tengo una reunión. —Se pone un zapato—. Es por un amigo; le dije que les ayudaría con algunos planos.

—¿Y qué hay del Poseidón? —digo—. Nika me contó que tienen problemas. ¿Se acabó?

—Marco es testarudo. ¿Qué se supone que debo hacer? ¿Robarle?

—Habla con él.

—Lo he hecho. Mira, tengo que volver a casa con una victoria. Quiero hacerlo. Necesito una excusa para seguir viniendo. —Me guiña un ojo, pero parece algo vacío. Un truco. Como si lo hubiera hecho muchas veces antes.

—¿Qué hay de eso de conocer el hotel, de amarlo y de todas esas cosas que dijiste sobre que este lugar parece un hogar?

Adam suspira. Se vuelve a sentar.

—Todo eso es cierto, todo. Me encanta estar aquí. Y, además, el dinero es auténtico; su voluntad es auténtica. Si no quieren vender, no quieren vender. —Encuentra su otro zapato y se lo pone—. Tengo que darme prisa, pero ¿podemos almorzar más tarde? Quedamos en Chez Black, en el puerto deportivo. Podemos hablar de todo. —Hace un gesto hacia la cama, refiriéndose a lo que ha ocurrido aquí.

Asiento con la cabeza.

—De acuerdo.

Adam se inclina hacia mí. Me roza los labios con los suyos y luego me planta un beso en la mejilla.

—Nos vemos pronto.

—¿A qué hora?

—Digamos, ¿a las dos?

—Sí, claro. —Me da otro beso en la mejilla y se va.

Cuando la puerta se cierra tras él, siento una extraña calma. No hay cacofonía de pensamientos. No pienso en Eric, aunque debería hacerlo. Ni siquiera pienso en mi madre. Pienso en Carol. Pienso en la mujer de treinta años que está en su piso de Italia, a un mundo de distancia de su bebé.

Tengo que encontrarla. Hay algo que sé con certeza, la única verdad que ahora mismo soy capaz de reconocer, lo único que es real: Carol tiene que irse a casa.

Me pongo unos pantalones vaqueros, una camiseta y mis Birkenstock rosas. Tomo una botella de agua del vestíbulo y me despido de Carlo. Y luego enfilo lo que ahora es el familiar camino que sube hacia las escaleras.

Ahora sé dónde vive. Estuve allí justo anoche, antes de que el mundo entero cambiara. Nunca he sido capaz de encontrarla (todo el tiempo que hemos estado aquí ha sido ella la que me ha encontrado a mí), pero ahora tengo que hacerlo. Ahora es diferente.

Llego al rellano, donde se bifurcan las escaleras, y veo la puerta turquesa. A la luz del día parece descolorida, más bien de un azul desvaído. Por un momento los aspectos prácticos de nuestras realidades ceden en mi abdomen. Las preguntas se acumulan. «¿Es esto posible? ¿En qué realidad está ella? ¿Voy a encontrarla aquí ahora? ¿O ha vuelto a perderse en su época? ¿Estará dentro?»

Llamo a la puerta. Una, dos veces. No hay respuesta. Pruebo a abrir el pomo, pero está cerrado. Me siento fuera. Lo intento de nuevo. Nada.

Pienso en mis opciones: quedarme y esperar o volver al hotel. Y entonces se me ocurre una tercera. Y es la correcta, la verdadera. Sé dónde está. Sé dónde puedo encontrarla.

Empiezo a subir. Las sandalias me resbalan y trato de agarrarme con los dedos de los pies. Tendría que haberme puesto las zapatillas deportivas, pero ya no importa. Subo, subo y subo.

La siento mientras camino. Cada paso que doy sé que ella lo ha dado antes, estoy segura de ello. Ha estado aquí mismo, hace treinta años o hace quince minutos. Acaba de recorrer el camino. Está caminando en algún lugar en el tiempo, y en algún lugar en el tiempo yo también estoy caminando, y nos encontraremos en este camino. Estaremos aquí juntas.

Y, en efecto, en el preciso instante en estoy subiendo la última escalera y alcanzo a ver el Sendero de los Dioses, la atisbo.

Lleva un vestido de verano y zapatillas, un sombrero para el sol y una camisa de lino atada a la cintura. Yo la veo primero, la parte trasera de su cabeza, la curva de su cintura. Su larga melena recogida en un moño bajo. Levanta un brazo y lo apoya sobre su cabeza mientras contempla el mar. ¿Qué está mirando? ¿En qué está pensando? ¿También me está buscando a mí?

Y nada más hacerme esa pregunta, como si fuera una respuesta, se gira y me ve. Ninguna de las dos dice nada; dejamos que el mutuo reconocimiento discurra entre nosotras como si fuera el agua del baño, que se mueve, que cambia de dirección. Ahora fluye en ambas direcciones. Siempre lo ha hecho.

—Hola —dice ella. Es cautelosa, pero no está enfadada, no exactamente.

—He pensado que te encontraría aquí —digo.

Ambas estamos cubiertas de sudor y el sol cae a plomo sobre las dos. Siento el esfuerzo de las escaleras ahora que me he parado. Apoyo las manos sobre las rodillas y exhalo.

—¿Estás bien? —pregunta—. Estás un poco pálida.

—Solo estoy sin aliento —digo.

Asiente con la cabeza y cruza los brazos sobre el pecho.

—Podemos sentarnos. —No es una pregunta, y eso hacemos.

Carol se sienta en un escalón. Yo me siento en el que está debajo de ella. Aquí, a esta altura, no hay nadie. Estamos completamente solas. Se me pasa por la cabeza que, exceptuando a Adam, nunca he visto a otra persona en este recorrido en todo el tiempo que llevo aquí.

Nos quedamos en silencio durante un momento. Bebo un buen trago de mi botella de agua. Al final, cuando mi respiración se ralentiza, empiezo a hablar.

—Estoy enfadada —digo. Intento no alzar la voz.

—Lo sé.

—No —replico—. No creo que lo sepas. ¿Por qué no me lo contaste?

—No lo sé —responde—. Quería hacerlo. Pero acabábamos de conocernos y tú solo conocías a una divertida chica de vacaciones. Yo quería ser esa chica divertida de vacaciones. Pensé que me juzgarías, pero tal vez no tanto. El caso es que no sabía cómo sacar el tema.

—¿Que tienes un bebé? —Me miro los pies. Están cubiertos de tierra—. No creo que sepas lo que le estás haciendo. No creo que tengas ni idea de lo que significa.

—No me he ido —dice. La miro, pero tiene la vista fija en el puerto deportivo, en el océano. En otro lugar—. Al menos no exactamente. Siempre quise volver a Italia, fue mi sueño durante mucho tiempo, y... Me quedé embarazada muy pronto después de conocer a mi marido. Tres meses; apenas nos conocíamos. No tengo una carrera, todavía soy asistente en una galería...

Se me revuelve el estómago. ¿Solo hacía tres meses que conocía a mi padre? Creía que llevaban juntos más de un año. Quiere rediseñar el hotel, ¿va a quedarse? ¿Quiere quedarse? Pero no digo nada, la dejo hablar.

—Nos casamos porque nos queremos, pero a veces me pregunto si lo hubiéramos hecho de no haberme quedado embarazada.

—Pero te quedaste embarazada —le recuerdo—. Tienes una hija.

—Y también la quiero. Más que a nada. Pero cuando nació me sentí como si hubiera perdido..., como si ya no supiera quién era. Es como si mi antigua vida hubiera desaparecido. Yo había desaparecido. Solía ser la mujer que conociste antes de que encontraras esa foto y sigo siendo ella, solo que ya nadie lo ve. Tal vez yo ya no lo veo. Solo quería recuperar un poco de eso. Un poco de la persona que era o que pensaba que sería.

—¿Por eso has venido aquí?

Pasa un prolongado instante entre nosotras. Se levanta viento y me agita el cabello sudado de la nuca.

—En casa me define este papel —dice Carol de forma pausada y metódica, como si colocara cada palabra y las dispusiera en uno de sus famosos ramos de flores—. Tengo un horario para dar el pecho y para ir a la compra, y los sábados limpio la casa. Mi trabajo... —Su voz se interrumpe—. No es su intención, pero sé que no cree que sea tan importante como el suyo. Y no le culpo. Apenas gano dinero.

Recuerdo a mi madre en la cocina hace tres años, hablando de que quería que mi padre se jubilara. Pienso en que su trabajo se convirtió en el de ella, que nunca llegué a saber que no era lo que ella quería, que ni siquiera le pregunté. Que mi padre y yo nos tomábamos su trabajo de diseño como una afición. ¿Por qué?

—Escucha —digo—. Sé que esto no tendrá sentido para ti, y siento lo de anoche, de verdad, pero tienes que creerme. Tienes que irte a casa. Lo solucionarás, lo resolverás y se te dará bien. Serás buena en ello.

Me mira. Tiene los ojos muy abiertos. En ellos veo las lágrimas que amenazan con brotar.

—No soy un monstruo —dice.

Y entonces, por tercera vez en mi vida, veo a Carol llorar.

Hunde la cabeza entre las manos. Sus hombros se estremecen entre sollozos.

La rodeo con un brazo y apoyo la cabeza en su hombro. La abrazo como tantas veces me ha abrazado ella a mí.

—Vas a ser una buena madre —digo—. Incluso una gran madre. Ya lo eres.

—Eso no es cierto —replica.

—Lo es —insisto.

Carol se endereza y se seca los ojos.

—¿Cómo puedes saber eso? —pregunta.

Y entonces clava su mirada en la mía y, cuando lo hace, es como si lo supiera. Durante un momento, un instante, una milésima de segundo, lo ve. Estoy segura de ello. Ahí está nuestra vida, atrapada entre nosotras. Todo el amor, el dolor y la conexión. La absoluta imposibilidad de su pérdida y de lo que permanece. Todo, en el espacio entre nosotras. Y entonces dice:

—Lo siento. Estoy hecha un desastre. Y voy a llegar tarde a la presentación en Le Sirenuse si no me pongo en marcha. Me han dejado muy claro que hoy tienen una agenda muy apretada y llevo días repasando. No puedo faltar.

—¿Es hoy?

Se me encoge el estómago.

—Sí —dice ella—. Solo quería despejarme primero la cabeza y luego...

—¿Con quién te vas a reunir? —pregunto.

Se levanta y se sacude el polvo de la falda del vestido. Entrecierra los ojos al sol.

—Con un promotor en esta ocasión —contesta—. Creo que se llama Adam.

27

Dejo a Carol y bajo corriendo las escaleras hasta el hotel. Nika está en la recepción y me acerco a ella, resollando.

—¿Has visto a Adam? —pregunto.

—Se acaba de ir —responde—. ¿Va todo bien, señora Silver?

—Nika —empiezo. Quiero saber, pero al mismo tiempo no quiero. Estoy aterrorizada, pero necesito una respuesta. La necesito ya—. ¿En qué año estamos?

—¿Qué quiere decir?

—¿Qué año es? ¿Ahora mismo?

Se ríe. Siento su diversión despreocupada y su desconcierto.

—Mil novecientos noventa y dos —dice—. Que yo sepa.

Siento una ráfaga de aire frío sobre mi piel. «Todo este tiempo.»

No me encuentro el mundo de mi madre cuando ella me encuentra; he caído en el suyo. Adam, Nika, Marco. Todos ellos pertenecen al pasado.

Me siento en una silla junto al mostrador. Hundo la cabeza entre las manos.

—Señora Silver —dice Nika—, ¿qué ocurre? ¿Qué está pasando?

No lo sé. No sé por dónde empezar. Mi madre murió y me dejó sin instrucciones. Nada sobre cómo vivir o quién ser en su ausencia. Ahora está aquí y quiere quedarse. ¡Ah! Y anoche me acosté con un hombre que no es mi marido, hace treinta años. ¿Qué no está pasando?

—Nada —digo—. Nada. Todo va bien.

—De acuerdo... —Entonces Nika levanta la mano como si acabara de acordarse de algo. Desaparece al fondo y vuelve un momento después con una carta en la mano—. Han devuelto esto —dice—. Su amiga Carol la envió por correo hace unas semanas, pero lo han devuelto. —Veo el sello, la dirección de Los Ángeles—. ¿Puede dársela?

Nika me la entrega y yo me la guardo dentro de la camisa.

—Sí, por supuesto. Gracias, Nika.

Me doy la vuelta y subo las escaleras, tomo el ascensor y llego a la habitación número 33. Dejo la carta encima de la cama. Me ducho. Repaso los acontecimientos de este día. Lo incomprensible que es todo lo que ha pasado, lo que está pasando.

Me pongo un vestido y me cepillo el pelo mojado. Pienso en Carol, que ahora mismo se estará preparando para la reunión. No sé si me ha escuchado en el camino. No sé si he conseguido hacerle comprender.

Saco unas sandalias. Las que compré en el centro comercial de Century City con mi madre en agosto de hace dos años, durante unas rebajas de fin de verano. No me gustaban y siguen sin gustarme. Entonces, ¿por qué las compramos? ¿Por qué me las he traído? Son mis zapatos. Son mis pies.

Así que no me las pongo. En su lugar, me pongo unas zapatillas blancas. Me miro en el espejo. Estoy bronceada, me han salido pecas e incluso tengo las mejillas sonrosadas. No hay otra forma de decirlo: tengo un aspecto saludable. Es sorprendente después de tantos meses con la piel apagada y demacrada.

Agarro la llave de mi habitación y vuelvo a bajar. Tengo que ir a detener esa reunión. Tengo que asegurarme de que Carol entienda. No puede quedarse aquí. Esta no es la vida que le está destinada. No puede aceptar este trabajo y ellos no pueden ofrecérselo.

En el tiempo transcurrido entre el momento en que dejé a Carol en su puerta y ahora mismo, mientras bajo las escaleras de vuelta al vestíbulo, me he dado cuenta de algo importante. Algo evidente. La verdadera razón por la que he venido y por la que la he encontrado aquí. Mi misión es enviarla a casa.

—Oye —le digo a Nika cuando vuelvo a la recepción—. Necesito que hagas algo por mí. Es muy importante.

—Por supuesto, señora Silver. Cualquier cosa que necesite.

—Necesito que me digas cómo llegar al Le Sirenuse. Y luego necesito que, por favor, los llames y preguntes si pueden buscar a Adam. Dile que voy para allá y que no se reúna con nadie hasta que llegue allí. Con nadie. ¿Puedes hacerlo?

Nika me mira con curiosidad.

—Katy —dice. Es la primera vez que utiliza mi nombre de pila—, ¿está usted bien?

—Lo estaré —respondo—. Todo va bien. Solo tengo que darme prisa.

Ella asiente.

—De acuerdo —dice—. Siga el mismo camino hacia abajo y después, junto a la iglesia, gire hacia arriba. Es un gran edificio rojo, no tiene pérdida. Si se pierde, puede preguntar. Todo el mundo conoce Le Sirenuse.

—Gracias —digo.

Hago lo que me ha indicado. Tomo el camino que baja hacia el mar y, cuando casi he llegado al puerto deportivo, sigo la carretera hacia arriba. Le Sirenuse está a la derecha, en la Via Cristoforo Colombo. Está apartado de la carretera, cuenta con un pequeño camino de entrada y la fachada del edificio es de un llamativo e intenso color rojo.

Es un hotel precioso. Nada más entrar me siento impresionada. Pienso en las reformas que ella propone. En la extensión del lugar. En mi opinión, es perfecto. Me pregunto por qué intentamos cambiar algo. Deberíamos hacerlo menos. Hay cosas que no es necesario alterar.

—Disculpe —le digo a la chica de la recepción—. ¿Sabe dónde está Adam Westbrooke? —pregunto, y la joven frunce el ceño—. ¿La reunión sobre el hotel? —digo—. He venido para presentar mis diseños.

Ella se anima.

—Sí —dice—. Están abajo, en el restaurante.

Sigo las escaleras y llego a un comedor verde menta, con el mar a mi espalda, y veo a Adam y a dos señores mayores sentados dentro.

—Katy —dice Adam. Una expresión de desconcierto domina su rostro—, creía que habíamos quedado en el puerto deportivo a las dos. ¿Va todo bien?

—¿Ya está aquí? —pregunto.

—¿Quién?

Sacudo la cabeza.

—Necesito hablar contigo.

Los hombres intercambian una mirada. Adam les lanza una sonrisa apaciguadora.

—¿Puede esperar hasta el almuerzo? Estamos ocupados.

—No —respondo—. No, lo siento, no puede. Llegará en cualquier momento.

—¿Quién? ¿De quién estás hablando?

—De Carol.

—¿Quién es Carol? —pregunta Adam.

—La diseñadora.

—¿La diseñadora? —Uno de los hombres dice algo en italiano que no puedo entender y Adam les levanta la mano—. Lo siento mucho, denme un minuto.

Sale de la habitación y se encamina hacia mí. Entramos juntos en el vestíbulo.

—¿Te han dado mi mensaje? —susurro.

—No —dice—. ¿Qué mensaje? ¿Qué está pasando? —La expresión de Adam es de impaciencia, de preocupación e incluso un poco molesta.

Carol baja las escaleras en ese momento. Primero me mira a mí y luego a Adam.

—Hola —saluda—. Katy, ¿qué haces tú aquí?

—¿Eres Carol? —pregunta Adam.

Ella asiente.

—Sí, hola. —Se mete la carpeta bajo el brazo y estira la mano. Se la estrechan.

Carol baja la mano y luego pasea la mirada entre Adam y yo. La pregunta sigue en el aire: «¿Qué haces tú aquí?».

Te estoy salvando. Me estoy asegurando de que no cometas un error. Me estoy asegurando de que todo salga exactamente como ha salido. Estoy haciendo lo que siempre hiciste tú conmigo: protegerte de una vida diferente.

Y entonces veo la luz. Comprendo de repente. Miro a Carol ahora, con un vestido blanco de lino, sus sandalias atadas, lista para la reunión de sus sueños, y no veo a mi madre. Veo a una mujer. Una mujer que acaba de entrar en una nueva década y que quiere tener su propia vida. Que tiene intereses, deseos y pasiones más allá de mi padre y de mí. Que es muy real, tal y como es aquí y ahora.

¿Quién soy yo para robárselos? ¿Quién soy yo para decirle quién es y quién no es? No tengo las respuestas. No tengo las respuestas para su vida más de lo que ella tiene ahora las respuestas para la mía.

Se me llenan los ojos de lágrimas. Y las reprimo.

—Lo siento —digo—. Tenía que contarle una cosa a Adam y se me olvidó que habíamos quedado para comer y...

—¿Os conocéis?

—Nos alojamos en el mismo hotel —dice Adam.

Carol comprende y eso se refleja en su rostro. Se le da de pena disimularlo; tal vez no quiera hacerlo. Me mira con una pequeña sonrisa. «¿Este tipo?»

—Te veo en el almuerzo, ¿vale? —pregunta Adam—. De verdad que tenemos que empezar con esto de una vez..., ya.

Asiento con la cabeza.

—Sí —digo—. De acuerdo.

Adam me aprieta el antebrazo, se gira y abre la puerta. La sujeta para que Carol pase y acto seguido entran los dos. Me quedo en el pasillo durante otros treinta segundos. Y luego vuelvo a subir las escaleras. En el vestíbulo hay un arpista tocando algo ligero y melódico. Salgo a la terraza. Hay unas vistas impresionantes de Positano. Esto es precioso, mágico. Entiendo por qué querría participar en ello. Entiendo por qué querría quedarse. Por qué ambos lo desean. No se puede negar que Positano es algo muy especial.

Me siento en la terraza. Un camarero se acerca.

—*Buongiorno, signora.*

—*Buongiorno.*

—¿Quiere algo de beber?

Me pone un vaso de agua.

—No, gracias —digo.

Bebo el agua. Está fresca, refrescante.

En este preciso instante, mi madre tiene una reunión abajo para determinar su futuro y, por tanto, el mío. Si lo consigue, es muy posible que se quede. Ella diseñará este hotel y yo no la conoceré, no como antes, no como ahora. ¿Cómo repercutirá eso en mi vida? ¿Cómo influirá en la persona que será? Es demasiado complejo como para pensar en ello. Dejo que el pensamiento se pierda en el mar. *Posa posa.* Detente aquí.

Me siento en la terraza durante otros veinte minutos. Y luego regreso al Hotel Poseidón. Subo y me acuesto. Y más tarde voy a la caja fuerte del armario. Giro la ruleta y espero a que se abra. Allí dentro, en un panel de madera negro, están mi alianza de casada y mi anillo de compromiso, tal cual los dejé. Y debajo de ellos está mi teléfono móvil. Lo saco y llamo a Eric.

El teléfono suena: una, dos, tres, cuatro veces. Continúa hasta que se oye un sonido intermitente, como el de un clavo en el hormigón, y entonces el teléfono se desconecta. No está ahí; ese no es su número.

Sostengo mi anillo de compromiso entre los dedos. Recuerdo aquel día en la cocina de mis padres. El recuerdo vuelve con fuerza, casi como si pudiera palparlo. Eric se arrodilló allí mismo, junto al fregadero. Me había comprado mis magdalenas favoritas (de una pequeña pastelería de Pasadena que solía hacer mis tartas de cumpleaños cuando era niña) y estaban sobre la encimera.

—Echa un vistazo al glaseado —dijo.

Tuvo que lamer el anillo antes de ponérmelo en el dedo. Miro la hora; es la 1:30.

Dejo de nuevo los anillos y el teléfono y meto con ellos la carta de Carol que Nika me ha dado. Cierro la caja fuerte y me miro por última vez en el espejo. Una vez más, me encuentro con una mujer que no reconozco del todo, pero me resulta más familiar que cualquier versión que haya conocido con anterioridad.

«Esto es lo que soy», pienso. Estoy llena de salud, de fuerza y de vida. Y, durante un instante, lo entiendo. Entiendo lo que también ella veía cuando se miraba aquí.

28

Adam está sentado en una mesa en la parte delantera de Chez Black cuando llego, con los pies en la arena. Le veo antes de que él me vea a mí; sus anchos hombros y su pelo, que parece rubio bajo el sol del mediodía. Está deslumbrante. Tiene la mirada fija en el horizonte. Sin embargo, parece distraído. Se endereza la camisa y se tira del cuello.

—Hola —digo.

Se levanta para saludarme y me da un beso en cada mejilla.

—Hola —dice—. ¿Estás bien?

Pienso en mi anterior arrebato.

—Sí —aseguro—. Siento lo de antes. No debería haberme presentado allí de esa manera. ¿Qué tal ha ido la reunión?

Nos sentamos y Adam me llena el vaso de agua.

—Bueno —empieza a decir—, tiene talento. Tiene algunas ideas realmente innovadoras. Creo que sería una gran elección.

Se me encoge el estómago.

—¿La han contratado?

—No creo que lo sepan todavía. Hay muchas cosas que organizar. —Me mira mientras me entrega el vaso—. ¿Por qué?

—Conozco a Carol —digo—. Nos hemos conocido aquí. Es la amiga de la que te hablé, la que me llevó a cenar. Es importante para mí.

Adam asiente.

—Me ha gustado su propuesta. Ella trasladaría el hotel justo al momento actual.

El camarero viene con una botella de vino descorchada. Adam lo sirve.

—Bueno —empieza Adam—, sobre lo de anoche...

Recuerdo su boca en mi cuello. Mi cuerpo desnudo debajo del suyo.

—Sí —digo—. Sí. Lo siento si...

Adam tiene una expresión divertida. Ahora está coqueteando. Hay una parte de mí que quiere subirse a su regazo, aquí mismo.

—Tú, ¿qué?

—¿Te asalté? —Noto que me ruborizo.

—Confía en mí —dice Adam—. Me gustó el asalto. Deseaba lo de anoche.

Siento que sus palabras me atraviesan.

—Yo también.

Miro a este hombre al que apenas conozco. Que me ha ayudado a volver a la vida aquí. Cuya pasión, perspicacia e inteligencia me resultan muy sexis. Y durante un momento pienso en lo que sería incorporarme al pasado y a todos los que permanecen en él. Seguir disfrutando de cenas con Carol y tardes en el barco con Remo. Viajar con Adam. Hacer de este mi mundo, quedarme aquí.

—Adam, escucha —comienzo.

Se ríe, pero de forma tranquila, quizás incluso un poco triste.

—¡Oh, oh! —dice—. Nada bueno viene después de un «escucha».

—No estamos...

¿Cómo le dices a alguien que le sacas treinta años? ¿Cómo le dices a alguien que no pertenecéis a la misma época?

Vuelvo a empezar.

—Lo de anoche estuvo muy bien, pero ahora mismo tengo que resolver muchas cosas con respecto a mi vida. Hay mucho que no te he contado.

—Lo sé —dice.

—Eso es algo que nunca he hecho —digo—. Dejo que otros lo hagan por mí. Y ahora quiero hacerlo. Creo que es el momento. ¿Puedo preguntarte una cosa?

—Por supuesto.

Alcanzo mi vaso de agua. Le miro.

—¿Qué quieres tú? —pregunto—. Hemos dedicado tanto tiempo a hablar de mí que no te lo he preguntado. Y me gustaría mucho saberlo.

Adam parece pensativo. Guarda silencio durante unos instantes. El tiempo suficiente para que yo beba un trago y deje mi vaso de nuevo.

—Es posible que yo tampoco lo sepa. Viajo mucho. Y me encanta, pero da la sensación de que no sé estarme quieto. Creo que también hay cosas que quiero.

—¿Como cuáles?

Mira más allá de mí hacia el restaurante.

—Tal vez un hogar, si encuentro a alguien que haga que desee dejar de moverme. Un jardín.

Pienso en mi madre, en mi padre, en Eric. Recuerdo las noches frente al televisor comiendo comida de CPK, los fines de semana jugando a juegos de mesa y comiendo comida de Mike and Ikes en cuencos de cristal. Las fiestas de cumpleaños en el jardín trasero. La valla con rosales. Los vinilos en las ventanas para todas las fiestas. La familia.

—Es bonito —digo—. Vale la pena.

Adam asiente.

—¿Sabes qué vas a hacer?

Sacudo la cabeza.

—No —confieso—. Todavía no.

—Pero empiezas a saber lo que quieres. —No es una pregunta.

Asiento con la cabeza.

—Creo que sí.

—Me alegro —dice—. Y no puedo creer que estemos aquí al mismo tiempo. La vida es un auténtico viaje.

Capri, Nápoles, la sandía para desayunar.

—Ha sido un tiempo mágico —declaro.

Terminamos de comer y regresamos andando al hotel.

—Voy a buscar a Marco —dice Adam—. Tengo que ser sincero con él.

—Oye —digo. Le agarro el codo con ligereza—. Espera.

—¿Sí?

—No tienes por qué hacerme caso. No sé por qué ibas a hacerlo, pero no compres ninguno de los dos hoteles. Mantén este lugar como te gusta. No lo conviertas en un trabajo. Deja que sea puro y bueno, para que algún día puedas traer a alguien que te importe.

Adam me dedica una pequeña sonrisa.

—Es un buen consejo.

—¿Lo seguirás?

Se encoge de hombros.

—Supongo que el tiempo lo dirá.

Se despide de mí con la mano y se va. Nika entra la recepción desde la oficina.

—¿Ha encontrado a Adam? —pregunta.

—Sí. Escucha, Nika, no sé qué va a pasar con Adam, con Marco y con el hotel, pero ¿puedes hacerme un favor? —Ella asiente—. ¿Tú inviertes? ¿Y el hotel? Me refiero a la bolsa.

Nika frunce el ceño.

—Tenemos un hombre que gestiona las finanzas. Marco suele hablar con él, pero yo también lo hago. Por eso sé que necesitamos a Adam.

—Esto te va a parecer una locura —digo—. Pero confía en mí, ¿de acuerdo? ¿Puedes hacerlo? —Ella asiente—. Invierte en Apple. También en Starbucks. Pero el año que viene, alrededor del verano.

—¿Starbucks?

—Te lo apunto, ¿vale? —Saco un bolígrafo y un papel y lo anoto—. Prométemelo.

Ella asiente.

—Lo haré.

Justo en ese momento aparece Carol en la puerta.

—Hola —dice—. Esperaba encontrarte aquí.

Lleva un paquete bajo el brazo. Lo deja sobre el mostrador de recepción.

—Carol, ¿conoces a Nika? Nika, tú sí conoces a Carol.

—Por supuesto —dice Carol—. Hola, Nika. ¿Te importaría? Está todo pagado.

—Sí, por supuesto —responde Nika—. ¿Le ha...? —comienza, y sé que va a preguntar por la carta.

Me apresuro a intervenir.

—¿Quieres tomar algo? —le pregunto a Carol.

Carol desvía la mirada de Nika a mí.

—Claro —dice, y entrega el paquete—. Hay un pequeño local arriba del camino —dice—. Es un buen lugar para sentarse. Te lo enseñaré si no has estado.

—Genial —acepto.

Nos despedimos de Nika y sigo a Carol fuera del hotel. A no más de cuarenta pasos, llegamos a un restaurante exterior en el lado izquierdo de la carretera. Está rodeado de hiedra y de flores y tiene una vista espectacular del mar. Solo hay cuatro mesas; es como estar sentado en tu propio cenador privado con vistas al mar.

Nos sentamos.

Carol pide un Aperol con soda.

—¿Puedo tomar un café? —pregunto al camarero.

—¿Una noche larga? —inquiere Carol.

—Podría decirse que sí. —Ella saca un paquete de cigarrillos y agita uno en su mano—. No deberías fumar —digo—. Eso mata.

—Seguro que tienes razón.

—Sé que la tengo.

Carol vuelve a meter el paquete en su bolso.

—¿Sabes? Para alguien que se considera la fea del baile, puedes ser bastante mandona.

Sonrío.

—Estoy trabajando en ello.

Carol me devuelve la sonrisa.

—Así que Adam —dice—. Ese es el hombre, ¿verdad? —pregunta, y yo asiento con la cabeza—. Es guapo —comenta. Mira a lo lejos por encima de mi hombro, como si quisiera decir algo más.

—¿Qué?

—No creo que vaya a conseguir el trabajo. Adam mencionó que quieren mantener la misma estética. No me pareció que estuvieran entusiasmados, si es que saben lo que quieren hacer. —Hace una pausa y siento que el aire se atasca en mi pecho—. Me encantaría diseñar algo algún día, ¿sabes?

Pienso en la casa de Malibú de Addy Eisenberg, en el rancho de los Monteros en Montecito. En nuestra casa de Brentwood. Todos logros notables. Todo lo que deberíamos haber celebrado más con ella cuando teníamos la ocasión.

—Lo harás —digo—. Te prometo que lo harás. Creo que tienes mucho talento.

—Gracias. —Sacude la cabeza—. Adam no es a quien yo imaginaría para ti —dice.

Me río.

—¿En serio?

—Y tanto.

—Vale —digo—. ¿A quién te imaginas para mí?

Carol sonríe. Le gusta la pregunta.

—A alguien amable, por supuesto —empieza—. Alguien que te deje brillar. Alguien que sea amable y afectuoso. Alguien que te cuide. Tendría el pelo castaño, sería un poco bobalicón, pero de una manera atractiva, ya sabes. Clark Kent y todo eso. Quizás con gafas. —Hace una pausa—. Alguien que crea que ganó el premio gordo, porque así es.

Siento cierta pesadez en los ojos. De pronto se me llenan de lágrimas.

—Carol —digo en un susurro—, tengo que pedirte disculpas.

—¿Por qué? —pregunta ella. No se la ve preocupada, pero sí escéptica.

—Por decirte que te vayas a casa —explico—. Me he dado cuenta de una cosa y es importante que te lo diga. Es importante que lo sepas.

—De acuerdo —dice ella—. Te escucho.

—No me corresponde a mí decidir si te quedas o te vas. No puedo obligarte a hacerlo. En realidad, no le corresponde a nadie. Ni a pa..., ni a tu marido, ni siquiera a tu hija. —Cierro los ojos, deseando que se sequen. Si cae una sola lágrima, sé que el dique se romperá. «Ahora no.»—. Lo hiciste lo mejor que pudiste. Lo estás haciendo lo mejor que puedes. Pase lo que pase ahora... —Exhalo y me aclaro la garganta—. Me he dado cuenta de que nadie puede decirte que te vayas a casa, porque tampoco a mí puede decirme nadie que me vaya a casa. La decisión es tuya, igual que es mía.

Los ojos de Carol se clavan en los míos. Me mira durante largo rato. Y en esa mirada lo veo todo: cumpleaños, cenas y compras. Mañanas viendo telenovelas en su cama. Noches al teléfono. Paquetes con provisiones enviados por correo a la ciudad de Nueva York. Codos raspados, fiebre y su voz, siempre su voz. «Todo irá bien. Estás bien. Yo estoy contigo.»

Carol asiente con la cabeza de forma casi imperceptible.

—Hay una gran vida esperándote en casa. Es hermosa, fuerte, alegre y real. Será complicada y a veces te equivocarás. Deberías ser más honesta cuando lo hagas; eso la ayudará a ella, a tu hija. Ella no necesita que seas perfecta, solo necesita que seas tú. Es una buena vida, Carol, pero puede que no sea la que tú quieres.

Me froto los ojos con el dorso de la mano.

—Katy —dice Carol. Se inclina hacia delante—, eso que me dijiste anoche. Sobre que eras tú —dice, y yo asiento con la cabeza—. ¿Es cierto? —pregunta—. ¿Te he abandonado?

La veo aquí, sentada frente a mí. La veo en el puerto deportivo, en el agua, en el Sendero de los Dioses. La veo en su cama en Brentwood. La veo en todas partes.

—No —aseguro—. No, jamás lo has hecho.

29

Es ya de noche cuando vuelvo al hotel. Estoy agotada, extenuada. Me dirijo arriba. Las puertas están cerradas. Las abro. La tarde está dando paso a la noche. Las tiendas están cerrando y los restaurantes vuelven a salir de su tiempo de inactividad de la tarde. Se oye un zumbido tranquilo en la ciudad.

Tanta historia, tantas historias... También tantas historias de amor... De repente me doy cuenta de que mañana es mi último día aquí. Pasado mañana tengo que volver a casa. Volver a Los Ángeles, volver a una vida que está cambiando, que ya ha cambiado.

Me tumbo con la ropa puesta. No quiero quedarme dormida, pero me siento como si no hubiera descansado en años.

* * *

Me despierto en una mañana muy soleada. La luz del sol entra a raudales por las puertas abiertas. Entrecierro los ojos para protegerme. Me lavo los dientes, me cambio y bajo a desayunar. Llevo un vestido de verano y un sombrero para el sol. Me detengo en la estantería que hay frente a mi puerta y cojo *Big Summer* de Jennifer Weiner. Quizá lea algo durante el desayuno.

Han vuelto las fundas rojas para las sillas. El bufet del desayuno se ha trasladado abajo, más cerca de la cocina. La piscina...

Y entonces oigo su voz, la misma que he oído casi todos los días durante los últimos ocho años. Me llama.

—Katy —dice.

Está de pie en el vestíbulo, en lo alto de la escalera. Eric. Mi marido. Aquí, en el otro lado del mundo.

—¿Eric?

Es posible que me haya encontrado en esta otra época, ¿o no? ¿Está también aquí ahora?

Pero a medida que se acerca a mí, con una expresión que es una mezcla de alivio, resolución y un poco de alegría, el mundo que me rodea se revela exactamente tal y como es. El presente. Tengo en la mano un libro que se publicó hace dos años. Por supuesto, estoy aquí, he vuelto. Lo que significa que ella se ha ido.

Eric se acerca a mí. Lleva una pequeña bolsa de lona, una bolsa de J. Crew que le regalé por su vigésimo octavo cumpleaños. Tiene grabadas las iniciales E. B. Viste unos vaqueros y una camiseta azul claro. Lleva una sudadera con capucha colgada del brazo. Acaba de llegar del viaje.

—Hola —me saluda.

Escudriño su rostro.

—¿Estás aquí?

—Te he estado llamando —dice—. Te he dejado un montón de mensajes, pero tu móvil no daba señal.

Pienso en mi teléfono, guardado en la caja fuerte.

—Lo tengo apagado —digo.

—Llamé al hotel; al parecer nunca conseguían encontrarte. ¿Es posible que hubiera una confusión con tu habitación? —Sacude la cabeza—. No importa. Treinta segundos después de que te fueras me di cuenta de que no tendría que haber dejado que te marcharas.

—Eso no fue...

—No es eso lo que quiero decir —afirma—. ¿Podemos...? —Mira a su alrededor—. Necesito dejar esto.

Asiento con la cabeza. Le indico con un gesto que salgamos al patio. Hay una pareja sentada en mi mesa habitual al aire libre. Pero las mesas pequeñas junto a la piscina están vacías. Llevo a Eric hasta allí. Hay un montón de botellas de agua junto a la ventanilla abierta. Recuerdo que Adam me trajo una de dentro hace..., ¿cuánto? ¿Días, años? Le doy la botella a Eric. Le cae un poco de agua en la camiseta, formando una oscura mancha en la pálida tela. Sé que, cuando vuelva a poner el tapón, lo enroscará dos veces, para asegurarse de que está bien cerrado. Sé que por último se echará un poco de agua en la cara, que veo que la tiene acalorada. Y eso hace.

Elijo una mesa a la sombra. Nos sentamos.

—Lo siento —dice. Se gira y deja la botella—. No quería decir que no debería haber dejado que te fueras. Quería decir que no tendría que haber dejado que te fueras sin preguntarte si querías que te acompañara, sin decirte que quería hacerlo.

—Eric...

—No, escucha, lo sé. Me alegro mucho de que hayas venido. Por cierto, estás muy guapa. —Recorre mi rostro con la mirada.

Me invade una familiar ternura. Tira de mí, como un niño pequeño del dobladillo de un vestido. «Mira. Mírame.»

La primera vez que llevé a Eric a casa para que conociera a mis padres fue un caluroso día de octubre. Fuimos en coche desde Santa Bárbara con Destiny's Child y Green Day a todo volumen. Tomamos la ruta larga, bordeando el agua, atravesando pueblos, con el océano siempre a nuestra derecha.

Llegamos a casa de mis padres mucho más tarde de la hora a la que habíamos dicho que llegaríamos. Imaginaba que a mis padres no les importaría, pero que querrían una explicación. Que mi madre no pasaría por alto la hora.

Eric me abrió la puerta, agarró nuestro equipaje y luego sacó unos girasoles del asiento trasero. Ni siquiera me había dado cuenta de que estaban allí.

—Me dijiste que le gusta el amarillo, ¿verdad?

Recuerdo que pensé que era muy considerado. Recuerdo que pensé que era una prueba de lo que ya sabía, de lo que ya había descubierto: le amaba.

Le amaba mucho antes de que ella le conociera. Tal vez hubiera influido que a ella no le gustara. Pero no habría cambiado las cosas.

—Gracias —digo.

—Te quiero, Katy —declara Eric aquí, ahora—. Siempre te he querido y siempre te querré. No he venido aquí para decirte que quiero que vuelvas. No es eso. Quiero que... —hace una mueca— seas atrevida.

—¿Quieres que sea atrevida?

Asiente con la cabeza.

—Quiero lo que sea que nos depare el futuro.

Pienso en la casa de Culver City, en el jardín que nunca cultivamos. ¿Cómo es nuestra vida los dos solos? ¿Cómo es si estamos solos?

—¿Cómo sabemos que será diferente? —pregunto.

Piensa en esto. Se pasa la mano por la frente.

—Depende de nosotros. Tenemos que hacer que sea diferente —responde—. Hay que desear descubrirlo.

—No puedo creer que estés aquí —digo.

—Yo tampoco. —Mira hacia la ciudad. Ve el océano, lo contempla por primera vez—. Este lugar es increíble —dice.

Asiento con la cabeza.

—Sí que lo es.

—Deberíamos haber venido aquí —sentencia—. Deberíamos haber venido aquí en nuestra luna de miel.

Pienso en nuestros cuatro días en Hawai. Los mai tais en la playa, las antorchas tiki, la fiesta hawaiana repleta de turistas y de cámaras.

Le miro. Su pelo castaño, sus gafas empañadas. Las pecas de su cara. Toda la pequeña y microscópica familiaridad.

—Ahora estamos aquí —digo.

Sonríe. Hay belleza en su sonrisa, la belleza de lo familiar.

—Sí —dice—. Estamos aquí.

* * *

Mientras terminamos de desayunar, Monica sale al balcón. Lleva unos pantalones de lino holgados, una camiseta blanca y el pelo recogido en una coleta baja.

—Vuelvo enseguida —le digo a Eric. Está comiendo huevos con patatas y bebiendo café. Me hace un gesto para que me vaya.

Me levanto y me dirijo a ella.

—¡Katy! —dice—. ¿Cómo está?

—Estoy bien —respondo—. ¿Qué tal Roma?

—Maravillosa —declara—. Siempre hace mucho calor y hay demasiada gente, pero está bien así. Me gusta ir y me gusta volver.

—No es una mala forma de vivir —alego.

Ella sonríe.

—Veo que se le ha unido alguien.

Señala a Eric, que en los treinta segundos que han pasado desde que me fui ha entablado conversación con un hombre y una mujer en una mesa vecina. Pero hoy no me molesta. Me hace sentir afecto, calidez. Hace que me sienta afortunada. Se ríe de algo que dice uno de ellos. Veo su alegría y su sencillez, su sonrisa afable. Lo cómodo que se siente en compañía de cualquiera. De repente me recuerda a ella.

Eric se da cuenta de que Monica y yo le miramos. Nos saluda con la mano y le devolvemos el saludo. Me brinda su sonrisa bobalicona y se sube las gafas.

—Mi marido —digo. Sí. Mi marido.

Monica me mira, enarcando las cejas.

—¿Ha venido aquí?

—Así es.

—Es un viaje muy largo —afirma Monica.

La miro y me dedica una sonrisa de complicidad. Una sonrisa familiar. Y entonces me fijo en su collar. Lleva una cadena al cuello, con un colgante de turquesa. De pronto se me eriza el vello de la nuca. Se me pone la piel de gallina.

—¿Nika? —pregunto.

Monica se sobresalta.

—Hace mucho tiempo que nadie me llama así —dice. Entrecierra los ojos aún más—. ¿Cómo lo ha sabido?

Mi corazón late con fuerza. Apenas puedo creerlo.

—¿Se acuerda de un hombre que se llamaba Adam Westbrooke? —pregunto.

Se ríe.

—Por supuesto —dice—. Siempre ha sido un buen amigo del Poseidón. Solía venir todos los años, primero solo y muchos años después con su mujer.

—¿Qué ha sido de él?

—Me parece que viven en Chicago. No ha tenido hijos; no conoció a Samantha, una mujer encantadora, hasta bien entrada la cincuentena. Todavía nos escribe por *e-mail* de vez en cuando. La vida es complicada.

—Así que ¿no llegó a comprar el hotel?

—¡Oh, Dios mío! —dice ella—. ¿Le conoce? Eso fue hace mucho tiempo. No, no lo compró. Salimos adelante gracias a algunas inversiones afortunadas y nunca necesitamos un socio. —Monica me mira—. ¿Por qué me pregunta eso?

—¿Se acuerda de una mujer que se llamaba Carol Silver?

Monica me dedica una suave sonrisa.

—¿Es su madre? —pregunta y se me para el corazón. Asiento con la cabeza—. Sí, la conocí —dice—. Nos conocimos en el verano de 1992. Solía venir aquí para enviar paquetes a... —Monica me mira—. A ti —concluye—. A su hija. —Recuerdo a Carol en el vestíbulo esa primera mañana—. Después de regresar estuvo un tiempo enviando fotos. Cuando las dos decidieron hacer su viaje este verano, volvió a ponerse en contacto conmigo. Sabía que estaba enferma, pero no cuánto. —Monica me toca el brazo. Pienso en la dulzura de Nika, en la poderosa mujer en la que se ha convertido y que tengo ante mí. ¿Cómo es que ayer mismo tenía veinticinco años?—. Siento mucho su pérdida —dice.

—Gracias.

—¿Sabe? La primera vez que la vi, supe que había algo muy familiar en usted —comenta Monica—. Casi parecía que la conociera de antes. —Hace una pausa. Me acaricia la mejilla—. Se parece mucho a ella.

30

Llevo a Eric a la habitación 33. Al entrar me doy cuenta de que la han arreglado. Hay una colcha nueva en la cama y toallas limpias en la entrada.

—Me siento bastante sucio por el viaje —dice Eric—. ¿Te parece bien que me dé una ducha?

—Toda tuya.

Le indico el baño.

—Estaré en el balcón —digo.

Deja su bolsa en el suelo y descorre la cremallera. Veo que saca todos los artículos de aseo habituales. Su desodorante Old Spice. El cepillo de dientes eléctrico. La crema facial de Burt's Bees que le compro en Whole Foods.

Me dice adiós con la mano y se dirige al baño.

Voy a la caja fuerte y saco mi teléfono móvil. Y acto seguido salgo al balcón y marco el número más conocido del mundo para mí.

Descuelga después del tercer tono.

—¿Hola?

—Hola, papá —digo.

—¡Katy! —Su voz, últimamente desprovista de calidez, se anima de inmediato. Oigo su familiar potencia, la energía de su personalidad detrás de cada sílaba.

—Hola —repito—. ¿Cómo estás?

—¡Oh! Ya sabes, me las apaño.

Oigo un ruido de algo... ¿Platos?

—Es tarde. ¿Estás en la cocina?

—Pues sí.

—Papá —digo despacio—, ¿estás cocinando?

—Echo de menos la ensalada de maíz que solía preparar —dice—. No puede ser tan difícil.

Contemplo la mañana, sus últimas horas. Todo está bañado de una intensa luz áurea. Azul. Verde. Deslumbrante.

—Papá —digo—, ¿por qué nadie me contó que mamá se fue? Cuando era un bebé, ¿por qué nadie me contó que había venido aquí?

Se hace el silencio al otro lado del teléfono y entonces le oigo tomar aire.

—¿Quién te ha contado eso?

—Alguien aquí en el hotel —digo—. Se acordaban de ella.

Entonces oigo a mi padre aclararse la garganta.

—Ella te quería mucho. De inmediato. Nunca había visto un vínculo como el que compartíais las dos. Pero lo nuestro..., todo ocurrió muy deprisa, Katy. Y creo que se vio desbordada. Se vio superada y necesitaba algo de tiempo.

—¿Qué le dijiste cuando quiso irse?

Mi padre hace una pausa.

—Le dije que se fuera —responde.

Se levanta viento. Oigo que empieza a sonar música en algún lugar del puerto deportivo. Pienso en mi madre aquí, hace apenas unas horas. Pienso en el sacrificio de mi padre. Pienso en Eric en la ducha.

—¿Cómo sabías que iba a volver?

—No lo sabía —dice—. Así supe que la amaba de verdad. Ya lo sabía, pero eso cambió nuestro matrimonio para mí. En última instancia, creo que eso permitió que volviera a casa.

—¿Qué quieres decir?

—Porque ella también lo sabía. Sentía esa libertad. Sintió que era amor. Lo mejor que hice fue dejar que tu madre se fuera. Nadie es perfecto, Katy. La perfección no existe. Pero lo que teníamos era muy bueno, joder.

Nunca he oído a mi padre decir palabrotas. Nunca, ni una sola vez. Y, por alguna razón, esto me hace reír. Siento el burbujeo en mi vientre y mis hombros se estremecen, justo en el balcón.

—Eric está aquí —le digo a mi padre, tomando una bocanada de aire.

—Lo sé —dice. También percibo la ligereza en su tono—. Me llamó y le dije que fuera. —Hace una pausa—. ¿No hice bien?

Oigo a Eric salir de la ducha. Lo veo en la puerta, con una toalla alrededor de la cintura.

—No —respondo—. Hiciste bien.

—Katy —dice—, la historia es una ventaja, no un perjuicio. Es bueno estar con alguien que te conoce, que conoce tu historia. Cuanto más tiempo vivas, más importante será. Aprender a encontrar el camino de vuelta puede ser más difícil que empezar de nuevo. Pero, maldita sea, si lo consigues, merece la pena.

Eric se encamina hacia mí. Lo veo a contraluz por el sol.

—Lo siento —continúa mi padre.

—¿Qué sientes?

—Que no pudierais hacer este viaje juntas. Creo que la razón por la que deseaba volver allí contigo era que quería contártelo ella misma. Creo que quería mostrarte este lugar que fue tan transformador para ella. —Hace una pausa. Cuando prosigue, le tiembla la voz—: Siento que no hayáis podido vivir eso juntas.

Me acuerdo de Carol en el muelle; de Carol en el almuerzo; de Carol en La Tagliata, ubicado en las colinas; de Carol en la cocina del apartamento con la puerta de un intenso color azul.

—Sin embargo, lo entiendo —digo—. Lo he entendido aquí.

Colgamos cuando Eric llega hasta mí.

—Era mi padre —digo. Levanto el teléfono como si fuera una prueba.

Eric me lo quita de la mano. Lo deja en la mesa exterior. Sigue llevando solo la toalla. Tiene buen aspecto; diferente, de alguna manera, más lleno. O quizás es que hacía mucho que no me fijaba bien en él.

Me pone las dos manos en los brazos y desciende hasta entrelazar los dedos con los míos. Siento que el calor me atraviesa, como un motor que arranca y cobra vida.

Desplaza las manos a la parte baja de mi espalda. La familiaridad de su olor, su calor y su tacto hacen que desee amoldarme a él.

—Katy —dice—, yo...

—Eric, escucha.

—Dime. Si es demasiado pronto, si no quieres..., lo entiendo. Solo quiero que sepas que puedes contar conmigo, cuando quieras. En Italia, en casa o...

—Te quiero —digo, y veo que en la cara de Eric se dibuja una sonrisa tan amplia que cambia todo su perfil. Me percato de que no le he visto sonreír así en mucho tiempo, demasiado tiempo—. Ha sido un año muy duro, pero es verdad que te quiero. Y quiero decidir de forma consciente estar contigo.

—¿De veras?

Asiento con la cabeza.

—Sí —respondo—. Tú me conoces.

Y entonces nos besamos. La toalla cae al suelo. Siento las frescas gotas de la ducha en mi piel. Se evaporan en un momento. Nos besamos dentro y, una vez que hemos entrado, me quito el vestido por la cabeza.

El resto de la ropa desaparece. No recuerdo haber experimentado antes esta urgencia con Eric. Pero, por supuesto, también me equivoco en eso. Hubo noches de pura pasión; tardes enteras en la cama de un dormitorio de la residencia universitaria. Noches pasadas en los apartamentos después de la cena, morreos en el metro. También se perdieron en el suave latido del tiempo, pero ahora están aquí, con nosotros. Todo lo que era viejo, se convierte en algo nuevo otra vez.

Me vuelvo a sentar en la cama. Nos miramos a los ojos. Siento la atracción, la electricidad entre nosotros. El deseo flota en el ambiente. Soy consciente de mi cuerpo. De esta vuelta a mí misma. La misma persona a la que su muerte dejó vacía y famélica, que ahora ha vuelto a la vida. Adam, las escaleras, la comida y el vino. Todo ello ha hecho que la sangre bombee más rápido y que mi piel parezca más suave, más sensible. La bendición de esta vida, esta única, brillante y hermosa vida. Toda la pérdida y la angustia. Toda la alegría que la hace posible. La mágica complicidad, la fragilidad, el estar aquí, ahora, juntos contra todo pronóstico. La decisión de seguir haciéndolo.

Eric se cierne sobre mí. Y entonces volvemos a besarnos. Siento sus cálidas manos en los costados, en la espalda; deambulan por mi abdomen. Siento sus piernas, entrelazadas con las mías. Siento su pecho, pesado, su respiración laboriosa.

Le rodeo el cuello con los brazos, estiro mi cuerpo debajo del suyo y respiro con él; este hombre, este momento, este regreso.

Nunca sentí que le perteneciera a Eric. Solía pensar que era porque le pertenecía a ella, pero ahora sé que esa no era toda la verdad. No le pertenecía a Eric porque no le pertenezco a nadie. No de esa manera, ya no.

Soy mía, como ella era suya.

* * *

Después nos preparamos para ir a la ciudad. Eric se pone una camiseta nueva y un pantalón corto de flores que le regaló mi madre. Le miro.

—¿Qué? —dice—. Me quedan bien. Me gustan. —Me agarra del brazo y me hace girar hacia él. Siento el calor de su cuerpo, el palpitar de su corazón—. Eres hermosa —dice—. En serio, eres impresionante. Lo pienso cada vez que te miro.

—¿Puedo preguntarte una cosa? —digo.

—Por supuesto.

—¿Lo sabías cuando me conociste? ¿Pensaste, ¿qué sé yo?, que era la elegida?

Eric piensa en ello. Es reflexivo cuando habla. No aparta sus brazos de mí.

—Creo que no —responde—. Éramos tan jóvenes que no estoy seguro de que pensara así por aquel entonces.

—¿Y cuándo lo supiste?

Eric me abraza aún más fuerte. Acerca su cara a la mía.

—Ahora lo sé —dice.

La historia, la memoria, es ficción por definición. Cuando un hecho deja atrás el presente para formar parte del pasado, se convierte en una historia. Y podemos elegir el tipo de historia que contamos sobre nuestras vidas, sobre las cosas que nos ocurren sobre nuestras relaciones. Podemos elegir qué capítulos dotamos de significado.

Carol era una madre increíble. También tenía sus defectos, era complicada y era una mujer, lo mismo que yo. Un solo verano no hace que eso deje de ser cierto. Un verano es un verano. Puede ser una acuarela de los días de playa. Puede cambiarte la vida.

—Vámonos a casa —le digo a Eric—. Quiero llamar a Andrea. Incluso creo que es posible que eche de menos La Scala.

Sonríe y me besa en la mejilla.

—Solo hay una cosa que creo que deberías hacer primero.

31

Apenas ha amanecido cuando sacamos el barco. Estamos solos un señor mayor llamado Antonio y yo. «Es el mejor; lleva toda la vida trabajando con nosotros», me dijo Monica cuando lo organizó.

Tuve que contener las ganas de decirle que lo sabía.

Eric está durmiendo en la cama. Hemos decidido quedarnos y pasar unos días más juntos en Italia. Ha sido maravilloso.

Me pongo unos pantalones cortos, una camiseta y una sudadera, agarro mi bolsa y bajo al muelle. El barco me espera.

Nos alejamos del puerto deportivo, con Positano a nuestra espalda, aún sumido en la penumbra del amanecer.

El día es cálido, pero la combinación del agua y la velocidad hace que me ajuste mejor la sudadera. El viento azota la zona y la superficie del mar danza de forma extraña en la oscuridad.

Cuando nos acercamos a las rocas, Antonio apaga el motor. Nos mecemos en nuestra pequeña embarcación; las tres rocas se alzan en el mar ante nosotros, como monumentos. Testigos de la tenacidad del pasado, de la naturaleza, quizá de los propios dioses. ¿Cuánta gente ha contemplado estas rocas? ¿Cuántas personas se han besado bajo su arco?

«Treinta años de felicidad.»

Le hago una señal con la cabeza a Antonio. Saco el pequeño recipiente metálico de donde se encuentra, sujeto entre mis piernas. Desenrosco la tapa.

«He traído sus cenizas —me había dicho Eric—. Pensé que querrías hacer algo con ellas aquí.»

A medida que nos acercamos a las rocas, el sol comienza a despuntar. El amanecer se abre camino a nuestro alrededor; el más insignificante resquicio de sol da paso cada vez a más luz. Cada día el mundo nace de nuevo. Cada día sale el sol. Es un milagro, pienso. Un simple milagro cotidiano. La vida.

Avanzamos, balanceándonos en el océano. Y es entonces cuando saco la carta. La que ha permanecido en la caja fuerte durante días, durante treinta años.

Paso el dedo por el borde, rompiendo el sellado que se ha conservado durante tanto tiempo. Y entonces la abro, desdoblo el papel y leo lo que hay escrito de su puño y letra.

Mi querida Katy mi niña, Italia es tan hermosa. Me recuerda a ti. ¡Qué felices son todos por la mañana! ¡Cuántas estrellas salen por la noche! Sé que no estoy allí y espero poder explicarte por qué algún día. Deseo tantas cosas para ti, pequeña. Espero que camines por el mundo sabiendo tu valía. Espero que encuentres aquello que te apasione, algo que ames, algo que te ilumine por dentro. Espero que encuentres la paz y la confianza necesarias para tener donde te lleve el camino. Recuerda que es solo tuyo. Los demás pueden saludarte y darte ánimos, pero nadie puede darte indicaciones. No han estado donde tú vas. Espero que algún día entiendas que el hecho de ser madre no significa que dejes de ser mujer. Y sobre todo espero que sepas que, aunque no me veas, siempre estoy contigo.

Para siempre,
Tu madre

Doblo la nota en mi mano, ahora salpicada de agua, y la vuelvo a meter dentro de su sobre. Pero entonces noto que no es lo único que hay dentro. Hay una delgada fotografía. La saco. Es de Carol, riendo en el puerto deportivo. Su rostro está ligeramente vuelto y el sol se pone detrás de ella. Está bañada en luz. «Todo un recuerdo», pienso.

Y entonces tenemos el arco encima. Me llevo la lata a los labios. Deposito un beso en la parte superior. Y a continuación, mientras avanzamos a la sombra de las rocas, la vacío por el lateral de la barca. Observo mientras las cenizas caen al agua y la brisa las dispersa.

«Ella está en todas partes», pienso. Está a nuestro alrededor.

Y así, sin más, atravesamos el arco y la lata queda vacía. Siento un vacío en el estómago al reconocer que ha llegado el final. Al comprender que ella ya no está. No me esperará en el hotel ni estará en casa, en Brentwood. No se presentará en la puerta de mi casa, sin avisar, con productos del mercado agrícola. No dejará mensajes de voz de quince segundos en mi contestador. No llamará. Ya no me estrechará entre sus brazos, envolviéndome en su certeza, en su presencia. Hay mucha vida por delante sin ella y ella se ha ido.

Antonio da la vuelta al barco. Me mira.

—¿Sí? —pregunta. Como si dijera: «¿Ha terminado? ¿Ya está?».

—Antonio —digo—, ¿de dónde viene la leyenda de los treinta años?

Antonio me mira con los ojos entrecerrados.

—Treinta años, no —dice—. *Per sempre.*

—Para siempre —digo.

—*Sí*—dice Antonio—. Para siempre.

Arranca de nuevo el motor. Nos alejamos de las rocas, de vuelta a Positano. Eric y yo regresaremos a casa dentro de unos días. A una vieja vida que ahora es nueva. A un futuro que aún no sabemos cómo vivir.

«Aprenderás», la oigo decir. Su voz resuena en el viento, en el agua. La oigo en los silenciosos recovecos de mi interior.

Veo Positano ante nosotros. El sol ha salido por completo. Puedo distinguir todos los edificios: Le Sirenuse, el Poseidón, Chez Black. Este paisaje extranjero, que tan familiar me es ahora.

—¿Volverá? —me pregunta Antonio. Interrumpe mis pensamientos. Me arqueo hacia atrás para mirarle.

—Sí —respondo.

Él asiente con la cabeza.

—Siempre vuelven —dice—. Es demasiado bello para una sola vez.

Entonces nos vemos atrapados en el atraque. Apilando bolsas, saltando por encima de las cuerdas. El presente es implacable. Nos obliga una y otra vez a prestar atención. Lo exige todo de nosotros. Y así debe ser.

—Ya nos veremos —dice Antonio, y acto seguido se va.

Subo las escaleras de vuelta al hotel. Apenas jadeo cuando llego. Mis pulmones se han fortalecido aquí. Mis piernas también.

Hasta mí llegan los aromas del desayuno, el olor a mar, a café. Oigo el sonido de las bicicletas y de los niños.

Es suficiente.

Es más que suficiente.

Lo es todo.

Rebecca Serle <rebecca@xxx.com>
jueves, 16 de abril, 5:34 PM
Para: Hotel Poseidón <prmanager@xxx.it via>
Asunto: Su precioso hotel

Hola, Liliana:

No sé si me recuerda, pero estuve en su hotel a finales de julio o principios de agosto del año pasado. Me llamo Rebecca Serle y fui con una amiga. Acabamos comiendo en el hotel más noches de las que habíamos planeado y usted y yo pudimos charlar un poco. Tengo poco más de treinta años y el pelo castaño. Tenía muchas ganas de volver a su hotel este verano, sobre todo porque estoy ambientando un libro en Positano y quería seguir documentándome. De hecho, el libro tendrá lugar en gran parte en el Hotel Poseidón. Pero el libro tiene lugar a principios de los años noventa. ¿Era su padre el director en aquella época? ¿Tenía el hotel el mismo aspecto? Cualquier información que pueda proporcionarme será de gran ayuda.

¿Qué tal le va? Estoy pensando en Italia y en su pedacito de paraíso en particular.

Con mis mejores deseos y cariño,
Rebecca

Hotel Poseidón Positano-Gerente de RRPP

<prmanager@xxx.it via>

miércoles, 22 de abril, 9:55 AM

Para: Rebecca Serle <rebecca@xxx.com>

Asunto: RE: Su precioso hotel

Ciao, Rebecca:

¡Es un placer saber de usted!

Espero que les vaya bien en estos tiempos difíciles. A todos nos va bien aquí en Positano, aunque estamos tratando de volver a la «normalidad».

¡¡¡Es maravilloso saber que está escribiendo un libro ambientado en Positano y aquí, en el Hotel Poseidón!!!

He aquí una breve historia de fondo que puede ser de ayuda:

El Hotel se inauguró de manera oficial en 1955 (¡hace 65 años!), aunque antes de eso fue la villa privada de mis abuelos Liliana y Bruno durante un par de años.

Su villa (y el hotel al principio) incluía la gran sala de estar, que es donde está el bufet de desayuno hoy en día, y las habitaciones de abajo (las habitaciones número 1, 2, 3, 4 y 5).

Desde la apertura, han trabajado para comprar más terreno alrededor de la propiedad existente y poco a poco fueron añadiendo más y más pedazos a su alrededor. La última incorporación fue la zona de la piscina (la piscina y la terraza donde se extienden las tumbonas), y tuvo lugar en los años setenta.

El aspecto del hotel no ha cambiado mucho desde entonces. Lo dirigió mi abuela Liliana y luego pasó a sus hijos, Marco y Monica (¡mi tío y mi madre, que son los actuales propietarios!).

En resumen, en los años noventa, el hotel estaba dirigido por Liliana, Marco y Monica, y sí, tenía un aspecto bastante parecido al actual. Mi padre es fotógrafo y nunca ha trabajado para o en el hotel.

Ojalá que esto le sirva de ayuda. Avíseme si necesita más información o explicaciones; estaré encantada de contarle más cosas.

Espero que esté bien y a salvo. Espero tener noticias suyas y, por supuesto, leer este libro cuando salga a la venta. 😊

Saludos cordiales,
Liliana

Relaciones públicas

HOTEL POSEIDÓN, en el corazón de Positano
Via Pasitea, 148-84017 POSITANO, Costa de Amalfi (SA),

Rebecca Serle <rebecca@xxx.com>
martes, 29 de junio 5:24 PM
Para: Hotel Poseidón <prmanager@xxx.it via>
Asunto: RE: Su hermoso hotel

Hola, Liliana:

Quería contarle que acabamos de anunciar mi nuevo libro.
Saldrá a la venta el próximo mes de marzo y se desarrolla en
gran parte en su impresionante hotel. Gracias por hacer que el
viaje sea tan memorable que, simplemente, tenía que escribir
sobre él. Pronto habrá más información. Por cierto, se titula
Un verano italiano. 😌

Estoy deseando volver. Se acerca el verano. Iremos.

Con amor,
Rebecca

Agradecimientos

Primero:

A Melissa, a Jennifer y a Leah Seligmann, y a Sue, que les dio la vida. Gracias por dejar que me acercara tanto.

A Jessica Rothenberg, por compartir conmigo el amor infinito y la inmensa pena que supone tenerla como alma gemela. Una vez te dije que nunca lo olvidaría; ahora está por escrito.

Y a Estefanía Marchan, que hace más de una década dijo que echaba de menos a su madre a los dieciocho años, y a los veintiséis, y a los cinco; todas las edades y mujeres que no había conocido.

Esto es para vosotras y para ellas.

Ahora:

A mi agente, Erin Malone, por ser todo lo que yo no soy: meticulosa, flexible y profesional. Soy propensa a la exageración, pero eres la número 1, es la pura verdad. No podría pedir una colaboración mejor ni más fructífera. Jamás te librarás de mí. A mi editora, Lindsay Sagnette, por ser la mejor campeona y animadora. Gracias por confiar en mí y por abrirme las puertas de par en par y ofrecerme absolutamente todo lo que hay dentro.

A mi editora, Libby McGuire, que ha hecho de Atria la casa de mis sueños. Gracias y más gracias.

A mi publicista, Ariele Fredman, que es en parte maga y en parte bruja. No sé cómo haces lo que haces, pero seguro que tengo suerte de que lo hagas por mí.

A Isabel DaSilva: siento que Internet se me dé tan mal. Lo intento (debería esforzarme más). Gracias por hacer que mis libros suban como la espuma.

A Jon Karp y a la difunta y brillante Carolyn Reidy, por ayudar a que *La vida que no esperas* alcance tantos logros. Siempre les estaré agradecida.

A mi representante, David Stone, por la larga historia y el nuevo comienzo.

A mis agentes Chelsea Radler y Hilary Michael, por pensar que (casi) todo lo que escribo merece la pena ser leído y visto.

A Sabrina Taitz, por ser la mejor profesora sustituta del mundo. Siempre tendremos Maui.

A todo el equipo de ventas de Simon & Schuster; hacéis lo imposible por mí.

A Camille Morgan, a Fiora Elbers-Tibbitts, a Erica Nori, a Gwen Beal y a Anna Ravenelle, por unir todos los detalles.

A Caitlin Mahony y a Matilda Forbes Watson, por asegurarse de que Dannie, Bella, Katy, Carol, Sabrina y Tobias estén bien atendidos en el extranjero.

A Lexa Hillyer, por ser una amiga y madre maravillosa. Nuestras mañanas son mi momento favorito del día. Y a Minna, mi ángel.

A Leila Sales, por pensar que estoy loca, pero votar por mí de todos modos.

A Hannah Brown Gordon, por perdonarme innumerables indiscreciones y por hacer más fácil llenar una lista que no deja de crecer.

A Danielle Kasirer, por ser mi persona, mi familia, por prepararme el café con la cantidad justa de leche y por tener siempre M&M's de cacahuete.

A Niki Koss por ser mi veterana/novata y la camiseta negra de mi Ross.

A Jodi Guber Brufsky, cuyo hogar y corazón son mis lugares favoritos.

A Raquel Johnson, por el amor, los años y el pegamento, cariño.

A Morgan Matson y a Jen Smith, por recorrer el camino tan cerca.

A Laurel Sakai, porque nunca estaría aquí sin ti, y ya es hora de que lo ponga por escrito.

A mi padre, que es un hombre, un marido y un padre maravilloso. Y que se enorgullece y se alegra de la unión de mi madre y de la mía, por muchos panecillos o por mucha pasta que no le permita consumir.

A la maravillosa gente del Hotel Poseidón en Positano, sobre todo a Liliana.

Y, por último, a ti, lector. Uno de los retos más importantes de la vida es determinar a qué aferrarse y qué dejar ir. No te engañes creyendo que no sabes cuál es cuál. Sigue el sentimiento, síguelo hasta el final.

Acerca de la autora

Rebecca Serle, escritora de éxito de *The New York Times*, es autora de *La vida que no esperas, Una cena perfecta* y de las novelas del género *young adult, The Edge of Falling* y *When You Where Mine*. También llevó a cabo la exitosa adaptación para la televisión de su famosa serie *Famous in Love*. Se graduó por la Universidad de California y en la New School y vive en Los Ángeles. Descubre más cosas en RebeccaSerle.com.

¿TE GUSTÓ ESTE LIBRO?

escríbenos y
cuéntanos tu opinión en

f /Sellotitania   **✗** /@Titania_ed

◎ /titania.ed

#SíSoyRomántica